elefanti bestseller

Tracey Garvis Graves

L'isola dell'amore proibito

Garzanti

Prima edizione: dicembre 2012
Prima edizione negli Elefanti Bestseller: gennaio 2014

Per essere informato sulle novità del Gruppo editoriale Mauri Spagnol visita:
www.illibraio.it
www.infinitestorie.it

Traduzione dall'inglese di
Serena Lauzi

Titolo originale dell'opera:
On the Island

ISBN 978-88-11-68712-2

Printed in Italy

www.garzantilibri.it

L'ISOLA DELL'AMORE PROIBITO

A Meira

1.
ANNA

Giugno 2001

Io avevo trent'anni all'epoca dell'incidente, quando l'idrovolante sul quale viaggiavamo io e T.J. precipitò nell'oceano Indiano. T.J. ne aveva sedici, e da tre mesi era in remissione dal linfoma di Hodgkin. Il pilota si chiamava Mick, ma lui morì prima ancora dell'impatto con l'acqua.

Ad accompagnarmi all'aeroporto fu John, il mio fidanzato, pur essendo solo il terzo nella lista delle persone che avrei voluto con me, dopo mia mamma e mia sorella Sarah. Portando ciascuno una grossa valigia munita di rotelle, ci facemmo strada a fatica in mezzo alla gente che affollava l'aeroporto, tanto che mi domandai se quel giorno tutta Chicago non avesse deciso di prendere un aereo. Finalmente approdammo al banco dell'US Airways, dove l'addetto al check-in mi porse con un sorriso la carta d'imbarco, dopo avere apposto le etichette al mio bagaglio.

«Grazie, signorina Emerson. Le ho fatto il check-in per tutta la tratta, fino a Malé. Le auguro buon viaggio.»

Misi la carta d'imbarco nella borsa e mi girai verso John per salutarlo. «Grazie per avermi accompagnato.»

«Vengo con te al gate, Anna.»

«Non è necessario», risposi scuotendo la testa.

Trasalì. «Ci tengo.»

Camminammo in silenzio, seguendo la lenta fiumana dei passeggeri diretti all'imbarco.

Al gate John mi domandò: «Che aspetto ha?».

«Magro magro, senza capelli.»

Cercai T.J. tra la folla, e appena lo scorsi mi venne spontaneo sorridere vedendo che i capelli gli erano ricresciuti, castani e ancora molto corti. Alzai un braccio e lui rispose con un cenno del capo, mentre il ragazzo al suo fianco gli dava una gomitata nelle costole.

«Chi è l'altro ragazzo?» chiese John.

«Credo sia Ben, il suo amico.»

Stravaccati sulle poltroncine, erano vestiti secondo la moda del momento: calzoncini da atleta oversize, T-shirt e scarpe da tennis. Per terra, ai piedi di T.J., era posato uno zaino blu scuro.

«Sei proprio sicura di volerlo fare?» mi chiese John ficcandosi le mani in tasca, fissando la logora moquette dell'aeroporto.

Be', uno di noi deve pur fare qualcosa. «Sì.»

«Ti prego, non prendere nessuna decisione fino a quando non sarai tornata.»

Evitai di fargli notare l'ironia di quella richiesta. «No, te l'ho già detto.»

La decisione da prendere era una sola, ma avevo deciso di rimandarla fino alla fine dell'estate.

Cingendomi la vita con un braccio, John mi diede un bacio che si prolungò più di quanto fosse opportuno in un luogo pubblico. Imbarazzata, mi staccai da lui e con la coda dell'occhio notai che T.J. e Ben ci stavano guardando.

«Ti amo», sussurrò John.

«Lo so.»

Sollevò il mio bagaglio a mano con aria rassegnata e me lo sistemò in spalla. «Fai buon viaggio. Chiamami, quando atterri.»

«D'accordo.»

Mentre si allontanava lo seguii con lo sguardo finché non fu inghiottito dalla folla, poi mi lisciai le pieghe della gonna e raggiunsi i due ragazzi, che vedendomi avvicinare abbassarono lo sguardo.

«Ciao, T.J., ti trovo in gran forma. Pronto per la partenza?»

Per un attimo i suoi occhi castani incontrarono i miei. «Sì, certo.» Aveva messo su qualche chilo ed era meno pallido in viso. Portava l'apparecchio per i denti, cosa che non avevo notato prima, e aveva una piccola cicatrice sul mento.

«Ciao, io sono Anna», mi presentai sedendomi a fianco dell'altro ragazzo. «Tu devi essere Ben. Come è andata la tua festa?»

Perplesso, Ben scambiò un'occhiata con T.J. «Uh, è andata bene.»

Tirai fuori il cellulare e guardai l'ora. «Torno subito, T.J. Vado un attimo a controllare il nostro volo.»

Mentre mi allontanavo sentii Ben che commentava: «Ehi, che strafiga la tua baby-sitter».

«È la mia insegnante, testa di cazzo.»

Quelle parole non mi fecero né caldo né freddo. Insegnavo alle superiori, e apprezzamenti del genere da parte di ragazzi pieni di testosterone li consideravo un inconveniente del mestiere, e non tra i più gravi.

Al ritorno, dopo essermi accertata che per il nostro volo non erano previsti ritardi, mi sedetti nella poltroncina vuota di fianco a T.J. «Ben è andato via?»

«Sì, sua madre era stufa di girare in macchina intorno all'aeroporto. Lui non ha voluto che entrasse con noi.»

«Vuoi andare a prenderti qualcosa da mangiare?»

Scosse la testa. «Non ho fame.»

Restammo seduti in un silenzio imbarazzato fino al momento dell'imbarco. T.J. mi seguì nello stretto corridoio fino ai nostri posti in prima classe.

«Vuoi il finestrino?» gli chiesi.

Si strinse nelle spalle. «Ma sì, grazie.»

Mi spostai per farlo passare, poi mi sistemai nel sedile accanto. T.J. tirò fuori dallo zaino un lettore CD e si mise le cuffie: il suo modo sottile per farmi capire che non era interessato alla conversazione. Io presi il mio libro dalla borsa, l'aereo decollò e ci lasciammo Chicago alle spalle.

Le cose cominciarono a mettersi male in Germania. In teoria poco più di diciotto ore di volo separavano Chicago da Malé – la capitale delle Maldive – ma, tra problemi meccanici e condizioni meteo avverse, finimmo per passare il resto della giornata e buona parte della notte all'aeroporto internazionale di Francoforte, in attesa di essere imbarcati su un altro aereo dalla nostra compagnia. Alle tre del mattino eravamo ancora seduti su scomode sedie di plastica quando arrivò, finalmente, la conferma di due posti sul primo volo in partenza. T.J. si stropicciò gli occhi.

Gli indicai una fila di sedie vuote. «Stenditi lì, se vuoi.»

«Sto bene così», rispose soffocando uno sbadiglio.

«Mancano ancora diverse ore alla partenza. Dovresti provare a dormire un po'.»

«Tu non sei stanca?»

Ero stremata, ma probabilmente T.J. aveva più bisogno di riposo di me. «No, io sto bene qui. Vai tu.»

«Sei sicura?»

«Sicurissima.»

«Okay.» Sorrise debolmente. «Grazie.» Si stese sulle sedie e si addormentò all'istante.

Dalle vetrate guardai gli aerei atterrare e poi decollare di nuovo, con le lucine rosse che brillavano a intermittenza nel cielo notturno. A un certo punto andai a cambiarmi nella toilette più vicina, perché vestita com'ero, in gonna e camicetta senza maniche, avevo la pelle d'oca sulle braccia a causa dell'aria condizionata gelida. Dopo avere indossato i jeans e la maglietta a maniche lunghe che avevo infilato nella borsa da viaggio, andai a prendere una tazza di caffè. Tornai a sedermi, aprii il mio libro e tre ore più tardi, all'annuncio del nostro volo, svegliai T.J.

Ulteriori ritardi si verificarono in Sri Lanka – questa volta dovuti alla mancanza di alcuni membri dell'equipaggio – e, quando infine atterrammo all'aeroporto internazionale di Malé, ero sveglia da ormai trenta ore, senza contare le due ore di idrovolante che ancora ci separavano dalla casa affittata dai genitori di T.J. per l'estate. Mi martellavano le tempie e gli occhi, talmente stanchi da sembrarmi pieni di sabbia, mi bruciavano. Quando mi sentii dire che la prenotazione del nostro volo non risultava da nessuna parte, a fatica ricacciai indietro le lacrime.

«Ma ho qui il numero della conferma», dissi all'addetto al check-in facendo scivolare il foglio sul banco. «Ho aggiornato la prenotazione prima di partire dallo Sri Lanka. Due posti, T.J. Callahan e Anna Emerson. Può controllare di nuovo, per favore?»

L'uomo diede un'occhiata allo schermo del computer. «Spiacente. I vostri nomi non figurano nella lista dei passeggeri e l'idrovolante è al completo.»

«E il prossimo volo?»

«Tra poco sarà buio. Gli idrovolanti non decollano dopo il tramonto.» Vedendo la mia aria afflitta mi rivolse uno sguardo compassionevole, digitò qualcos'altro sulla tastiera e impugnò il telefono. «Vedo cosa posso fare.»

«La ringrazio.» Insieme a T.J. entrai in un negozietto di articoli da regalo e comprai due bottiglie d'acqua. «Ne vuoi una?»

«No, grazie.»

«Perché non la metti nello zaino?» dissi porgendogliela. «Magari più tardi avrai sete.»

Pescai il flacone di aspirine dalla borsetta, ne rovesciai due compresse nella mano e le inghiottii con un sorso d'acqua. Trovati due posti a sedere su un divanetto, chiamai Jane, la mamma di T.J., per dirle di non aspettarci fino al mattino dopo.

«Una possibilità che ci trovino un volo c'è, ma dubito che partiremo stasera. Con il buio gli idrovolanti non vanno, perciò probabilmente dovremo passare la notte in aeroporto.»

«Mi dispiace, Anna. Sarai stanchissima», disse lei.

«No, è tutto a posto, davvero. Domani saremo sicuramente lì.» Coprii il microfono con la mano. «Vuoi parlare con tua mamma?» T.J. fece una smorfia e scosse la testa.

Vidi che l'addetto al check-in mi stava facendo segno con la mano. Sorrideva. «Jane, forse riusciremo...» Non riuscii a finire la frase, perché cadde la linea. Rimisi il cellulare in borsa e mi avvicinai al banco trattenendo il fiato.

«Uno dei piloti di charter potrebbe portarvi sull'isola», mi annunciò l'uomo. «I passeggeri che avrebbe dovuto imbarcare sono ancora in Sri Lanka a causa dei ritardi, e non arriveranno prima di domattina.»

Respirai a fondo e ricambiai il sorriso. «Fantastico. Grazie mille, le sono veramente grata.» Tentai di richiamare i genitori di T.J. ma il mio cellulare non trovava una rete a cui agganciarsi. Sperai di riuscire a collegarmi una volta arrivata sull'isola. «Sei pronto, T.J.?»

«Sì», rispose afferrando lo zaino.

Un minibus ci portò al terminal degli aerotaxi. Passato il check-in uscimmo all'aperto, e immediatamente la fronte e il collo mi si imperlarono di sudore. Il clima delle Maldive ricordava la sauna della mia palestra. Con i jeans e la maglietta a maniche lunghe, quell'aria calda e umida restava intrappolata a contatto con la pelle, e rimpiansi di non avere indossato qualcosa di più fresco.

Ci sarà sempre questo caldo terribile?

Un dipendente dell'aeroporto, in piedi sul molo vicino a un idrovolante che dondolava lievemente sull'acqua, ci rivolse un cenno. Quando lo raggiungemmo aprì il portellone e noi salimmo a bordo abbassando la testa. Dal suo posto ai comandi il pilota ci accolse con la bocca piena e un sorriso.

«Salve, io sono Mick», si presentò non appena ebbe inghiottito il boccone di cheeseburger. «Spero non vi dispiaccia se finisco la mia cena.» Era sulla sessantina, e talmente sovrappeso da strabordare dal sedile. Aveva i piedi nudi e indossava dei calzoni in stile militare al ginocchio con una T-shirt coloratissima ed enorme. Il labbro superiore e la fronte erano ricoperti da un velo di sudore.

«Io sono Anna e lui è T.J.», gli dissi con un sorriso, tendendogli la mano. «Faccia pure con comodo.»

Terminato il pasto, si asciugò la faccia con un tovagliolino.

Nel DHC-6 Twin Otter da dieci posti aleggiava un odore di muffa misto a quello del carburante. T.J. si allacciò la cintura e si voltò verso il finestrino. Io mi sistemai nella stessa fila ma dalla parte opposta del corridoio, spinsi borsa da viaggio e borsetta sotto il sedile e, mentre mi stropicciavo gli occhi, Mick accese i motori. Il rombo sovrastava la sua voce, ma quando girò la testa di lato vidi le sue labbra muoversi mentre comunicava in cuffia con qualcuno. Ci allontanammo dal molo, l'aereo aumentò la velocità e in un attimo ci ritrovammo in volo.

Maledissi la mia incapacità di dormire su un aeroplano. Ho sempre invidiato quelli che si addormentano subito dopo il decollo e si svegliano solo nel momento in cui le ruote toccano la pista di atterraggio. Tentai di prendere sonno ma, tra i raggi di sole che filtravano dai finestrini dell'idrovolante e il mio orologio biologico sottosopra, fu impossibile. Rassegnata, riaprii gli occhi e vidi che T.J. mi stava osservando. La cosa risultò imbarazzante per tutti e due, a giudicare dalla sua espressione e dal mio rossore. T.J. distolse lo sguardo, mise lo zaino sotto la testa e nel giro di un minuto si addormentò.

Irrequieta, mi slacciai la cintura di sicurezza e andai a chiedere a Mick quanto tempo mancasse all'atterraggio.

«Un'ora, più o meno.» Indicò il sedile del copilota. «Si sieda pure qui.»

Mi sedetti e allacciai la cintura. Schermando gli occhi dal sole, mi abbandonai alla vista mozzafiato. In alto il cielo, terso e di un blu cobalto. In basso l'oceano Indiano, uno scintillio verde menta e turchese.

Mick si passò una mano sul petto e allungò l'altra verso la confezione di pastiglie antiacido. Ne mise una in bocca. «Bruciore di stomaco, ecco il risultato di tutti i cheeseburger che mangio. Però sono cento volte più buoni di quelle dannate insalate, eh?» Rise, e io annuii, dimostrandomi pienamente d'accordo.

«Allora, di dove siete, voi due?»

«Di Chicago.»

«E lei cosa fa di bello, là a Chicago?» Si ficcò in bocca un'altra pastiglia.

«Insegno inglese alle superiori.»

«Quindi ha l'estate libera!»

«Be', non proprio. Di solito durante l'estate do lezioni private.» Indicai T.J. «Sono stata assunta dai suoi genitori per aiutarlo a recuperare l'anno. Ha avuto il linfoma di Hodgkin e ha perso un sacco di giorni di scuola.»

«Mi sembrava troppo giovane per essere sua mamma.»

Accennai un sorriso. «I genitori e le sorelle sono già lì da qualche giorno.»

Non mi era stato possibile partire insieme ai Callahan, in quanto la scuola pubblica in cui insegnavo chiudeva per le vacanze estive più tardi rispetto alla scuola privata che frequentava T.J. Quando lo aveva saputo, aveva convinto i genitori a lasciarlo da solo a Chicago, solo per quei pochi giorni, prima di partire con me.

Jane Callahan mi aveva telefonato per sapere se per me andava bene. «Il suo amico Ben dà una festa e lui ci terrebbe tantissimo ad andare. Sicura che non ti crei problemi?» mi aveva domandato.

«Per niente», avevo risposto. «Così avremo occasione di conoscerci meglio.»

Avevo visto T.J. una volta sola, durante il colloquio con i suoi genitori. Rompere il ghiaccio richiedeva tempo; era sempre così con i miei nuovi allievi, soprattutto se si trattava di adolescenti maschi.

La voce di Mick interruppe il corso dei miei pensieri. «Quanto tempo vi fermerete sull'isola?»

«Tutta l'estate. I suoi genitori hanno affittato una casa.»

«Quindi adesso lui sta bene?»

«Sì. Mi hanno detto che è stato molto male, ma è in fase di guarigione già da qualche mese.»

«Bel posticino, per un lavoro estivo.»

«Meglio della biblioteca di sicuro», dissi ridendo.

Restammo in silenzio per un po'. «Davvero ci sono milleduecento isole, qui sotto?» Ne avevo contate solo tre o quattro, sparpagliate nell'acqua come gigantesche tessere di un mosaico. Aspettai la sua risposta, che tardava a venire. «Mick?»

«Cosa? Ah, sì, una più, una meno. Quelle abitate sono solo qualche centinaio, ma con tutte le nuove costruzioni che stanno sorgendo qua e là le cose cambieranno. Ogni mese apre un nuovo hotel o un nuovo resort.» Rise sotto i baffi. «Tutti vogliono un pezzetto di paradiso.»

Con la fronte coperta di sudore, si strofinò di nuovo il

petto e alzò il braccio sinistro dalla cloche, stendendolo in avanti. Vidi il suo viso contrarsi in una smorfia di dolore.

«Si sente male?»

«No, solo che non ho mai avuto un mal di stomaco peggiore.» Mise in bocca altre due pastiglie di antiacido e accartocciò la scatola.

Mi assalì un senso di inquietudine. «Vuole chiamare qualcuno? Posso farlo io, se mi spiega come si usa la radio.»

«No, appena gli antiacidi faranno effetto starò bene.» Respirò a fondo e mi sorrise. «Ma grazie lo stesso.»

Sembrava che stesse meglio, ma dopo dieci minuti si strofinò la spalla. Respirava a fatica, grondava sudore e si dimenava sul sedile come se non riuscisse a trovare una posizione comoda. La mia inquietudine si tramutò di colpo in panico vero e proprio.

T.J. si svegliò. «Anna», chiamò sovrastando il rombo dei motori. Mi girai verso di lui. «Siamo quasi arrivati?»

Slacciai la cintura di sicurezza e andai a sedere al suo fianco. Avvicinandomi per non dover gridare, gli dissi: «Ascolta, sono quasi sicura che Mick stia avendo un infarto.».

«Cosa? Dici sul serio?»

Annuii. «L'anno scorso mio padre ha avuto un brutto infarto, perciò conosco i sintomi. Secondo me Mick ha paura di ammettere che è una cosa seria.»

«E noi? Ce la farà lo stesso a pilotare l'aereo?»

«Non lo so.»

In cabina, Mick aveva gli occhi chiusi e i pugni premuti sul petto. La cuffia gli era finita di traverso, il viso era terreo.

Mi accovacciai accanto al suo sedile, mentre il terrore mi investiva a ondate. «Mick», dissi, «dobbiamo chiedere aiuto.»

Annuì. «Adesso ammariamo, poi uno di voi dovrà mettersi alla radio», disse con il respiro affannato, articolando a fatica le parole. «Indossate i giubbotti di salvataggio, sono nell'armadietto vicino al portello. Poi sedetevi e allacciate le cinture.» Fece una smorfia di dolore. «Ora!»

Il cuore mi batteva all'impazzata, avevo l'adrenalina a mille. Corremmo a rovistare nell'armadietto.

«Perché dobbiamo mettere i giubbotti di salvataggio? L'aereo ha i galleggianti, no?» chiese T.J.

Perché ha paura di non avere il tempo di scendere a livello del mare.

«Non so, può darsi che sia la procedura standard. Dopo tutto atterreremo nel mezzo dell'oceano.» Trovai i giubbotti, stipati tra una pila di coperte e un contenitore cilindrico con la scritta CANOTTO DI SALVATAGGIO. «Tieni», dissi passandone uno a T.J. prima di indossare il mio. Tornammo a sedere, e mentre allacciavo la cintura di sicurezza le mie mani tremavano al punto che dovetti fare due tentativi.

«Se perde conoscenza, io dovrò cominciare subito la rianimazione. Tu, T.J., dovrai occuparti della radio. Te la senti?»

«Posso farcela.»

Aggrappata ai braccioli del sedile, guardai fuori dal finestrino e vidi la superficie ondulata dell'oceano che si avvicinava sempre più. Ma, invece di diminuire, la velocità aumentava e cominciammo a scendere quasi in picchiata. Davanti a me, nella cabina di comando, Mick era immobile, afflosciato sulla barra dei comandi. Slacciai la cintura e mi lanciai nel corridoio.

«Anna!» urlò T.J. Un lembo della mia maglietta sfuggì alla sua presa.

Una frazione di secondo prima che lo raggiungessi, Mick si rovesciò all'indietro sul sedile, con le mani ancora sulla cloche e il torace squassato da contrazioni violente. In quell'istante l'aereo si impennò e impattò di coda con l'oceano, saltando a balzi irregolari sull'acqua. Quando la punta di un'ala toccò l'acqua, l'aereo andò completamente fuori controllo e si rovesciò su un fianco.

Lo schianto mi scaraventò a gambe all'aria, come se le mie caviglie fossero state strattonate con violenza da una corda. Le orecchie si riempirono del fracasso dei vetri infranti, e alla sensazione di fluttuare nell'aria seguì una fitta di dolore lancinante quando l'aereo si spaccò in due.

Sprofondai nell'oceano, e fiotti di acqua salata mi riempirono i polmoni. Fu la spinta idrostatica del giubbotto di salvataggio a farmi lentamente risalire. Sollevai la testa oltre la superficie dell'acqua e tossii convulsamente cercando di prendere fiato.

T.J.! Oddio, dov'è T.J.?

Lo immaginai intrappolato nel sedile, con la cintura di sicurezza bloccata, e scandagliai l'acqua, disperata, battendo le palpebre nella luce violenta del tramonto e urlando il suo nome. Stavo per rassegnarmi, quando all'improvviso emerse boccheggiando e sputando acqua.

Nuotai verso di lui con il sapore del sangue in bocca e le tempie che pulsavano talmente forte da farmi temere che la mia testa sarebbe esplosa. Raggiunsi T.J. e lo afferrai per una mano. Avrei voluto dirgli quanto ero contenta che ce l'avesse fatta, ma dalla bocca mi uscì solo un balbettio indistinto, e subito dopo sprofondai in un torpore intermittente, che mi avvolse come una nebbia fitta.

T.J. mi urlò di svegliarmi. Ricordo di aver ingoiato altra acqua, poi più nulla.

2.
T.J.

Intorno a me era tutto un vorticare d'acqua: su per il naso, giù per la gola, dentro gli occhi. Quando cercavo di prendere fiato, mi sentivo soffocare. Anna nuotava verso di me piangendo sanguinando e gridando. Mi afferrò una mano cercando di dirmi qualcosa, ma le sue parole erano talmente incasinate che non capii niente. Subito dopo la sua testa cominciò a ciondolare e lei cadde in acqua a faccia in giù. La tirai su per i capelli.

«Svegliati Anna, svegliati!»

C'erano delle onde altissime e avevo paura che ci separassero, così infilai il braccio sotto la cinghia del suo giubbotto di salvataggio in modo da restare attaccato a lei. Le sollevai di nuovo il viso.

«Anna! Anna!»

Oh Dio. Non apriva gli occhi e non reagiva, così passai anche l'altro braccio sotto la cinghia del giubbotto e mi rovesciai sul dorso, con la sua testa appoggiata sul petto.

La corrente ci sospinse lontano dai rottami che stavano scomparendo sott'acqua. In pochi secondi non rimase più niente. Cercai di non pensare a Mick intrappolato nel suo sedile.

Mi tenevo a galla, stordito e con il cuore che martellava. Solo, in mezzo alle onde, cercavo di non farmi prendere dal panico e di tenere le nostre teste fuori dall'acqua.

Sapranno che siamo precipitati? Ci stavano seguendo sul radar?

Forse no, visto che non arrivava nessuno.

Il sole tramontò e il cielo si fece sempre più scuro. Anna farfugliò qualcosa. Pensai che si stesse svegliando, invece fu scossa da un tremito e mi arrivò addosso il suo vomito. Le onde lo lavarono via, ma lei continuava a tremare e la tenni ancora più vicina a me, sperando di trasmetterle un po' di calore. Faceva freddo, anche se l'acqua era sembrata quasi calda subito dopo lo schianto. Non c'era la luna e si vedeva a malapena l'acqua intorno a noi. Adesso era nera, non più azzurra.

Avevo paura che ci fossero degli squali.

Liberai un braccio e sollevai il mento di Anna. Avevo sentito qualcosa di caldo sul collo, nel punto in cui era appoggiata la sua testa. Stava ancora sanguinando? Tentai ancora di svegliarla, ma reagiva solo se le scuotevo la testa. Non parlava, gemeva e basta. Non volevo farle male, ma dovevo sapere come stava. Lei rimase immobile per un tempo interminabile, e mi sembrava di impazzire. Poi però vomitò di nuovo, scossa dai brividi tra le mie braccia.

Mi sforzai di stare calmo, respirando lentamente. Stando sul dorso mi era più facile tenere a bada le onde, cavalcandole insieme ad Anna e lasciandoci trasportare dalla corrente. Di notte gli idrovolanti non volavano, ma ero sicuro che all'alba ne avrebbero mandato uno. A quel punto avrebbero dovuto sapere che ci eravamo schiantati.

I miei genitori non sanno nemmeno che eravamo su quell'aereo.

Passarono le ore e in quel buio non vidi neanche uno squalo. Magari ce n'erano e io non lo sapevo. Sfinito, mi appisolai lasciando cadere le gambe invece di sforzarmi di tenerle vicino alla superficie. Cercai di non pensare agli squali che forse ci giravano intorno, lì sotto.

Quando ricominciai a scuoterla, Anna non reagì. Avevo l'impressione di sentire il petto che si sollevava e abbassava a ogni respiro, però non ero proprio sicuro. Mi drizzai di scatto a un rumore di tonfi e schizzi d'acqua. Tirai su anche la testa di Anna, che ciondolava di lato. Il rumore continuava, quasi ritmico. Immaginando non un pescecane solo ma cinque, dieci e anche di più, voltai la testa: dall'acqua spuntava qualcosa. Dopo un po', capii che doveva trattarsi di onde che sbattevano contro la barriera corallina di un'isola.

In vita mia non avevo mai provato un sollievo simile,

nemmeno quando il dottore mi aveva detto che alla fine le cure avevano avuto effetto e il cancro se n'era andato.

La corrente ci trascinò ancora più vicino all'isola, ma non eravamo nella traiettoria giusta. Dovevo fare qualcosa, o l'avremmo superata.

Siccome non potevo usare le braccia, che erano ancora sotto le cinghie del giubbotto di Anna, mi limitai a battere le gambe nuotando sul dorso. Persi le scarpe, ma non ci badai; avrei dovuto toglierle ore prima.

La terra era lontana una cinquantina di metri. Dovevo usare almeno un braccio, non avevo altra scelta: eravamo ancora più fuori rotta di prima. Nuotai girato su un fianco, trascinando Anna con la faccia fuori dall'acqua.

Alzai la testa. Eravamo vicini. Battendo disperatamente le gambe, con i polmoni in fiamme, nuotai con tutta la forza che avevo.

Non mi fermai nemmeno quando entrammo nelle acque calme della laguna, al riparo della barriera. Aspettai di toccare con i piedi il fondale sabbioso dell'oceano. Con le ultime energie che mi restavano tirai Anna a riva, poi crollai a terra accanto a lei.

Mi svegliai sotto un sole cocente. Indolenzito e dolorante, ci vedevo da un occhio solo. Mi tirai a sedere, tolsi il giubbotto di salvataggio e guardai Anna. Era immobile. La faccia, gonfia, era piena di lividi e tagli sulle guance e sulla fronte.

Con il cuore che batteva forte, mi feci coraggio e allungai una mano per tastarle il collo. La pelle era calda. Per la seconda volta tirai un sospiro di sollievo, sentendo sotto le dita il battito del suo cuore. Era viva, ma l'unica cosa che sapevo sui traumi cranici era che probabilmente lei ne aveva uno. E se non si fosse più svegliata?

Provai a scuoterla con molta cautela. «Anna, mi senti?» Non rispose, perciò la scossi di nuovo.

Aspettai che aprisse gli occhi, quei suoi grandi occhi color grigio-azzurro, la prima cosa che avevo notato quando l'avevo conosciuta. Era venuta a casa nostra per un colloquio con i miei genitori, e io mi vergognavo perché lei era bellissima e io ero magro come un chiodo, calvo e conciato da far pietà.

Dài Anna, fammi vedere quegli occhi.

La scossi più forte, e smisi di trattenere il respiro solo quando finalmente li aprì.

3.

ANNA

Sopra di me ondeggiavano due immagini sfocate di T.J., che si unirono a formarne una solo a furia di sbattere le palpebre. Aveva dei tagli sulla faccia e l'occhio sinistro chiuso a causa del gonfiore.

«Dove siamo?» domandai. Avevo la voce roca e la bocca impastata dall'acqua salata.

«Non lo so. Su un'isola.»

«E Mick?»

T.J. scosse la testa. «Quello che restava dell'aereo è affondato subito.»

«Non mi ricordo niente.»

«In acqua sei svenuta, e siccome non riuscivo a svegliarti ho pensato che fossi morta.»

La testa mi scoppiava. Portai una mano alla fronte e sussultai quando sfiorai un grosso bernoccolo. Qualcosa di appiccicoso mi incrostava una guancia. «È sangue?»

T.J. si protese verso di me e mi passò le dita tra i capelli. Lanciai un urlo quando scoprì la ferita.

«Scusami», disse. «È un taglio profondo, ma adesso non sanguina più tanto. Sanguinava molto di più quando eravamo in acqua.»

Il terrore attraversò il mio corpo come un'onda, stringendomi nella sua morsa. «C'erano gli squali?»

«Non lo so. Non ne ho visti, ma ero terrorizzato all'idea.»

Mi tirai su con un respiro profondo, e subito la spiaggia cominciò a girarmi intorno. Mi puntellai con le mani sulla sabbia, aspettando che il senso di vertigine si attenuasse. «Come siamo approdati qui?»

«Ho infilato le braccia sotto le cinghie del tuo giubbotto e mi sono lasciato trasportare dalla corrente finché non siamo arrivati alla spiaggia. E poi ti ho trascinato sulla sabbia.»

Osservai l'oceano in silenzio per un minuto, mentre il quadro di quello che aveva fatto T.J. si faceva sempre più nitido. Pensai a cosa sarebbe successo se mi avesse lasciato andare, o se i pescecani ci avessero attaccati, o se non ci fosse stata un'isola.

«Grazie.»

«Di che?» I nostri sguardi si incrociarono per un attimo, poi lui distolse il suo.

«Sei ferito?» gli chiesi.

«No. Ho solo sbattuto la faccia sul sedile davanti.»

Provai ad alzarmi ma non ci riuscii, di nuovo sopraffatta dalle vertigini. T.J. mi aiutò, e questa volta rimasi in piedi. Sbottonai il giubbotto di salvataggio e lo lasciai cadere sulla sabbia. Mi girai per osservare l'isola. Era uguale a quelle delle fotografie che avevo visto su Internet, a parte il fatto che lì non c'erano né alberghi di lusso né case di vacanza. La sabbia bianca immacolata sembrava zucchero sotto i piedi nudi; chissà cosa ne era stato delle mie scarpe. La spiaggia cedeva gradualmente il passo a una vegetazione tropicale di cespugli fioriti e arbusti, e poi a una foresta fitta di alberi, talmente vicini l'uno all'altro che le loro chiome si univano a formare una specie di tetto verde. Il sole ardeva nel cielo e la brezza che soffiava dal mare non riusciva ad abbassare la mia temperatura corporea che continuava ad aumentare. Rivoli di sudore mi colavano lungo il viso e i vestiti erano appiccicati alla pelle.

«Devo sedermi di nuovo.» Avevo lo stomaco in subbuglio e temevo di dover vomitare. T.J. si sistemò al mio fianco e, quando finalmente la nausea passò, gli dissi: «Non preoccuparti. A quest'ora sapranno sicuramente dell'incidente. Vedrai che manderanno un aereo a cercarci».

«Tu hai idea di dove siamo?»

«Non proprio.»

Disegnai sulla sabbia con un dito. «Le isolette sono una catena di ventisei atolli estesa da nord a sud, e noi eravamo diretti qui», spiegai indicando un punto che avevo segnato. Feci scorrere il dito sulla sabbia e mi fermai su un altro segno. «Questa è Malé, da dove siamo partiti, perciò dovremmo essere da qualche parte qui in mezzo... a meno che la corrente non ci abbia spinto più a ovest o più a est. Non so se Mick ha mantenuto la rotta originaria, e nemmeno se gli idrovolanti devono presentare un piano di volo, o se vengono seguiti sul radar.»

«I miei saranno fuori di testa, ormai.»

«Già.» I genitori di T.J. avevano sicuramente cercato di chiamarmi sul cellulare, che con tutta probabilità ora si trovava sul fondo dell'oceano.

Dovremmo accendere un fuoco per mandare dei segnali? Non si fa così quando si è dispersi? Accendere un falò per dire agli altri dove sei?

Non avevo la minima idea di come farlo. Le mie abilità di sopravvivenza si limitavano alle poche cose viste in TV o lette sui libri. Né io né T.J. portavamo gli occhiali, altrimenti avremmo potuto usare una lente per concentrare i raggi del sole. E dal momento che non avevamo nemmeno della selce o qualcosa in acciaio, potevamo soltanto sfregare tra loro due ramoscelli, ma quel metodo funzionava davvero? Forse non c'era bisogno di preoccuparsi del fuoco, perlomeno non ancora. Volando bassi ci avrebbero visto, a patto che fossimo sulla spiaggia.

Provammo a scrivere SOS sulla sabbia. La livellammo coi piedi, ma pensammo che dall'alto non sarebbero riusciti a notarlo. Provammo a usare le foglie, ma la brezza le sparpagliava prima ancora che avessimo formato le lettere. Non c'erano sassi grossi per tenerle a terra, solo sassolini e frammenti di un materiale che sembrava corallo. A furia di muoverci sentimmo ancora di più il caldo e il mio mal di testa peggiorò. Sconfitti, ci sedemmo sulla sabbia.

Con quel sole io mi stavo scottando la faccia e T.J. aveva le braccia e le gambe già rosse. Ben presto non ci rimase altra scelta che allontanarci dalla spiaggia per metterci al riparo sotto una palma. Il terreno sottostante era coperto di noci di cocco, e io sapevo che contenevano acqua all'interno. Le battemmo con forza contro il tronco dell'albero ma non riuscimmo ad aprirle.

Le gocce di sudore mi colavano lungo le guance. Raccolsi i capelli e li annodai come meglio riuscii in cima alla testa. Avevo la lingua gonfia e la bocca talmente secca che faticavo a deglutire.

«Vado a dare un'occhiata in giro», disse T.J. «Magari c'è dell'acqua da qualche parte.» Poco dopo tornò alla palma con qualcosa in mano.

«Niente acqua, però ho trovato questo.»

Era un frutto grosso come un pompelmo, con una buccia verde e gibbosa.

«Che cos'è?»

«Non lo so, però può darsi che ci sia dell'acqua dentro, come nelle noci di cocco.»

T.J. lo sbucciò a mani nude ma, qualunque cosa fosse, gli insetti erano arrivati prima di noi. Dopo averlo buttato per terra, lo scaraventò lontano con un calcio.

«Era sotto un albero», disse. «Ce n'erano un sacco sui rami, ma troppo in alto per riuscire a prenderli. Se monti sulle mie spalle magari riesci a farne cadere uno. Te la senti di camminare?»

Assentii. «Se facciamo piano.»

Sotto l'albero, T.J. mi prese una mano per aiutarmi a salire sulle sue spalle. Era più alto di me di una decina di centimetri, probabilmente era sul metro e ottanta, e doveva pesare dieci chili in più dei miei cinquantasette, eppure vacillò cercando di tenermi in equilibrio. Allungai il braccio più in alto che potevo, le dita protese verso il frutto. Non riuscendo ad afferrarlo, lo colpii con la mano a pugno. Sulle prime non si staccò, ma al terzo tentativo lo colpii con più forza, facendolo volare a terra. T.J. mi fece scendere e andai a raccoglierlo.

«Continuo a non capire che cosa sia», disse T.J. quando glielo porsi.

«Forse è il frutto dell'albero del pane.»

«Cosa sarebbe?»

«Un frutto che in teoria dovrebbe avere il sapore del pane.»

T.J. cominciò a sbucciarlo, e ne uscì un profumo che mi ricordò quello della guaiava. Ce lo dividemmo per berne il succo, che diede sollievo alla nostra bocca secca. Poi assaggiammo la polpa. Vista la sua consistenza gommosa, probabilmente il frutto non era ancora maturo, però lo mangiammo lo stesso.

«A me non pare che abbia il sapore del pane», osservò T.J.

«Forse lo avrebbe se fosse cotto.»

Finito il primo, montai di nuovo sulle spalle di T.J. e ne buttai giù altri due, che consumammo subito. Poi tornammo a sederci sotto la palma, in attesa.

Nel pomeriggio, senza alcun preavviso, il cielo si aprì rovesciandoci addosso una pioggia torrenziale. Uscimmo dal riparo per metterci faccia al cielo con la bocca spalancata, ma meno di dieci minuti dopo era già cessata.

«È la stagione delle piogge», dissi. «Dovrebbe piovere ogni giorno, più di una volta al giorno.» Non avevamo niente per raccogliere l'acqua piovana, e le gocce che mi avevano bagnato la lingua non facevano che aumentare l'arsura.

«Ma dove sono *loro*?» chiese T.J. al tramonto. La nota di disperazione nella sua voce era in assoluta sintonia con il mio stato d'animo.

«Non lo so.» Per qualche ragione a me assolutamente incomprensibile l'aereo non si era materializzato. «Ci troveranno domani.»

Ritornammo in spiaggia e ci stendemmo sulla sabbia, usando il giubbotto di salvataggio a mo' di cuscino. L'aria si era raffreddata e il vento che soffiava dal mare mi faceva rabbrividire. Mi raggomitolai stringendo le braccia al petto e rimasi in ascolto del frangersi cadenzato delle onde sulla barriera corallina.

Li udimmo prima ancora di vederli. L'aria si riempì di un fragore di ali che sbattevano, subito seguito dalle sagome nere di centinaia, forse migliaia di pipistrelli. Oscuravano la piccola falce di luna, e mi domandai dove fossero nascosti mentre andavamo all'albero del pane.

T.J. si tirò su a sedere. «Non ho mai visto tanti pipistrelli tutti insieme.»

Li seguimmo a lungo con lo sguardo prima che si disperdessero per andare a caccia da qualche altra parte. T.J. si addormentò poco dopo, e io rimasi a osservare il cielo con la consapevolezza che nessuno ci stava cercando, in quell'oscurità. Un'eventuale spedizione di soccorso avviata durante il giorno non sarebbe ripresa che il mattino seguente. Immaginavo l'angoscia dei genitori di T.J. mentre aspettavano il sorgere del sole, e all'idea che i miei familiari potessero ricevere una telefonata mi vennero le lacrime agli occhi.

Pensai a mia sorella Sarah e alla conversazione che avevamo fatto qualche mese prima, al ristorante messicano dove ci eravamo date appuntamento per cena. Dopo un sorso del margarita portato dal cameriere le avevo annunciato: «Ho accettato quel lavoro di cui ti parlavo. Le lezioni private al ragazzo che aveva il cancro». Avevo posato il bicchiere e intinto dei nachos nella salsa piccante.

«Quello per cui dovrai andare in vacanza con loro?» aveva domandato lei.

«Sì.»

«Starai via parecchio. Cosa ne pensa John?»

«Io e John abbiamo riparlato della questione del matrimonio, solo che questa volta gli ho detto che vorrei anche avere un bambino.» Mi strinsi nelle spalle. «Ho deciso di tentare il tutto per tutto.»

«Oh, Anna», esclamò Sarah.

Fino a poco tempo prima non avevo mai preso seriamente in considerazione l'ipotesi di un figlio. Ero più che soddisfatta del mio ruolo di zia dei bambini di Sarah – Chloe, di due anni, e Joe, di cinque. Ma poi, quando tutti quelli che conoscevo avevano cominciato a mettermi in braccio uno di quei fagottini, mi ero resa conto di volerne uno mio. L'intensità di quel desiderio, e la conseguente percezione del ticchettio del mio orologio biologico, avevano stupito me per prima. Avevo sempre creduto che il desiderio di un figlio maturasse a poco a poco, e invece in me era esploso dall'oggi al domani.

«Non posso andare avanti così, Sarah», continuai. «Come farebbe John ad affrontare la responsabilità di un figlio, lui che non se la sente nemmeno di impegnarsi sul matrimonio?» Scossi la testa. «Per le altre donne sembra così facile: conoscono un tizio, si innamorano, si sposano e nel giro di un anno o due arrivano i figli. Facile, vero? Invece i discorsi sul futuro tra me e John sono romantici come la trattativa per l'acquisto di un immobile, con tanto di contrattazione.» Presi il tovagliolino di carta del cocktail e mi asciugai le lacrime.

«Mi dispiace tanto, Anna. Francamente non capisco come mai tu abbia aspettato tanto. Sette anni mi sembrano sufficienti perché John capisca cosa vuole nella vita.»

«Otto, Sarah. Otto anni.» Sollevai il bicchiere e finii il cocktail in due sorsate.

«Oh, si vede che mi sono persa un anno da qualche parte.» Il cameriere si fermò al nostro tavolo per chiederci se volevamo fare il bis.

«Sì, continui pure a rifornirci», gli rispose Sarah. «E allora, come è finita la discussione?»

«Gli ho detto che sarei stata via tutta l'estate, che avevo bisogno di un po' di tempo lontana per pensare a cosa vorrei fare della mia vita.»

«E lui cosa ha detto?»

«Quello che dice sempre: che mi ama ma non si sente pronto. In questo è sempre stato sincero, ma credo che per la prima volta si sia reso conto che questa decisione non spetta soltanto a lui.»

«Ne hai parlato con la mamma?» domandò Sarah.

«Sì. Mi ha detto di chiedermi se la mia vita sarebbe migliore con lui o senza di lui.»

Io e Sarah eravamo fortunate. Nostra madre aveva perfezionato l'arte di dare consigli semplici ma decisamente efficaci sul piano pratico, restando neutrale e senza mai giudicare. Una vera anomalia tra i genitori, almeno a sentire l'opinione di tante nostre amiche.

«Bene, e qual è la tua risposta?»
«Non ne sono sicura. Lo amo, però non credo che questo mi basti.»
Mi serviva tempo per prendere una decisione, per sentirmi sicura, e Jane e Tom Callahan mi fornivano l'occasione ideale per staccare da quella situazione. Letteralmente, uno spazio *altro* nel quale fermarmi a riflettere.
«John lo prenderà come un ultimatum», disse Sarah.
«Questo è sicuro.» Sorseggiai il secondo margarita.
«Mi sembri abbastanza tranquilla, però.»
«Perché non ho ancora rotto con lui.»
«Forse è una buona idea quella di startene un po' da sola, Anna. Pensaci bene e decidi cosa è meglio per te.»
«Non sono obbligata ad aspettarlo, Sarah. Ho tutto il tempo per trovare una persona che vuole le stesse cose che voglio io.»
«Vero.» Finì il suo margarita e mi sorrise. «Beata te che puoi prendere e partire per uno di quei posti esotici così, su due piedi.» Sospirò. «Quanto mi piacerebbe venire con te... L'anno scorso la cosa più vicina alle vacanze che ho fatto è stata portare i ragazzi a vedere i pesci tropicali all'acquario, insieme a David.»
Sarah si destreggiava come poteva tra il marito, i figli e un lavoro a tempo pieno. Un viaggio da sola in un paradiso tropicale probabilmente era la sua personale idea del nirvana.
Pagammo il conto, e mentre andavamo a prendere la metropolitana pensai che una volta tanto era la mia erba a essere, forse, un pochino più verde. Nella mia situazione un lato positivo esisteva, ed era la libertà di passare l'estate in un'isola stupenda, se mi andava di farlo.
Ma, fino a quel momento, il piano non aveva funzionato granché bene. Avevo un mal di testa tremendo, lo stomaco che brontolava e non avevo mai avuto tanta sete in vita mia. Con la testa posata sul giubbotto di salvataggio, rabbrividii e mi sforzai di non chiedermi quanto tempo avrebbero impiegato per trovarci.

4.
T.J.

Mi svegliai alle prime luci dell'alba. Anna guardava il cielo, seduta sulla sabbia accanto a me. Mi brontolava lo stomaco e avevo la bocca prosciugata.

«Ehi. Come va la testa?»

«Fa ancora abbastanza male», rispose lei.

Anche la sua faccia era conciata abbastanza male. Le guance erano gonfie e piene di lividi viola, e lungo l'attaccatura dei capelli correva una riga di sangue rappreso.

Sotto l'albero del pane Anna mi montò sulle spalle e fece cadere due frutti. Mi sentivo debole, barcollavo e faticavo a reggerla. Poi lei smontò e ai nostri piedi ne cadde uno staccatosi da un ramo. Ci scambiammo uno sguardo.

«Questo ci faciliterà le cose», commentò Anna.

Sgombrammo lo spazio sotto l'albero dai frutti marci, in modo da avere la certezza che quelli trovati in terra da quel momento in poi fossero commestibili. Raccolsi quello che era appena caduto e lo sbucciai. Il succo era più dolce, la polpa meno dura da masticare.

Siccome avevamo disperatamente bisogno di qualcosa per raccogliere l'acqua piovana, camminammo lungo la riva in cerca di scatolette vuote, bottiglie, insomma, qualsiasi tipo di contenitore che potesse servire allo scopo. Qua e là c'erano dei detriti, che secondo me erano parte dei rottami dell'aereo, ma non trovammo nient'altro. Di fronte all'assenza totale di rifiuti prodotti dall'uomo mi domandai in che diavolo di posto eravamo finiti.

Dopo un po' ci spostammo nell'interno dell'isola. Sotto il fogliame che bloccava la luce del sole ci assalirono nugoli di zanzare, che scacciavo agitando le mani. Notammo il laghetto solo dopo essere entrati in una piccola radura. In realtà somigliava più a una grossa pozza dall'acqua melmosa, ma la mia sete salì comunque alle stelle.

«Si potrà bere?» domandai.

Anna si inginocchiò e immerse la mano, smuovendo le acque. Arricciò il naso all'odore. «No, è stagnante. Probabilmente è rischioso berla.»

Dopo aver camminato ancora un po', tornammo alla palma a mani vuote. Raccolsi da terra una noce di cocco e la schiacciai con forza contro il tronco dell'albero, ma alla fine la buttai via perché non c'era verso di spaccare il guscio. Tirai un calcio all'albero, facendomi male al piede. «Maledizione!»

Se fossi riuscito ad aprirlo avremmo potuto bere l'acqua all'interno, mangiare la polpa e poi usare il guscio vuoto per raccogliere la pioggia.

Anna non badò alla mia sfuriata.

«Proprio non capisco come mai non si sia ancora visto un aereo. Ma dove saranno?» disse scuotendo la testa.

Sudato e con il fiatone, mi sedetti vicino a lei. «Non lo so.» Restammo così per un pezzo, in silenzio, ciascuno immerso nei propri pensieri. Alla fine chiesi: «Secondo te dovremmo accendere un fuoco?».

«Sai come farlo?»

«No.» Avevo sempre vissuto in città e le volte che ero andato in campeggio si potevano contare sulle dita di una mano. Tra l'altro, di solito usavamo l'accendino. «E tu?»

«Io no.»

«Potremmo fare un tentativo», proposi. «A quanto pare il tempo non ci manca.»

Anna sorrise a quel goffo tentativo di fare dello spirito. «D'accordo.»

Passammo tutta l'ora successiva a sfregare l'uno contro l'altro due ramoscelli. Prima di arrendersi, Anna riuscì a scaldare i suoi abbastanza da scottarsi le dita. A me andò un po' meglio – mi era sembrato di vedere del fumo –, ma niente fuoco, solo un grande indolenzimento alle braccia.

«Ci rinuncio», dissi lasciando cadere i miei bastoncini. Con un lembo della maglietta mi asciugai il sudore prima che colasse sugli occhi.

Cominciò a piovere. Mi sforzai di prendere qualche goccia sulla lingua, grato della poca acqua che riuscivo a inghiottire. L'acquazzone durò solo pochi minuti.

Sempre sudando, scesi alla spiaggia, mi levai la maglietta ed entrai in acqua con addosso solo i calzoncini corti. L'acqua della laguna era calda come quella di una vasca da bagno, però mettere la testa sotto mi rinfrescò. Anna mi aveva seguito, ma prima di entrare in acqua si era raccolta i capelli. Doveva morire di caldo con quella maglietta a maniche lunghe e i jeans. Dopo un attimo di esitazione si alzò in piedi, si sfilò i vestiti e rimase in reggiseno e slip.

«Fai conto che io sia in costume da bagno, okay?» disse quando mi raggiunse nell'acqua. Era arrossita e sfuggiva il mio sguardo.

«Certo.» Ero talmente senza fiato che non riuscii a dire altro. Aveva un corpo da favola. Gambe lunghe, ventre piatto. Seno notevole. Guardarla con desiderio avrebbe dovuto essere l'ultima cosa a passarmi per la testa, e tra la fame, la sete e quel gran casino che era la nostra situazione avrebbe dovuto essere impossibile eccitarmi. Nuotai lontano da lei finché non ripresi il controllo.

Restammo in acqua a lungo, e una volta usciti lei si girò dall'altra parte per rivestirsi. Andammo a controllare l'albero del pane ma, siccome per terra non c'era nessun frutto, Anna si arrampicò sulle mie spalle. Quando premetti le mani sulle sue cosce per tenerla in equilibrio, non riuscii a pensare ad altro che alle sue gambe nude.

Fece cadere due frutti. Non avevo molta fame, il che era strano considerato quanto poco stavamo mangiando. Anna doveva essere nelle mie stesse condizioni, perché bevve il succo e lasciò il frutto.

Al tramonto ci stendemmo vicino alla riva e guardammo i pipistrelli che affollavano il cielo sopra di noi.

«Ho il cuore che mi batte forte», mormorai.

«È un sintomo della disidratazione», disse Anna.

«Quali sono gli altri sintomi?»
«Mancanza di appetito. Niente pipì. Bocca secca.»
«Li ho tutti.»
«Anch'io.»
«Per quanto tempo possiamo resistere senza acqua?»
«Tre giorni, forse meno.»
Cercai di ricordare quando avevo bevuto per l'ultima volta. All'aeroporto nello Sri Lanka, forse? Quando pioveva ci entrava in bocca un po' d'acqua, che però non sarebbe bastata per tenerci in vita. Il pensiero di quella corsa contro il tempo mi spaventava a morte.
«E lo stagno?»
«Pessima idea», rispose lei.
Nessuno dei due disse cosa stava pensando in quel momento, non ce n'era bisogno: se avessimo dovuto scegliere tra l'acqua dello stagno e morire di sete, forse avremmo finito per bere comunque quella melmosa.
«Domani arriveranno», disse Anna, in tono poco convinto.
«Lo spero.»
«Ho paura», sussurrò.
«Anch'io.» Mi girai sul fianco, ma passò molto tempo prima che riuscissi a addormentarmi.

5.
ANNA

Il terzo giorno, al risveglio, avevamo tutti e due mal di testa e nausea. Dopo avere mangiato un paio di frutti dell'albero del pane temetti di vomitare, invece non accadde niente. Pur essendo completamente privi di energie tornammo alla spiaggia, decisi a fare un altro tentativo con il falò. Ero convinta che quel giorno un aereo avrebbe sorvolato l'isola, e sapevo che quello era il modo migliore per farci individuare.

«Abbiamo sbagliato tutto», disse T.J. «Ci ho ripensato ieri notte, prima di dormire. Mi sono ricordato di una trasmissione in TV dove per fare un fuoco usavano un solo legnetto, facendolo ruotare molto in fretta. Ho un'idea: vado a vedere se riesco a trovare quello che mi serve.»

Intanto io raccolsi tutto il materiale che avrebbe potuto ardere se fossimo riusciti nel nostro intento. In quell'aria satura di umidità, l'unica cosa veramente asciutta sull'isola era la mia bocca, ma alla fine trovai delle foglie secche sulla parte più bassa del fusto di una pianta. Frugando nelle tasche dei jeans trovai un po' di lanugine, che aggiunsi al mucchietto.

T.J. tornò con un ramoscello e un pezzo di legno più corto.

«Non è che hai dei fili o della lanugine in fondo alle tasche?» gli domandai. Rovesciò le tasche e mi diede quelli che aveva trovato. «Grazie.»

Dopo averne formato una piccola catasta, radunai ramoscelli e alcune foglie verdi e umide, per fare ancora più fumo.

T.J. si sedette e posizionò il suo ramoscello in verticale sopra il pezzo di legno corto.

«Cosa fai?» gli chiesi.

«Sto cercando di trovare un sistema per far ruotare molto velocemente il bastoncino.» Ci pensò su per un attimo. «Mi sembra che in TV avessero una cordicella. Come vorrei non aver perso le scarpe, almeno potrei usare i lacci...»

Con una mano fece girare il bastoncino, ma la rotazione era troppo lenta e non generava la frizione necessaria.

«Cazzo, è impossibile», esclamò facendo una pausa, mentre rivoli di sudore gli colavano sulla faccia.

Riprese con rinnovata determinazione, questa volta usando entrambe le mani. Ben presto T.J. trovò il suo ritmo e dopo una ventina di minuti un mucchietto di polvere scura riempiva l'incavo scavatosi sulla base d'appoggio.

«Guarda!» gridò T.J. quando si alzò un filo di fumo, che cresceva di secondo in secondo.

Malgrado il sudore gli offuscasse la vista, non smise di far ruotare il bastoncino.

«Mi serve la catasta.»

Gliela portai, trattenendo il respiro. Servendosi del bastoncino, estrasse cautamente i pezzettini di brace rossa e li spostò nel mucchietto di foglie secche e lanugine. Poi, tenendolo tra le mani, soffiò piano; si sprigionò una fiamma, e T.J. lo lasciò cadere in terra.

«Oh mio Dio!» gridai. «Ce l'hai fatta!»

La fiamma crebbe rapidamente, e corremmo a cercare altri ramoscelli. Ma, proprio mentre stavamo tornando indietro di corsa, con i nostri mucchietti in mano, dal cielo si rovesciò una cascata d'acqua. Nel giro di pochi secondi il fuoco si ridusse a un ammasso di legna fradicia e annerita.

Guardando quei resti mi veniva da piangere. T.J. era crollato in ginocchio sulla sabbia. Mi sedetti accanto a lui e insieme alzammo la testa per cercare di bere. Piovve a lungo e perlomeno ci dissetammo un po'.

Non sapevo cosa dire. Appena smise di piovere ci sdraiammo sotto la palma, in silenzio, a sonnecchiare, intorpiditi e scoraggiati.

Al risveglio, nel tardo pomeriggio, nessuno dei due aveva voglia di mangiare i frutti dell'albero del pane. A T.J. mancavano le forze per accendere un altro fuoco, e in ogni caso era inutile provarci, senza un riparo che lo proteggesse dalla pioggia. Il cuore mi batteva forte e sentivo un formicolio alle braccia e alle gambe. Non sudavo più.

Quando T.J. si alzò, lo imitai. Avevo capito dove stava andando, ma non trovai la forza per fermarlo. Volevo andarci anch'io.

Al bordo dello stagno mi inginocchiai, e bevvi l'acqua dalla mano chiusa a coppa. Vicino a me, T.J. beveva direttamente dallo stagno. Quell'acqua aveva un sapore terribile, era calda e leggermente salata, ma una volta fatto il primo sorso non riuscimmo più a fermarci, e dopo avere bevuto a più non posso crollammo a terra. Avevo la nausea ed ero assediata dalle zanzare, che cercavo di scacciare agitando le mani. Ritornammo alla spiaggia poco prima del tramonto e ci stendemmo sulla sabbia, l'uno di fianco all'altra. Ritrovai un po' di speranza: avevamo guadagnato un po' di tempo, e l'indomani i soccorsi sarebbero sicuramente arrivati.

«Mi dispiace per il fuoco, T.J. Ce l'avevi messa tutta, sei stato bravissimo. A me quel sistema non sarebbe mai venuto in mente.»

«Grazie, Anna.»

Dopo qualche ora di sonno, mi svegliai. Il cielo era nero, doveva essere notte fonda. Ignorai una fitta di dolore alla pancia e mi girai sul fianco. Quando ne arrivò un'altra, questa volta più forte, mi tirai a sedere gemendo, con la fronte imperlata di sudore.

T.J. si svegliò. «Cosa c'è?»

«Ho mal di pancia.» Anziché diminuire, le fitte si intensificarono, e a quel punto capii cosa stava per succedere. «Resta qui», dissi a T.J.

Mi addentrai nella foresta e feci appena in tempo ad abbassare i jeans e le mutandine prima di scaricare tutto quello che avevo in corpo. Quando non rimase più niente, restai in terra a contorcermi per i dolori che sopravvenivano a ondate, un crampo dopo l'altro. Ero in un bagno di sudore. Il dolore si irradiava dalla pancia alle gambe, e rimasi immobile a lungo, per paura che il minimo movimento peggiorasse la situazione. Le zanzare mi volavano intorno alla faccia.

Poi arrivarono i ratti.

Ovunque guardassi, nell'oscurità vedevo brillare i loro occhi rossi. Lanciai un urlo quando una delle bestie mi saltò sul piede. Mi rialzai con difficoltà, tirando su i pantaloni a strattoni, ma quello sforzo mi causò un dolore acuto e crollai di nuovo a terra. Pensavo di morire. Forse l'acqua dello stagno era contaminata da qualcosa che non lasciava scampo. Rimasi immobile. Stremata e debolissima, senza avere idea di dove fosse T.J., piombai in uno stato di incoscienza.

Mi svegliò un ronzio incessante, e pensai istintivamente alle zanzare. Ma ormai il sole era sorto, gli insetti erano pochi e i ratti scomparsi del tutto. Ero raggomitolata sul fianco e mi costò molta fatica sollevare la testa.

Era il rombo di un aereo.

Mi misi carponi e caracollai verso la spiaggia, gridando il nome di T.J. Mi alzai in piedi e raggiunsi la riva cercando, con le ultime forze che mi restavano, di agitare le braccia sopra la testa. Non vedevo l'aereo però lo sentivo, un suono che si allontanava sempre più.

Ci stanno cercando. Torneranno indietro tra un momento.

Il rombo si fece sempre più flebile, fino a scomparire del tutto. Con le ginocchia tremanti, caddi sulla sabbia e piansi, scossa dai singhiozzi. Rimasi accasciata, con lo sguardo fisso sul mare, finché non mi fui calmata.

Non sapevo quanto tempo fosse passato, ma quando mi girai vidi T.J. sdraiato accanto a me.

«C'era un aereo», gli dissi.

«L'ho sentito. Non riuscivo a muovermi.»

«Torneranno.»

Non tornarono.

Quel giorno piansi molto. T.J. stava in silenzio, a occhi chiusi. Non sapevo se stesse dormendo o fosse semplicemente troppo debole per parlare. Non accendemmo un altro fuoco, non mangiammo i frutti dell'albero del pane. Ci spostammo dalla palma solo quando cominciò a piovere.

Quando scese il buio tornammo alla spiaggia, perché io non volevo stare vicino alla foresta. Stesa sulla sabbia vicino a T.J., di una sola cosa ero certa: se non fosse arrivato un altro aereo, o se non avessimo trovato un modo per raccogliere l'acqua, saremmo morti.

Per la maggior parte della notte dormii a sprazzi. Quando finalmente piombai in un sonno profondo, mi svegliai urlando da un sogno dove un ratto mi mordeva il piede.

6.
T.J.

Allo spuntare del sole riuscii a malapena a sollevare la testa dalla sabbia. Era ormai il quarto giorno. Durante la notte la corrente aveva portato a riva due coprisedili dell'aereo, e qualcosa di blu attirò la mia attenzione. Scossi Anna per svegliarla. Mi guardò con occhi spenti, le labbra screpolate e incrostate di sangue.

«Cos'è?» Puntai il dito verso quella cosa blu, ma ero stremato e il mio braccio ricadde sulla sabbia.

«Dove?»

«Là, vicino ai coprisedili.»

«Non lo so», rispose lei.

Alzai la testa e schermai gli occhi con la mano. Era un oggetto vagamente familiare, e a un tratto capii cos'era. «È il mio zaino. Anna, quello è il mio zaino!»

Andai a prenderlo e tornai da Anna. Lo aprii vicino a lei ed estrassi la bottiglia d'acqua che mi aveva dato all'aeroporto di Malé.

Anna si rianimò. «Oddio, finalmente!»

Svitai il tappo e ci passammo a più riprese la bottiglia, attenti a non bere troppo in fretta. Era piena e la svuotammo completamente, ma placò solo in minima parte la mia sete.

«Con questa possiamo raccogliere l'acqua piovana, se usiamo una foglia come imbuto», commentò Anna con la bottiglia in mano.

Barcollando per la debolezza, staccammo una foglia bella grande da uno dei rami bassi dell'albero del pane. Anna ne strappò dei pezzetti per darle la giusta dimensione e la infilammo nel collo della bottiglia, allargandone il più possibile l'apertura. Raccogliemmo da terra e mangiammo qualche frutto caduto dall'albero.

Esaminai il contenuto dello zaino. Il mio berretto da baseball dei Chicago Cubs era bagnato fradicio ma lo misi in testa lo stesso. C'erano anche una felpa grigia con il cappuccio, due magliette, due paia di calzoncini corti, i jeans e un po' di biancheria intima e calze, oltre allo spazzolino da denti, al dentifricio e il lettore CD. In bocca avevo un orrendo saporaccio. Svitai il tappo del tubetto di dentifricio, ne spremetti un po' sullo spazzolino e lo allungai ad Anna.

«Ce lo dividiamo, se non ti scoccia.»

Lei sorrise. «No, che non mi scoccia, T.J. Ma usalo tu per primo, è tuo.»

Mi lavai i denti, e dopo avere sciacquato lo spazzolino nell'oceano lo passai a lei. Anna lo usò e me lo restituì. «Grazie.»

Aspettavamo la pioggia e quando arrivò, nel primo pomeriggio, guardammo la bottiglia riempirsi d'acqua. Bevemmo a turno, rimettemmo la foglia al suo posto e lasciammo che la pioggia la riempisse di nuovo. Scolammo anche la seconda bottiglia. Avevamo bisogno di altra acqua, e molta, però cominciavo a pensare che forse non saremmo morti.

Ora potevamo dissetarci, avevamo i frutti e sapevamo accendere un falò. Dovevamo creare un riparo, altrimenti il fuoco non sarebbe mai rimasto acceso.

Anna voleva costruirlo sulla spiaggia perché aveva troppa paura dei ratti. Spezzammo due rami biforcuti, li piantammo nella sabbia e infilammo di traverso il ramo più lungo che eravamo riusciti a trovare. Ne appoggiammo altri in verticale su entrambi i lati, e il nostro misero riparo di frasche era pronto. Là sotto ricoprimmo il terreno con un manto di foglie, lasciando libero solo il piccolo cerchio nel quale avremmo fatto il falò. Anna mise dei sassolini tutt'intorno. Il riparo si sarebbe riempito di fumo, ma forse così le zanzare sarebbero rimaste lontane.

Decidemmo di accatastare la legna al coperto e di aspettare fino al mattino seguente per accendere il fuoco, in modo che fosse asciutta.

Piovve di nuovo e la nostra bottiglia si riempì tre volte; in vita mia non avevo mai assaggiato niente di tanto buono.

Al tramonto portammo sotto il riparo i coprisedili, i giubbotti di salvataggio e il mio zaino.

«Buona notte, T.J.», disse Anna dalla parte opposta del cerchio per il fuoco, appoggiando la testa su uno dei coprisedili.

«Buona notte, Anna.»

7.
ANNA

Aprii gli occhi. Dalle aperture del riparo filtravano i raggi di sole del nostro quinto giorno sull'isola. Per un attimo rimasi sconcertata dal senso di pressione della vescica – non lo avvertivo da un pezzo –, poi sorrisi.

Devo fare pipì.

Uscii senza svegliare T.J. e mi inoltrai nella foresta. Mi accucciai dietro un albero, storcendo il naso al forte odore di ammoniaca. Tirandomi su i jeans provai un senso di disgusto per l'assenza di carta igienica.

Al ritorno trovai T.J. in piedi vicino al riparo di frasche.

«Dov'eri?» mi chiese.

«A fare pipì», risposi con un sorriso smagliante.

Lui alzò la mano e gli diedi il cinque. «Devo andare a farla anch'io.»

Al suo ritorno andammo insieme all'albero del pane, dove facemmo colazione con tre frutti caduti a terra.

«Fammi vedere la testa», disse T.J.

Obbedii, e lui mi passò le dita tra i capelli finché non trovò il taglio.

«Va meglio, anche se probabilmente avresti avuto bisogno di un paio di punti. Non vedo grumi di sangue, ma hai i capelli talmente scuri che è difficile dire se ci sono o no.» Indicò la mia guancia. «I lividi stanno guarendo. Quello lì sta diventando giallo.»

Anche l'aspetto di T.J. era migliorato. Riusciva quasi a tenere l'occhio aperto e le ferite si stavano cicatrizzando. Grazie alla cintura di sicurezza, a lui era andata meglio che a me. Sul suo viso – un viso molto bello, anche se ancora da ragazzo – non sarebbero rimaste cicatrici. Non sapevo se questo valesse anche per me, ma in quel momento la cosa non mi preoccupava più di tanto.

Finita la colazione, T.J. accese il fuoco.

«Veramente in gamba, il ragazzo di città», gli dissi dandogli un buffetto sulla spalla.

Sorrise mentre aggiungeva altri legnetti, chiaramente fiero di sé. «Grazie», disse asciugandosi il sudore dagli occhi.

«Fammi vedere le mani.» Mi mostrò i palmi. La pelle indurita e callosa era piena di vesciche, e lui sussultò quando le sfiorai. «Devono farti male.»

«Un po'», ammise.

Il riparo si riempì di fumo, ma se non altro il fuoco non si sarebbe spento sotto la pioggia. Se avessimo sentito un aereo lo avremmo smantellato in fretta, buttando le foglie sulla fiamma per fare ancora più fumo.

Non avevo mai lasciato passare tanto tempo senza fare una doccia e puzzavo terribilmente. «Io vado a cercare di lavarmi un po'», annunciai. «Tu resta qui, d'accordo?»

T.J. annuì e mi allungò una T-shirt presa dallo zaino. «Non vuoi metterti questa al posto di quella a maniche lunghe?»

«Sì, grazie.» La sua maglietta mi avrebbe fatto da vestitino corto, ma non mi importava.

«Ti darei anche i calzoncini, ma mi sa che sono troppo grandi per te.»

«Va bene così. La maglietta è proprio quello che ci voleva.»

Camminai lungo la riva e mi spogliai solo quando T.J. e il riparo furono scomparsi dalla vista. Scrutai il cielo azzurro e senza una nuvola.

Sarebbe perfetto se adesso un aereo volasse qui sopra. Il pilota noterebbe di sicuro una donna nuda sulla spiaggia.

Mi immersi nella laguna, facendo scappare i pesci. Le scottature sulle mani e sui piedi si erano tramutate in un'abbronzatura molto scura, che formava un netto contrasto con le braccia e le gambe pallide. I capelli mi scendevano sulle scapole in un groviglio che pareva un nido d'uccello.

Dopo essermi sfregata tutto il corpo con le mani, andai a recuperare i vestiti sulla riva per sciacquarli nell'oceano. Mi pettinai con le dita, rimpiangendo di non avere un elastico per farmi la coda.

Leggermente più pulita di quando ero entrata nell'acqua, misi reggiseno e slip bagnati infilandomi sopra la maglietta di T.J. Siccome mi arrivava a mezza coscia, lasciai perdere i jeans.

«Lo so che non ho i pantaloni», spiegai a T.J. di ritorno al riparo. «Ma ho caldo, e poi si devono asciugare.»

«Non ti preoccupare, Anna.»

«Come vorrei che avessimo qualcosa per pescare... La laguna è piena di pesci.» Avevo l'acquolina in bocca e lo stomaco che brontolava.

«Potremmo tentare di infilzarli con un ramo. Adesso mi lavo, poi possiamo cercarne uno adatto. Tra l'altro è quasi finita anche la legna per il fuoco.»

Cinque minuti dopo T.J. era di ritorno, con i capelli bagnati e indossando indumenti puliti. Tra le braccia teneva qualcosa di voluminoso.

«Guarda cosa ho trovato in acqua.»

«Che cos'è?»

Mise giù l'oggetto, girandolo in modo che potessi leggere la scritta sul fianco.

«Il canotto di salvataggio dell'aereo! Ricordo di averlo visto mentre cercavo i giubbotti.»

Lo estraemmo dal contenitore. Aprii la busta impermeabile e lessi ad alta voce: «Il telo di copertura del canotto, alloggiato nella cassetta degli accessori, è provvisto di due teli avvolgibili che fungono da porta ed è dotato di taniche per l'immagazzinamento dell'acqua sulla sommità del tettuccio. Sono disponibili confezioni speciali, con radiofaro e localizzatore d'emergenza inclusi».

Le mie speranze schizzarono alle stelle. «Dov'è la cassetta degli accessori?»

T.J. guardò nel fondo del contenitore, dal quale ripescò una seconda busta impermeabile. Lacerai la plastica con mani tremanti, e appena lo strappo fu abbastanza esteso rovesciai il contenuto sulla sabbia. Rovistammo tra gli oggetti, con le mani che si scontravano mentre li esaminavamo.

Non c'era niente di utile per allertare i soccorsi. Niente localizzatore né radiofaro d'emergenza, niente telefono satellitare né radiotrasmittente.

Il mio ottimismo mi abbandonò. «Evidentemente pensavano che la confezione speciale fosse un lusso superfluo.»

T.J. scosse la testa lentamente.

Pensai a quello che sarebbe successo se avessimo trovato un localizzatore d'emergenza.

Basta accenderlo e aspettare, per essere trovati?

Mi salirono le lacrime agli occhi. Battendo le palpebre per ricacciarle indietro, cominciai a fare l'inventario degli oggetti contenuti nella busta degli accessori: un coltello, un kit di pronto soccorso, una tela cerata, due coperte, una corda e due taniche di plastica pieghevoli da un litro.

Aprii il kit: diversi farmaci, pomata antibiotica, crema al cortisone, cerotti, salviette imbevute di alcol.

Presi le mani di T.J. e medicai le vesciche con la pomata antibiotica, poi le coprii con i cerotti.

«Grazie.»

Presi in mano il flacone di antistaminico. «Questo può salvarci la vita.»

«In che modo?»

«Blocca le reazioni allergiche.»

«E quello lì, invece?» domandò lui indicando una bottiglietta bianca.

Distolsi lo sguardo. «Quello è l'antidiarroico.»

T.J. commentò con un grugnito.

Il canotto di salvataggio andava gonfiato con una bomboletta di anidride carbonica. Premuto il bottone, si riempì di gas talmente in fretta che dovemmo fare un salto indietro.

Dopo aver sistemato sul tettuccio la tanica dell'acqua, il canotto assomigliava vagamente a una di quelle case gonfiabili in cui i miei nipotini saltavano per ore.

«Dovrebbe contenere all'incirca tre litri d'acqua», dissi indicando la tanica. Perennemente assetata, speravo che la pioggia del pomeriggio arrivasse presto.

Sul fianco del tettuccio pendevano dei teli di nylon che si potevano attaccare al canotto con il velcro: tenerli su durante il giorno avrebbe permesso l'entrata di luce e aria. Con le retine avvolgibili che fungevano da porta, invece, si potevano chiudere le piccole aperture dell'ingresso.

Spingemmo il canotto vicino al riparo di frasche e, dopo avere aggiunto altra legna sul fuoco, andammo alla palma. T.J. aprì il guscio di una noce di cocco infilando la punta del coltello nel frutto e facendo pressione sul manico con la mano chiusa a pugno. Io raccolsi l'acqua che ne usciva con uno dei contenitori di plastica.

«Credevo che fosse più dolce», commentò T.J. dopo averne bevuto un sorso.

«Anch'io.» Non era cattiva, solo un po' amarognola.

T.J. estrasse la polpa. Avrei mangiato tutte le noci di cocco cadute per terra, tanta era la fame. Ce ne dividemmo cinque, e T.J. ne mangiò ancora una, tutta intera. Mi chiesi quanto cibo ci volesse per saziare un ragazzo di sedici anni.

La pioggia cominciò a cadere poco più tardi. Eravamo fradici ma allegri alla vista dei contenitori che si riempivano fino all'orlo. Grata per quell'abbondanza, bevvi a volontà, fino a sentire lo stomaco gorgogliare.

Nel giro di un'ora avevamo di nuovo fatto pipì entrambi. Festeggiammo con un'altra noce e due frutti dell'albero del pane.

«A me piace di più il cocco.»

«Anche a me. Però adesso che abbiamo il fuoco potremmo arrostire i frutti e vedere se il sapore migliora», propose T.J.

Raccogliendo altra legna trovammo dei rami lunghi da usare come canna da pesca. Per proteggerci meglio dalla pioggia, stendemmo la cerata sul tetto del riparo e la assicurammo con la corda.

T.J. incise cinque tacche sul tronco di un albero per tenere il conto dei giorni. Nessuno dei due accennò alla possibilità che un altro aereo sorvolasse l'isola.

Prima di andare a dormire accendemmo un falò che facesse la fiamma più alta possibile, stando attenti a non bruciare le frasche del riparo. T.J. entrò nel canotto carponi e io lo seguii, sempre indossando la sua maglietta, adesso come camicia da notte. Chiusi la porta srotolando la retina; se non altro avrebbe tenuto lontane le zanzare.

Fissammo anche i teli laterali col velcro. Stesi le coperte, che erano molto ruvide, ma ci avrebbero tenuto al caldo durante la notte. I coprisedili erano sottili e odoravano di muffa ma erano un lusso rispetto ai giubbotti di salvataggio.

«Che favola», disse T.J.

«Già.»

Stare in quel canotto, un po' più piccolo di un letto matrimoniale, lasciava appena qualche centimetro tra me e T.J., ma ero troppo stanca per preoccuparmene.

«Buona notte, T.J.»

«Buona notte, Anna.» Dalla voce sembrava già mezzo addormentato, infatti si girò sul fianco e in un attimo sprofondò nel sonno.

Poco dopo crollai anch'io.

Mi svegliai nel cuore della notte e controllai il fuoco. Era quasi spento, perciò lo ravvivai, spargendo faville nell'aria.

T.J. si destò mentre mi stendevo di nuovo vicino a lui.

«Cosa c'è?»

«Niente. Ho messo dell'altra legna sul fuoco. Rimettiti a dormire.»

Chiusi gli occhi, e non li riaprii fino allo spuntare del sole.

8.
T.J.

Al risveglio avevo un'erezione. Mi capitava spesso, e non è che potessi fare qualcosa per evitarlo. Ora che eravamo quasi fuori pericolo, il mio corpo doveva avere deciso che era il caso di riattivare ogni funzione. Dormire così vicino a una ragazza, poi, e soprattutto una ragazza bella come Anna, era la garanzia che accadesse.

Distesa sul fianco, rivolta verso di me, non si era ancora svegliata. I tagli sulla faccia stavano scomparendo, e per fortuna nessuno sembrava tanto profondo da lasciare una cicatrice. Siccome aveva scalciato via la coperta durante la notte, rimasi lì a guardare le sue gambe. La cosa più sbagliata da fare, considerando quello che stava succedendo nei miei calzoncini. Se avesse aperto gli occhi mi avrebbe beccato lì in contemplazione, perciò alla fine uscii dal canotto e pensai ai problemi di geometria finché l'erezione non se ne fu andata.

Anna mi raggiunse dieci minuti dopo. Facemmo colazione con una noce di cocco e un frutto. Mi lavai i denti, sciacquandomi la bocca con l'acqua piovana.

«Tieni», dissi, porgendole dentifricio e spazzolino.

«Grazie.»

«Forse oggi passerà un altro aereo», buttai lì.

«Forse», rispose Anna senza guardarmi.

«Voglio dare un'occhiata in giro per vedere cos'altro c'è sull'isola.»

«Dovremo fare molta attenzione», osservò lei. «Non abbiamo le scarpe.»

Le diedi un paio di calze delle mie, in modo che non

avesse i piedi completamente nudi. Andai dietro il riparo di frasche a infilarmi i jeans per proteggere le gambe dalle zanzare, poi entrammo nella foresta.

In un'aria umida che s'incollava alla pelle passai in mezzo a nugoli di moscerini tenendo la bocca chiusa e cercando di scacciarli. A ogni passo l'odore del marciume della vegetazione diventava più forte. Sotto quel fogliame, che bloccava quasi completamente i raggi del sole, gli unici rumori erano gli schiocchi dei rami spezzati e i nostri respiri nell'aria pesante. Mentre avanzavamo in silenzio, con i vestiti fradici di sudore, mi chiedevo quanto tempo avremmo impiegato per attraversare la foresta e sbucare dall'altra parte dell'isola.

Ci mettemmo un quarto d'ora. Siccome lei era alle mie spalle, fui io a vederlo per primo. Mi fermai di botto, girandomi per farle segno di correre.

Anna mi raggiunse e sussurrò: «Che cos'è?».

«Non lo so.»

Un capanno di legno, lungo e stretto, sorgeva a una ventina di metri da noi. Forse l'isola era abitata da qualcuno, qualcuno che non si era preso la briga di venire a far conoscenza con noi. Ci avvicinammo con circospezione alla porta spalancata e dai cardini arrugginiti e sbirciammo all'interno.

«C'è nessuno?» chiamò Anna.

Nessuna risposta. Entrammo in una stanza con il pavimento di legno. Dalla parte opposta della stanza priva di finestre c'era un'altra porta, chiusa. Niente mobili. Quando col piede toccai una pila di coperte ammucchiate in un angolo, ne uscirono talmente tanti insetti che Anna e io facemmo un salto indietro.

Appena gli occhi si furono abituati alla penombra, sul pavimento scorsi una cassetta degli attrezzi. Mi chinai per aprirla; conteneva un martello, diverse scatole di chiodi e viti, un metro a nastro, un paio di pinze e una piccola sega. Anna, invece, aveva trovato dei vestiti. Prese dal mucchio una maglietta, da cui si staccò una manica.

«Inutilizzabili. Peccato», disse con una smorfia.

Aprii la seconda porta ed entrammo piano piano. In

mezzo ai sacchetti di patatine vuoti e alla carta di caramelle che ingombravano il pavimento c'era un contenitore di plastica rotondo, abbastanza largo. Lo presi in mano e controllai l'interno: vuoto. La persona che abitava lì, chiunque fosse, probabilmente lo usava per raccogliere l'acqua piovana. Forse, se avessimo trovato prima quel capanno, esplorando un po' di più e avventurandoci più lontano, non saremmo stati costretti a bere l'acqua dello stagno. E forse saremmo stati sulla spiaggia nel momento in cui l'aereo sorvolava l'isola.

Anna guardò il contenitore che tenevo in mano. Doveva avere fatto le stesse considerazioni, perché disse: «Quel che è stato è stato, T.J. Ormai non possiamo più farci niente».

A terra era buttato anche un sacco a pelo ammuffito. In un angolo, appoggiata contro il muro, c'era una custodia nera. Feci scattare le serrature e sollevai il coperchio. Dentro vidi una chitarra acustica in buone condizioni.

«Che strano», commentò Anna.

«Secondo te qui abitava qualcuno?»

«Si direbbe proprio di sì.»

«Chissà cosa faceva.»

«A parte la rockstar?» Scosse la testa. «Non ne ho idea. Ma, chiunque sia, non mette piede in questa casa da un bel pezzo.»

«Questo non è legname di scarto, è stato tagliato in una falegnameria», osservai. «Non so bene come l'abbia portato qui, forse in nave o in aereo, ma di sicuro quel tipo faceva sul serio. Che fine avrà fatto?»

Anna sgranò gli occhi. «T.J., può darsi che ritorni.»

«Speriamo.»

Misi la chitarra nella custodia e gliela passai. Presi la cassetta degli attrezzi e tornammo alla spiaggia.

All'ora di pranzo, mentre spaccavo le noci di cocco, Anna arrostì i frutti dell'albero del pane su un sasso piatto sistemato vicino al fuoco. Spazzolammo via tutto – anche se nel frutto continuavo a non sentire il sapore del pane –, mandando giù il cibo con l'acqua del cocco. Il calore del fuoco e la temperatura, che doveva superare i trenta gradi, rendevano praticamente impossibile stare seduti a lungo nel riparo. Anna aveva il viso rosso, madido di sudore, e i capelli appiccicati al collo.

«Ti andrebbe di fare un bagno?» Mi pentii di averglielo chiesto nel momento stesso in cui mi uscirono di bocca quelle parole. Probabilmente avrebbe pensato che volevo vederla di nuovo mezza nuda.

Dopo un attimo di esitazione, rispose: «Sì. Sto scoppiando dal caldo».

Andammo in spiaggia. Mi tolsi maglietta e calze e, una volta tolti anche i jeans, restai in boxer.

«Fa' conto che sia il mio costume», dissi ad Anna.

Mi diede una rapida occhiata, poi sorrise. «Okay.»

L'aspettai nella laguna, cercando di non guardare mentre si spogliava. Non volevo fare lo scemo solo perché lei aveva il coraggio di spogliarsi davanti a me. Mi ero eccitato di nuovo, e sperai che lei non se ne accorgesse.

Dopo la nuotata ci rivestimmo e restammo per un po' sulla sabbia. Anna guardava il cielo.

«Ero sicura che quell'aereo sarebbe passato ancora», disse.

Più tardi, di ritorno al riparo, gettai della legna sul fuoco. Anna aveva steso per terra una delle coperte del canotto e ci si era seduta sopra. Presi la chitarra e la raggiunsi.

«Suoni?» mi domandò.

«No. Be', un mio amico mi ha insegnato a suonare un pezzetto di una canzone.» Pizzicai le corde suonando le prime note di *Wish You Were Here.*

Anna sorrise. «Pink Floyd.»

«Ti piacciono?»

Fece segno di sì. «Adoro quella canzone.»

«Sul serio? Fantastico, non l'avrei mai detto.»

«Perché, secondo te che tipo di musica dovrei ascoltare?»

«Boh, roba tipo Mariah Carey?»

«No, ascolto musica più datata.» Fece spallucce. «Che ti devo dire? Sono nata nel '71.»

Feci un rapido calcolo. «Hai trent'anni?»

«Sì.»

«Credevo ne avessi ventiquattro o venticinque.»

«Eh, no.»
«Non sembri una di trent'anni.»
Anna scosse la testa ridendo. «Non so se prenderlo come un complimento o come un'offesa.»
«Volevo solo dire che con te si può parlare senza problemi.» Mi sorrise. Strimpellai ancora un po', ripetendo sempre lo stesso giro di accordi, ma ben presto dovetti smettere perché a furia di accendere il fuoco mi facevano male le mani.
«Se avessimo qualcosa da usare come amo, da questo bastone potrei ricavare una canna da pesca», dissi. «Probabilmente una corda della chitarra andrebbe bene come lenza.» Avevo pensato di usare come amo uno dei chiodi della cassetta degli attrezzi, ma siccome i pesci non erano tanto grossi ci voleva qualcosa di più piccolo e più leggero.
Più tardi, quando andammo a dormire, Anna disse: «Spero che sia valsa la pena di rimanere qualche giorno in più a Chicago. Per la festa, intendo».
«Non era una festa. Quella era la versione per i miei genitori.»
«E cos'era, allora?»
«I genitori di Ben erano fuori città. Suo cugino era appena tornato dal college per le vacanze, e avrebbe dovuto andare da lui con la sua ragazza, che doveva portarsi dietro due amiche. Lui era convintissimo di riuscire a farsi una delle due amiche, io invece avevo scommesso venti dollari che gli andava buca.» Non dissi ad Anna che anch'io avevo intenzione di provarci.
«Ci è riuscito?»
«Non si è visto nessuno, così abbiamo passato tutta la serata a giocare ai videogame bevendo birra, e due giorni dopo ho preso l'aereo con te.»
«Wow, T.J., mi dispiace», fece Anna.
«Eh, già.» Aspettai un po' prima di chiederle chi fosse il tizio con lei all'aeroporto.
«Il mio ragazzo, John.»
Mi ricordavo di come l'aveva baciata, quasi volesse ficcarle la lingua fino in gola. «Sentirai la sua mancanza, immagino.»

Anna non rispose subito, ma alla fine mormorò: «Non tanto quanto dovrei».

«Cioè?»

«Lascia stare. È complicato.»

Mi girai sul fianco, sistemando il coprisedile sotto la testa. «Secondo te perché quell'aereo non è più tornato?»

«Non lo so», rispose lei. Ma avevo l'impressione che invece lo sapesse.

«Pensano che siamo morti, vero?»

«Spero di no. Perché smetterebbero di cercarci.»

9.
ANNA

Il mattino seguente T.J., usando il coltello, rese appuntita l'estremità di due lunghi rami.

«Pronta a infilzare un po' di pesci?» mi domandò.

«Prontissima.»

In spiaggia si chinò a raccogliere qualcosa da terra.

«Questa dev'essere tua», disse porgendomi una delle mie ballerine blu.

«Già.» Guardai l'oceano. «Chissà se verrà a riva anche l'altra.»

Ci immergemmo nella laguna fino alla vita. Al mattino il caldo non era insopportabile, perciò tenni addosso la maglietta di T.J. invece di rimanere soltanto in slip e reggiseno. L'orlo assorbiva l'acqua come una spugna e mi aderiva alle cosce. Per più di un'ora tentammo, senza successo, di catturare qualche pesce. Piccoli e veloci, scappavano a ogni nostro movimento.

«Dici che sarebbe meglio andare un po' più al largo?» chiesi a T.J.

«Non lo so. Forse ci sono dei pesci più grossi, però lì potrebbe essere più difficile usare i rami.»

In quel momento scorsi qualcosa che galleggiava sull'acqua. Mi schermai gli occhi con la mano. «E quello cos'è?»

«Dove?»

«Dritto davanti a noi. Va su e giù sulle onde, vedi?» Indicai il punto con il dito.

T.J. strizzò gli occhi. «Oh, cazzo. Non guardare.»

Troppo tardi. Lo avevo riconosciuto un istante prima che

T.J. mi dicesse di non guardare. *Mick.* Lasciai cadere il bastone e vomitai nell'acqua.

«Arriverà sulla spiaggia, torniamo indietro», disse T.J.

Lo seguii fuori dall'acqua e vomitai ancora non appena misi piede sulla sabbia.

«È già qui?» domandai, pulendomi la bocca con il dorso della mano.

«Quasi.»

«Cosa facciamo?»

Il tono di T.J. era incerto. «Dovremo seppellirlo da qualche parte. Potremmo usare una delle coperte, se sei d'accordo.»

Per quanto mi costasse rinunciare a una delle poche cose che avevamo, quello era un atto di rispetto dovuto. E, a essere del tutto sincera, dovevo ammettere che non sarei mai riuscita a toccare quel corpo a mani nude.

«Vado a prenderla», dissi, contenta di avere una scusa per non essere lì nel momento in cui la corrente lo avrebbe depositato a riva.

Tornai con la coperta, T.J. ne prese un lembo e insieme vi facemmo rotolare sopra il corpo, spingendolo con i piedi. Il fetore della carne in decomposizione intrisa d'acqua mi riempiva le narici. Scossa dai conati di vomito, mi coprii il viso con un braccio.

«Non possiamo seppellirlo in spiaggia.»

T.J. scosse la testa. «No.»

Scegliemmo un posto sotto un albero, lontano dal nostro riparo, e scavammo con le mani nel terreno friabile.

«Sarà grande abbastanza?» chiese a un certo punto T.J., guardando la buca.

«Credo di sì.»

Non c'era bisogno di una fossa grande perché i pescecani avevano divorato le gambe e parte del torso di Mick. E un braccio. Sulla faccia gonfia e bianca, invece, aveva infierito qualche altro animale. Dal collo pendevano i brandelli della sua T-shirt multicolore.

T.J. aspettò che finissi di vomitare e poi, tirando un lembo della coperta, trascinammo Mick fino alla sua tomba.

Dopo averlo calato nella buca, lo coprimmo con la terra e ci rialzammo in piedi. Lacrime silenziose mi rigavano le guance. «Era già morto al momento dell'impatto», dissi in tono fermo, come se fosse una constatazione.

«Sì», convenne T.J.

Cominciò a piovere, e ci infilammo nel canotto strisciando. Sebbene il telo del tettuccio ci tenesse all'asciutto, non facevo che rabbrividire. Stesi sopra di noi la coperta – la sola che ci restava – e ci addormentammo.

Più tardi, andammo a raccogliere cocco e frutta. Nessuno dei due parlò molto.

«Tieni.» T.J. mi porse un pezzo di cocco.

Allontanai la sua mano. «No, non me la sento. Mangialo tu.» Avevo lo stomaco sottosopra. Non mi sarei mai più levata dalla testa l'immagine del corpo martoriato di Mick.

«Hai ancora problemi di pancia?»

«Sì.»

«Bevi l'acqua del cocco», suggerì T.J.

«Tutto bene?»

Feci segno di sì. «Forse è meglio che mi limiti a questa, almeno per un po'.»

«Bene. Vado a far legna.»

«Okay.»

Se n'era andato da pochi minuti quando avvertii una sensazione familiare.

Dio, no. Sperando in un falso allarme, andai nella direzione opposta a quella presa da T.J. e mi tirai giù i jeans. Sul cotone bianco degli slip c'era la prova che mi erano venute le mestruazioni. Corsi al riparo di frasche per prendere la mia maglietta con le maniche lunghe. Tornata nella boscaglia ne strappai una striscia, la ripiegai due volte e la infilai nelle mutandine.

Non vedo l'ora che questa giornata orrenda finisca.

Al calar del sole le zanzare cominciarono a banchettare sulle mie braccia.

«Vedo che hai deciso che vale la pena di farsi pungere le braccia, pur di stare più fresca.»

«Sì, diciamo di sì.»

10.

T.J.

Per diciotto giorni non mangiammo altro che cocco e frutti dell'albero del pane. Ormai i vestiti ci ballavano addosso. La pancia di Anna brontolava quando lei dormiva, la mia mi faceva un male cane. Dubitavo che i soccorsi ci stessero ancora cercando e un'opprimente sensazione di vuoto, che non c'entrava niente con la fame, si aggiungeva al mal di pancia ogni volta che pensavo alla mia famiglia e ai miei amici.

Pensavo che avrei fatto colpo su Anna arpionando un pesce, ma riuscii solo a ferirmi un piede. Mi faceva molto male, ma non mi sognai di dirglielo.

«Mettiamoci sopra un po' di quella pomata antibiotica», disse Anna. Dopo averla stesa sulla ferita, la coprì con un cerotto. A sentir lei l'umidità dell'isola era l'ideale per i germi, e tremava al solo pensiero che a uno di noi due potesse venire un'infezione. «Dovrai stare lontano dall'acqua finché non sarà guarita, T.J. La pelle intorno alla ferita deve rimanere asciutta per qualche giorno.»

Bello. Niente pesci, niente nuotate.

Le giornate passavano lentamente. Anna era diventata più silenziosa. Dormiva di più e, al ritorno dai miei giri in cerca di legna o di esplorazione dell'isola, la beccavo spesso mentre si asciugava una lacrima. Un giorno la trovai seduta in spiaggia con gli occhi rivolti al cielo.

«Forse diventa tutto più facile, se smetti di pensare che torneranno», le dissi.

Si girò verso di me. «Cioè dovrei aspettare che un bel giorno un aereo sorvoli l'isola per caso?»

«Non lo so, Anna.»

Mi sedetti vicino a lei. «Potremmo metterci in mare con il canotto di salvataggio», buttai lì. «Caricarlo di roba da mangiare e di contenitori per raccogliere l'acqua. E poi via coi remi.»

«E se finissimo il cibo, o succedesse qualcosa al canotto? Sarebbe un'impresa suicida, T.J. È chiaro che non siamo su nessuna delle rotte degli aerei diretti alle isole abitate, quindi non abbiamo nessuna certezza che qualcuno prima o poi volerà qui sopra. E, considerando che queste isole sono sparpagliate nell'oceano per centinaia di miglia, non mi sento di uscire in mare. No, non dopo avere visto Mick. Mi sento più sicura qui, sulla terraferma. E so benissimo che non torneranno, ma ammetterlo a voce alta significa arrendersi.»

«Prima mi sentivo così anch'io, ma ora mi è passata.»

Anna mi studiò per qualche istante. «Hai un notevole spirito di adattamento.»

Annuii. «Ormai viviamo qui.»

11.

ANNA

T.J. gridava il mio nome. Ero seduta vicino al riparo di frasche, con lo sguardo perso nel vuoto. Correva verso di me trascinandosi dietro una valigia.

«Anna, è tua?»

Balzai in piedi. «Sì!»

Ti prego, fa' che sia quella giusta.

Mi buttai sulla sabbia davanti alla valigia, l'aprii e sorrisi.

Ammucchiai da una parte tutti gli indumenti bagnati e cercai i miei gioielli. Trovai la busta a chiusura ermetica e rovesciai in terra il contenuto. Rovistando tra gli oggetti, le mie dita si chiusero intorno a un orecchino a pendente, che sollevai con aria di trionfo.

Vedendo il gancetto a cui era attaccato il pendaglio, T.J. sorrise. «Sarà un amo perfetto.»

Tirai fuori tutto quello che c'era in valigia: spazzolino da denti, tubetti di dentifricio, quattro saponette, due flaconi di bagnoschiuma, due di shampoo e di balsamo, una lozione per capelli, un rasoio e la crema per la depilazione, oltre a due confezioni di lamette di ricambio. E poi deodoranti, olio per il corpo, dischetti struccanti, due tubetti di burro di cacao rosso ciliegia e anche – *grazie a Dio* – un paio di scatole di assorbenti interni. C'erano lo smalto per le unghie e l'acetone, le pinzette per le sopracciglia, i cotton fioc e i fazzoletti di carta, un flacone di detersivo. E, ancora, due tubetti di crema solare protezione 30, anche se ormai T.J. e io eravamo talmente scuri che era superflua.

«Wow!» esclamò lui quando finii l'inventario di tutti quei prodotti per l'igiene personale.

«Sull'isola in cui saremmo dovuti andare non c'erano né profumeria né drogheria», spiegai. «Avevo controllato.»

In valigia avevo messo anche il pettine e la spazzola, delle clip per i capelli e qualche elastico. E poi un mazzo di carte, la mia agendina e una penna, due occhiali da sole – un paio di Ray-Ban Aviator e un paio con la montatura nera, grossa – e il cappello di paglia stile cowboy che mettevo sempre quando andavo in piscina.

Strizzai gli indumenti a uno a uno, poi li stesi sulla sabbia ad asciugare. Quattro costumi da bagno, un paio di calzoni di cotone comodi, degli shorts, varie canotte e magliette a maniche corte e un prendisole. Le scarpe da tennis e diverse paia di calze. Una T-shirt azzurra con una foto dei REO Speedwagon in concerto, e un'altra grigia della Nike con la scritta rossa JUST DO IT sul davanti. Erano entrambe oversize e le usavo come camicie da notte. Rimisi subito in valigia slip e reggiseni; me ne sarei occupata più tardi.

«Siamo fortunati che sia arrivata a riva questa qui», dissi.

«Perché, cosa c'era nell'altra?»

«I libri e gli esercizi per te.» Avevo pianificato con cura le lezioni e il lavoro che avrebbe dovuto fare T.J. per colmare le lacune. In quella valigia avevo messo anche i romanzi che pensavo di leggere durante l'estate, e li rimpiansi: mi avrebbero aiutato a passare il tempo. Guardai T.J. «Peccato che tu non avessi una valigia.»

«Già, se la sono portata dietro i miei. È per questo che avevo messo nello zaino qualcosa da vestire e lo spazzolino da denti. Mia madre voleva che avessi dietro della roba di ricambio, in caso avessimo dovuto passare la notte da qualche parte a causa di un ritardo.»

«Davvero?»

«Sì.»

«Ah, ma pensa!»

Presi tutto il necessario per lavarmi.

«Vado a farmi il bagno», annunciai. «Non voglio che tu entri in acqua mentre lo faccio. Mai, chiaro?»

T.J. fece un cenno di assenso. «Non vengo, promesso. Ci andrò dopo di te, e intanto proverò a costruire una canna da pesca.»

«D'accordo.»

A riva mi spogliai ed entrai in acqua, ficcando subito la testa sotto. Mi insaponai i capelli sporchi, e dopo averli risciacquati li lavai di nuovo con lo shampoo, che aveva un profumo meraviglioso, ma forse solo perché puzzavo io. Dopo il balsamo, mi insaponai dalla testa ai piedi, dopodiché andai a sedermi sulla sabbia per depilarmi le gambe e le ascelle. Finita la depilazione mi immersi in acqua per risciacquarmi, restando per un po' a galla sul dorso, pulita e soddisfatta.

Indossai il bikini giallo, mi misi il deodorante e, dopo avere pettinato bene i capelli per sciogliere i nodi, li fermai dietro le orecchie con le clip. Scelsi gli occhiali neri, decidendo che i Ray-Ban sarebbero toccati a T.J.

Quando tornai, mi guardò con tanto d'occhi. Andai a sedermi accanto a lui, che si protese per annusarmi e alla fine sentenziò: «Le zanzare ti mangeranno viva».

«Mi sento talmente bene che non m'importa.»

«Che te ne pare?» mi chiese mostrandomi la canna da pesca. In un foro praticato sull'estremità di un bastone lungo aveva annodato una corda della chitarra, facendo passare l'altro capo nel gancio del mio orecchino.

«Grandiosa. Andiamo a provarla appena avrai finito di lavarti. Ho lasciato tutto l'occorrente a riva, prendi pure quello che ti serve.»

Al suo ritorno, T.J. era pulito e profumava di buono anche lui. Gli diedi i Ray-Ban.

«Ehi, grazie», mormorò infilandoseli. «Che belli.» Prese in mano la canna da pesca.

«Cosa usiamo come esca?» gli chiesi.

«I vermi, direi.»

Scavammo nel terreno sotto gli alberi finché non li trovammo. Bianchi e viscidi, somigliavano a grossi bachi, e a vederli rabbrividii per il disgusto. T.J. ne tirò su una manciata e andammo in spiaggia.

«La lenza non è molto lunga», spiegò. «Ho preferito non usare tutta la corda della chitarra, per paura che si spezzasse o che succedesse qualcosa alla canna.»

Entrò in acqua fino alla vita e lanciò l'amo. Restammo immobili.

«Ha abboccato!» gridò a un tratto.

Alzò la canna e tirò a sé la lenza. Esultai alla vista del pesce attaccato all'amo.

«Evviva, ha funzionato!» disse T.J.

In meno di mezz'ora ne prese altri sette. Dopo, lui andò in cerca di legna e io pulii i pesci nel riparo di frasche.

«Dove hai imparato a farlo?» mi chiese quando tornò, dopo avere svuotato lo zaino carico sulla catasta vicina al riparo.

«Me l'ha insegnato mio padre. Portava sempre me e Sarah a pesca con lui, nella casa al lago dove andavamo da piccole. Lui si metteva sempre un buffo cappello da pescatore con cucite sopra tante esche finte, e io lo aiutavo a pulire tutti i pesci che prendeva.»

Sotto lo sguardo di T.J., grattai via le squame dall'ultimo pesce, poi recisi la testa e separai la carne dalla lisca tagliando per tutta la lunghezza con la lama tenuta orizzontalmente. Terminato il lavoro, mi versai l'acqua piovana sulle mani per lavare via il sangue e le budella dei pesci, e subito dopo li arrostii sul sasso piatto che usavamo per i frutti dell'albero del pane. Li mangiammo tutti e sette, uno dopo l'altro. Erano più buoni di qualunque pesce avessi mai mangiato.

«Secondo te che pesci sono?» domandai a T.J.

«Non ne ho idea. Però sono davvero incredibili.»

Dopo cena ci sedemmo sulla coperta, con la pancia piena per la prima volta dopo settimane. Tirai fuori dalla valigia la mia agenda, lisciando le pagine stropicciate.

«Da quanti giorni siamo qui?» chiesi a T.J.

Lui andò a contare le tacche incise nel tronco dell'albero con la punta del coltello. «Ventitré.»

Cerchiai la data sul calendario, eravamo a fine giugno. «D'ora in poi terrò il conto dei giorni.» E in quel momento mi venne in mente una cosa. «Quando dovresti tornare dal medico?»

«Alla fine di agosto. Dovrei fare la TAC.»

«Per quella data ci avranno trovato.»

Non ci credevo veramente. E, a giudicare dall'espressione sul suo viso, T.J. la pensava come me.

Ero dietro un albero a fare i miei bisogni quando lo udii: un frullo d'ali che mi spaventò. Tirando su in fretta e furia gli slip e gli shorts, mi rialzai e rimasi in ascolto, ma il rumore era scomparso.

«Credo di aver sentito un animale», informai T.J. tornando.

«Che genere di animale?»

«Non saprei. Io ho sentito uno sbattere di ali.»

«Sì, l'ho sentito anch'io.»

Tornammo nel punto in cui avevo udito il rumore, però non trovammo niente. Raccogliemmo tutta la legna che potevamo trasportare e la aggiungemmo alla catasta.

«Ti va di fare una nuotata?» mi propose T.J.

«Certo.»

Ora che avevo un costume, un bagno mi sembrava un'ottima idea. Le acque trasparenti della laguna erano l'ideale per le immersioni. Nuotammo per un'oretta, e un attimo prima che uscissimo dal mare, T.J. toccò qualcosa con il piede. Mise la testa sott'acqua e riemerse con una scarpa da tennis in mano.

«È tua?» gli chiesi.

«Sì. Prima o poi doveva tornare a riva», rispose lui.

Andammo a sederci sulla spiaggia, la brezza di mare che asciugava i nostri corpi.

«Come mai i tuoi genitori hanno scelto queste isole?» chiesi. «Sono così lontane.»

«Per la pesca subacquea. Pare che queste isole siano il posto migliore del mondo per i sub. Io e mio padre abbiamo il brevetto», disse T.J. infilando le dita del piede sotto la sabbia. «Quando stavo molto male, mio padre non faceva che parlare della lunghissima vacanza alle Maldive che avremmo fatto tutti insieme, non appena fossi stato meglio. Come se me ne fregasse qualcosa.»

«Non volevi venire qui?»

Scosse la testa.

«Perché no?»

«Chi ha voglia di passare tutta l'estate con i genitori? Io avrei preferito stare a casa con i miei amici. E poi, quando mi hanno detto che venivi anche tu e che avrei dovuto studiare per non ripetere l'anno, be', a quel punto mi sono proprio arrabbiato.» Mi guardò imbarazzato. «Senza offesa.»

«Non me la sono presa.»

«Mica mi ascoltavano, sai? Mia madre e mio padre erano convintissimi che questo viaggio fosse la cosa più bella del mondo. Ma anche le mie sorelle non erano contente, volevano andare a Disney World.»

«Mi dispiace, T.J.»

«Fa niente.»

«Quanti anni hanno le tue sorelle?»

«Alexis ne ha nove, Grace undici. Certe volte mi fanno impazzire, parlano in continuazione, però sono carine. Tu hai una sorella, giusto?»

«Sì, Sarah. Ha tre anni più di me ed è sposata. Suo marito si chiama David. Hanno due figli, Joe, di cinque anni, e Chloe di due. Mi mancano tantissimo, tutti quanti. Non voglio neanche pensare a quello che staranno passando ora, soprattutto mia madre e mio padre.»

«Anch'io sento la mancanza dei miei», disse lui.

Scrutai quel cielo di un azzurro brillante, poi volsi lo sguardo alla distesa turchese del mare, ascoltando il suono rilassante delle onde che si frangevano sulle rocce della barriera corallina.

«È un posto splendido, questo.»

«Sì», convenne T.J. «Davvero.»

12.
T.J.

Forse la cosa peggiore dell'isola era la noia. Un po' di tempo lo impiegavamo per procurarci il cibo e la legna da ardere, e poi c'era da andare a pesca due o tre volte al giorno, ma di ore vuote ne restavano troppe lo stesso. E così andavamo in esplorazione e facevamo lunghe nuotate, ma parlavamo anche. E non ci volle molto perché con Anna mi sentissi a mio agio quasi come con i miei amici. Lei mi ascoltava davvero. Mi chiedeva come me la passavo sul piano emotivo. In teoria i maschi dovrebbero essere dei duri, e certo a me e a Ben non era mai passato per la testa di metterci a blaterare di sentimenti, ma a lei confessai che sentivo una strana sensazione allo stomaco ogni volta che mi domandavo se ci avrebbero mai trovati. Le rivelai che certe volte avevo paura, che non sempre dormivo bene, e mi confidò che succedeva anche a lei.

Però mi piaceva dividere il letto con Anna. Certe volte lei si rannicchiava vicino a me, con la testa sulle mie spalle. Una volta che dormivo girato sul fianco, lei si era schiacciata contro la mia schiena, con le ginocchia piegate proprio dietro le mie. Si era avvicinata in quel modo nel sonno, e quindi non significava niente, però era bello. Prima di allora non avevo mai passato tutta la notte con una ragazza.

Anna mi piaceva. Un sacco. Senza di lei l'isola sarebbe stata uno schifo.

Siccome nessuno era venuto a salvarci, persi la visita di controllo dall'oncologo fissata per la fine di agosto. Una mattina, a colazione, Anna affrontò l'argomento.

«Sono preoccupata perché non hai visto il medico», disse passandomi un pezzo di pesce arrostito. «Attento, scotta.»

Soffiai sul boccone per raffreddarlo. «Mi sento bene.»

«D'accordo, però sei stato molto malato, no?»

«Sì.»

Mi allungò la bottiglia dell'acqua. Ne bevvi un sorso e la posai a terra.

«Raccontami com'è andata.»

«Mia madre pensava che avessi l'influenza. Avevo la febbre e sudavo tanto la notte. Dimagrivo. Poi il dottore mi ha trovato un rigonfiamento dietro il collo, e quando è venuto fuori che era un linfonodo ingrossato mi hanno fatto un sacco di esami: raggi x, biopsia, risonanza magnetica e PET. Alla fine hanno detto che avevo il linfoma di Hodgkin allo stadio III.»

«Hai cominciato subito la chemio?»

«Sì, però non ha funzionato. E poi mi hanno trovato una massa tumorale nel torace, per cui ho dovuto fare anche la radioterapia.»

«Oh santo cielo.»

Mi allungò un frutto dell'albero del pane dopo averne tagliato una fetta per sé.

«Non è stato divertente. Non facevo che entrare e uscire dall'ospedale.»

«Per quanto tempo sei stato male?»

«Circa un anno e mezzo. Per un po' non ho reagito alle cure. I dottori non sapevano più cosa pensare.»

«Dev'essere stato terribile.»

«Be', loro tentavano di tenermi all'oscuro di tutto, cosa che mi faceva una gran rabbia. Ho capito che andava male perché di colpo hanno smesso di guardarmi negli occhi quando gli facevo delle domande. Oppure cambiavano discorso. Questo sì che mi spaventava.»

«Ci credo.»

«All'inizio i miei amici venivano sempre a trovarmi, ma quando si è visto che non miglioravo qualcuno di loro ha smesso di venire.» Un'altra sorsata e passai la bottiglia ad Anna. «Hai presente quel mio amico, Ben?»

«Sì.»

«Lui veniva tutti i giorni. Passavamo ore intere a guardare la TV, oppure stava seduto su una sedia vicino al mio letto se io ero troppo debole per dire qualcosa o per muovermi. Siccome i miei genitori parlavano a lungo con i medici in corridoio, io gli chiedevo di origliare e lui mi riferiva tutto, qualunque cosa si dicessero. Sapeva che avevo bisogno di sentire la verità, capisci cosa intendo?»

«Certo. Ben è un vero amico, T.J.»

«Sì, è vero. Tu ce l'hai una vera amica?»

«Sì, si chiama Stefani. Ci conosciamo dai tempi della scuola materna.»

«Un bel po'.»

Anna assentì. «Gli amici sono importanti. Capisco perché ti sarebbe piaciuto passare l'estate con loro.»

«Già», mormorai, pensando a tutti quelli che avevo lasciato a Chicago. Probabilmente pensavano che fossi morto.

Anna si alzò e andò alla catasta della legna. «Me lo dirai, se ti accorgerai di avere dei sintomi?»

«Certo. Però tu non chiedermi ogni minuto se sto bene. Mia madre lo faceva sempre, era davvero una rottura.»

Prese della legna e la buttò nel fuoco. «D'accordo, però sarò un po' preoccupata.»

«Già. Io anche.»

13.
ANNA

A svegliarmi fu la luce vivida che filtrava all'interno del canotto. T.J. non c'era, doveva essere andato a raccogliere legna o forse a pescare. Mi stiracchiai sbadigliando, uscii carponi e presi un bikini dalla valigia sotto il riparo di frasche. Tornai nel canotto a cambiarmi, e poi arrotolai i teli di nylon per far entrare l'aria fresca.

T.J. arrivò poco dopo con il pesce pescato per la nostra colazione. Sorrise. «Ehi.»

«Buongiorno.»

Andai a prendere la frutta, e al ritorno sistemai sotto il riparo il mio raccolto. Mentre T.J. spaccava le noci di cocco, io pulii e cucinai i pesci.

Poi ci lavammo i denti risciacquandoci la bocca con l'acqua piovana. Segnai sull'agenda la data di quel giorno: incredibile, eravamo già in settembre.

«Facciamo un bagno?» domandò T.J.

«Sicuro.»

La settimana prima T.J. aveva avvistato due pinne a fior d'acqua poco più in là della barriera corallina. Eravamo usciti dal mare di corsa, in preda al panico, ma poi li avevamo visti entrare nella laguna: delfini. A quel punto eravamo ritornati pian piano e, invece di andarsene, i delfini avevano aspettato pazientemente che ci avvicinassimo.

Ero stupefatta. «Sembra quasi che siano venuti a fare conoscenza con noi.»

T.J. ne aveva accarezzato uno ed era scoppiato a ridere quando quello aveva spruzzato l'acqua dallo sfiatatoio. Non avevo mai visto delle creature così socievoli. Dopo avere nuotato con noi per un po', di punto in bianco se n'erano andati, forse per rispetto di qualche misteriosa scadenza marina.

«Oggi magari torneranno i delfini», dissi speranzosa, mentre camminavo dietro T.J. in direzione della spiaggia.

A riva T.J. si tolse la maglietta ed entrò nella laguna. «Sarebbe bello. Mi piacerebbe cavalcarne uno.»

Ci divertimmo ad andare sott'acqua, usando uno dei contenitori pieghevoli come maschera da sub. C'erano frotte di pesci dai colori vivacissimi: viola, blu, arancione e a righe gialle e nere. Incontrammo una tartaruga di mare, ma quando sul fondale marino vidi un'anguilla che rizzava la testa di scatto, schizzai via.

«Niente delfini», dissi dopo aver nuotato almeno un'ora.

«Possiamo sempre riprovare dopo il sonnellino pomeridiano.» D'un tratto T.J. puntò il dito indicando la battigia. «Guarda!»

Dalla sabbia spuntava la zampa di un granchio che apriva e chiudeva le chele a scatto. Ci precipitammo fuori dall'acqua.

«Prendo la felpa», mi gridò T.J.

«Sbrigati, si sta nascondendo lì sotto.»

Tornato a tempo di record, T.J. avvolse la felpa intorno al granchio e lo tirò fuori dalla sabbia. Arrivati al nostro riparo, lo gettò nel fuoco.

«Oddio», mi venne spontaneo esclamare davanti a quella morte violenta.

Ma mi ripresi in fretta. Aperte le zampe con le pinze della cassetta degli attrezzi, passammo a rimpinzarci. La carne del granchio – anche senza il condimento del burro fuso – era la cosa più deliziosa che avessi mangiato da quando eravamo naufragati sull'isola. Ora che avevamo scoperto dove andavano a seppellirsi, avremmo controllato quotidianamente la battigia. Ero talmente stufa di pesce e cocco e frutti dell'albero del pane che a volte facevo addirittura fatica a mandarli giù. La carne di granchio sarebbe stata un piacevole diversivo nella nostra dieta, che mancava drammaticamente di varietà.

Quando del granchio non rimase che un mucchietto di

gusci vuoti, presi la coperta dal canotto di salvataggio, la stesi sotto la palma e ci sdraiammo fianco a fianco. L'ombra dell'albero, che ci riparava un po' durante le ore più calde della giornata, era diventato il nostro posto preferito per schiacciare un sonnellino.

Un ragno peloso e grosso da far paura – il corpo era grande come una moneta da un quarto di dollaro – camminava pigramente sulla spalla di T.J. Lo feci volare via con un colpetto delle dita. «Questo qui faceva orrore anche a me», dissi.

T.J. rabbrividì. Siccome odiava i ragni, sbatteva sempre la nostra coperta con cura, controllando che non ce ne fosse nemmeno l'ombra prima di rimetterla dentro il canotto. Io invece detestavo i serpenti. Avevo già avuto un incontro ravvicinato con uno di loro, e se non ero rimasta completamente traumatizzata era solo perché indossavo le scarpe. L'idea di mettere il piede nudo sopra un serpente mi terrorizzava; la sola possibilità che potesse essere anche velenoso era talmente stressante che cercavo di non pensarci.

Credevo che T.J. si fosse già addormentato, invece a un tratto disse, con la voce impastata dal sonno: «Anna, secondo te cosa sarà di noi?».

«Non lo so. Dobbiamo continuare a fare quello che facciamo, cercando di resistere finché non ci troveranno.»

«Non ce la passiamo poi così male», replicò girandosi a pancia in giù. «Scommetto che questo stupirebbe un mucchio di gente.»

«Stupisce me.» Con la pancia piena avevo sonno anch'io. «Non che avessimo altra scelta: se non ci fossimo inventati qualcosa, saremmo morti.»

T.J. sollevò la testa e mi guardò con un'aria pensierosa. «Credi che a casa ci abbiamo fatto il funerale?»

«Sì.»

Il pensiero delle nostre famiglie alla cerimonia funebre era talmente dolorosa che chiusi forte gli occhi e mi sforzai di dormire, sperando di sfuggire alle immagini di una chiesa piena di gente, con una bara vuota e i miei genitori in lacrime.

Dopo il sonnellino andammo a raccogliere la legna, un compito noioso e ripetitivo, ma necessario dal momento che tenevamo il fuoco sempre acceso: un po' per evitare che T.J. dovesse accenderlo di nuovo, un po' perché nutrivamo ancora qualche speranza di veder apparire un aereo in cielo. In quel caso, saremmo stati pronti a mandare segnali di fumo attingendo alla nostra riserva di foglie verdi.

Dopo aver rinnovato la catasta di legna, riempii d'acqua e detersivo il contenitore del canotto e feci un po' di schiuma; poi vi immersi i nostri indumenti sporchi.

«Oggi dev'essere giorno di bucato», osservò T.J.

«Già.»

Legammo la corda tra due alberi e stendemmo i vestiti ad asciugare. Non avevamo molto; T.J. girava sempre in calzoncini e basta, mentre io di giorno stavo in bikini e di notte mi mettevo la sua maglietta e gli shorts.

Più tardi, dopo aver mangiato, T.J. mi propose di giocare a carte.

«A poker?»

Rise. «Perché, non è stata sufficiente la batosta che hai preso l'altra volta?»

Mi aveva insegnato a giocare, però non ero tanto brava. O almeno, così la pensava lui. In realtà cominciavo a prenderci la mano e con un altro po' di pratica lo avrei battuto.

Sei mani più tardi – io ne avevo vinte quattro – disse: «Uh, si vede che stasera non sono in vena. E se giocassimo a dama?».

«Okay.»

T.J. disegnò una scacchiera sulla sabbia e giocammo tre partite, usando i sassolini al posto delle pedine.

«Ancora una?» mi domandò.

«No, vado a farmi il bagno.»

Cominciavo a preoccuparmi per la nostra provvista di sapone e shampoo. In valigia ne avevo messi in quantità, ma d'accordo con T.J. avevamo stabilito di lavarci a giorni alterni. Così, per precauzione. D'altronde eravamo abbastanza puliti, grazie alle nuotate quotidiane, anche se non eravamo sempre profumatissimi.

«Ora tocca a te», gli dissi quando tornai dalla spiaggia.

«Quanto vorrei farmi una bella doccia», fece T.J.

Dopo che si fu lavato anche lui, andammo a dormire. T.J. srotolò la retina che fungeva da porta del canotto e si distese al mio fianco.

«Darei qualsiasi cosa per una Coca-Cola», mormorò.

«A chi lo dici. Grande, con tanto ghiaccio.»

«E poi vorrei il pane. Non il frutto dell'albero, il pane vero. Tipo un grosso sandwich, con patate fritte e cetriolini.»

«Io una pizza con la crosta alta, come la fanno a Chicago.»

«Un cheeseburger enorme, grondante di salsa.»

«Una bella bistecca», rincarai. «E patate al forno con sopra il formaggio fuso e la panna acida.»

«Per dolce, una torta al cioccolato.»

«Io la so fare. Me l'ha insegnato mia madre.»

«Quella con i riccioli di cioccolata sopra?»

«Quella. Appena ci schiodiamo da quest'isola te la cucino.» Sospirai. «Ci stiamo torturando.»

«Lo so, e infatti adesso ho una fame... anzi, mi sa che avevo già fame prima.»

Mi girai sul fianco per trovare una posizione più comoda. «Buonanotte, T.J.»

«Buonanotte.»

T.J. posò in terra i pesci che aveva pescato e venne a sedersi vicino a me.

«La scuola è cominciata da due settimane», annunciai.

Feci la consueta x sul calendario, poi pulii i pesci.

«Sembri triste», disse. Doveva aver notato l'espressione sul mio viso.

Annuii. «È dura pensare che in questo momento c'è un'altra insegnante con i miei studenti.»

Adoravo comprare articoli di cancelleria e scegliere i titoli per la biblioteca della classe. Sulla cattedra tenevo sempre una grossa tazza piena di penne, che alla fine dell'anno era regolarmente vuota.

«Quindi ti piace il tuo lavoro?»

«Da matti. Mia madre, che è andata in pensione l'anno scorso, faceva l'insegnante, e ho sempre saputo che avrei seguito le sue orme. Da piccola giocavamo alla maestra, e lei mi dava delle stelline dorate per i voti dei compiti dei miei peluche.»

«Scommetto che sei molto brava.»

Sorrisi. «Ci provo.» Sistemai i pesci puliti sul sasso e lo avvicinai alla fiamma. «Ma ci pensi? Ora saresti al terzo anno delle superiori.»

«No, non ci penso. È un mucchio di tempo che non vado più a scuola.»

«Ti fa piacere andarci? Tua madre mi ha detto che andavi bene.»

«Boh, non mi dispiace. Volevo mettermi alla pari con i miei compagni di classe. Speravo anche di poter rientrare nella squadra di football. Ho dovuto smettere quando mi sono ammalato.»

«Allora ti piace lo sport?»

T.J. annuì. «Soprattutto il football e la pallacanestro. E a te?»

«Certo che sì.»

«Ne pratichi qualcuno in particolare?»

«Be', corro. L'anno scorso ho partecipato due volte alla mezza maratona, e alle superiori facevo corsa campestre e giocavo a pallacanestro. Certe volte faccio yoga.» Controllai il pesce e lo allontanai dal fuoco, in modo che si raffreddasse. «Mi manca, l'attività fisica.»

A correre non ci pensavo neanche. Anche se avessimo avuto cibo sufficiente, l'idea di correre intorno all'isola mi faceva pensare a un criceto che correva sulla ruota. Movimento, sì, ma per girare in tondo.

T.J. arrivò con lo zaino carico di legna.

«Buon compleanno», gli dissi.

«È il 20 settembre?» Buttò un ceppo nel fuoco e venne a sedersi vicino a me.

«Mi dispiace, non ti ho preso nessun regalo. Il centro commerciale dell'isola è un disastro.»

T.J. si mise a ridere. «Va bene così, non ho bisogno del regalo.»

«Magari farai una festa leggendaria quando saremo andati via dall'isola.»

T.J. si strinse nelle spalle. «Magari.»

Non dimostrava i suoi diciassette anni, sembrava più grande, più adulto. Forse, dover affrontare gravi problemi di salute preservava dai comportamenti immaturi che si manifestano quando le tue principali preoccupazioni sono l'esame di guida, saltare la scuola o violare il coprifuoco imposto dai genitori.

«Non ci posso credere che tra poco sarà ottobre», dissi. «Probabilmente a casa le foglie stanno cominciando a cambiare colore.»

Amavo l'autunno e le partite di football, i giri con Chloe e Joe nei negozi per bambini e l'aria frizzante erano le cose che preferivo.

Guardai le palme, con le loro foglie verdi che ondeggiavano nella brezza. Sentivo il sudore colarmi lentamente lungo le guance, e l'odore di cocco che mi impregnava costantemente le mani ricordava una lozione solare.

Sull'isola sarebbe stata eternamente estate.

14.
T.J.

La pioggia cadeva obliqua. Il cielo era illuminato dai lampi, subito seguiti dal rombo assordante dei tuoni. Il vento scuoteva il canotto di salvataggio. Presi mentalmente nota: *Trovare qualcosa a cui ancorare il canotto.*

«Sei sveglia?» domandai ad Anna.

«Sì.»

La tempesta durò per ore. Ci rannicchiammo vicini, con la coperta sopra la testa. Il sottile telo di nylon era la nostra unica protezione dai fulmini – in pratica, era come non averne nessuna. Senza scambiare molte parole aspettammo che passasse e poi ci addormentammo sfiniti.

Il mattino dopo Anna tornò con tante piccole noci di cocco verdi che la tempesta aveva staccato dall'albero. La polpa era dolce e l'acqua che contenevano era meno amara di quella delle noci con il guscio marrone.

«Queste sì che sono buone», commentò Anna.

Nella notte il riparo era crollato e il fuoco si era spento, quindi mi diedi da fare per accenderne un altro, questa volta usando la stringa della mia scarpa. La legai alle estremità di un bastoncino ricurvo su cui appoggiai un altro bastoncino, tenendolo perpendicolare con l'aiuto del laccio.

«Cosa stai facendo?» mi chiese Anna.

«Era il sistema che usava quel tizio in TV.»

Controllai che la stringa fosse tesa al punto giusto e provai diverse angolature di presa sul bastoncino. Ci volle un po' per trovare la giusta velocità, ma poi bastò un quarto d'ora per ottenere il fumo, e poco dopo la fiamma.

«Ehi», fece Anna. «Hai avuto un'idea fantastica.»

«Grazie.» Aggiunsi qualche foglia e, quando il fuoco si fece più forte, Anna e io ricostruimmo il riparo.

«Spero che non arrivino temporali peggiori.» Posai l'ultimo ramo sul tetto e mi asciugai il sudore dalla fronte. «Perché non so proprio dove potremmo ripararci, altrimenti.»

Mentre Anna era a farsi il bagno, cercai nella valigia la sua T-shirt dei REO Speedwagon. Mi aveva detto che potevo metterla – quella, e anche la maglietta della Nike – visto che di misura mi andava bene. Siccome non la trovavo, rovistai un po'.

Sotto alcune paia di shorts c'erano due scatole di assorbenti e frugando tra gli indumenti vidi i reggiseni ordinatamente ripiegati uno sopra l'altro, con quello nero in cima al mucchio. Presi una bottiglietta di lozione idratante alla vaniglia, svitai il tappo e annusai.

Ecco da dove viene il suo profumo così dolce.

Aprii un piccolo contenitore di plastica rotondo. Dentro c'erano tanti blister marcati ciascuno con un giorno della settimana. C'erano cinque compresse rimaste, e ci misi un po' a capire che si trattava di pillole anticoncezionali. Trovai altri due contenitori identici, ancora sigillati.

Anna non aveva niente da ridire se guardavo nella valigia – lì dentro tenevo anche i miei indumenti, perché lo zaino lo usavamo per trasportare la legna –, ma probabilmente non le avrebbe fatto piacere che toccassi la sua roba. Stavo per lasciar perdere quando vidi i suoi slip. Erano in fondo, vicino alle scarpe. Dopo una rapida occhiata alle mie spalle, ne pescai un paio rosa e lo tenni all'altezza degli occhi.

Chissà se si vede attraverso, quando li ha addosso.

Li rimisi al loro posto e presi in mano un tanga nero.

Molto sexy, ma scommetto che è scomodissimo.

Passai a un paio di slip rossi, avvicinandoli al viso per vedere meglio il fiocchetto nero al centro dell'elastico in vita.

Wow, questo sì, che sarebbe un regalo arrapante.

Poi ne tirai su una manciata e ci seppellii la faccia dentro, respirando a fondo.

«Cosa stai facendo?» gridò Anna.

Mi girai di scatto. «Mi hai spaventato a morte!» Il cuore mi batteva a precipizio, la faccia scottava.

Da quanto tempo è in piedi dietro di me?

«Stavo cercando la T-shirt dei REO Speedwagon.» Lasciai cadere nella valigia lo slip che avevo ancora in mano.

«Ma davvero? Pensavo che ti stessi divertendo con la mia biancheria intima.» Anna mise il sapone e lo shampoo in valigia.

Siccome non sembrava tanto arrabbiata, tirai su il tanga e dissi: «Questo qui ha l'aria di essere proprio scomodo».

«Dammelo.» Me lo strappò di mano e lo ficcò in valigia, stringendo le labbra per trattenere una risata.

Quando mi accorsi che non ce l'aveva con me, mi spuntò un sorriso. «Sai una cosa, Anna? Sei forte.»

«Mi fa piacere che la pensi così.»

«Stavo veramente cercando la tua T-shirt, ma non l'ho trovata.»

«È stesa, ma ormai sarà asciutta.»

«Grazie.»

«Figurati. Però non annusare più la mia biancheria intima, d'accordo?»

«Mi hai visto, eh?»

«Sì.»

15.
ANNA

I delfini che nuotavano al mio fianco nella laguna ogni tanto si tuffavano sotto di me per poi riemergere dall'altra parte. Facevano dei versi buffissimi, simili a squittii, e quando parlavo con loro sembrava che capissero. A me e a T.J. piaceva aggrapparci alle loro pinne, e ridevamo come pazzi quando si lasciavano cavalcare. Passavo ore intere a giocare con i delfini.

T.J. arrivò alla laguna correndo. «Anna, indovina cosa ho trovato!»

Avevamo trovato a riva anche l'altra scarpa da tennis, e da quando non doveva più preoccuparsi di farsi male ai piedi passava ore nella foresta in cerca di qualcosa di interessante. Fino a quel momento non aveva trovato altro che punture di zanzara, però le sue ricerche continuavano. Si teneva impegnato come poteva.

«Dimmi!» gridai accarezzando uno dei delfini.

«Mettiti le scarpe e vieni a vedere.»

Salutai i delfini e seguii T.J. al riparo delle frasche, dove mi infilai calze e scarpe.

«Okay, adesso sono curiosa. Che cos'è?»

«Una caverna. Stavo raccogliendo dei rami da terra, e ho visto l'apertura quando li ho spostati. Voglio andare a vedere cosa c'è dentro.»

In pochi minuti la raggiungemmo. T.J. si inginocchiò davanti all'imboccatura ed entrò a quattro zampe.

«È più piccola di quel che pensavo», gridò. «Stenditi a terra e vieni avanti strisciando. Ci si sta stretti però si passa. Dài, vieni.»

«Neanche per idea», gli gridai di rimando. «Non ci metto piede, in quella caverna.»

Solo a pensarci mi venivano i sudori freddi e il batticuore.

«Sto toccando tutt'intorno, ma non si vede niente.»

«Chi te lo fa fare? E se ci fossero i ratti, o qualche ragno enorme?»

«Che? Dici che potrebbero esserci i ratti?»

«Ma no, lascia perdere.»

«Credo che qui ci siano solo rocce e rami, però non ne sono sicuro.»

«Se i rami sono secchi portali fuori, così li aggiungiamo alla catasta.»

«Okay.»

T.J. uscì dalla grotta e, quando si alzò in piedi, vidi che stringeva in una mano una cosa che assomigliava a una tibia, e nell'altra quello che era inequivocabilmente un teschio. Li fece cadere in terra.

«Oh mio Dio», dissi in un soffio. «Chiunque fosse, è certo che ha fatto una gran brutta fine.»

«Secondo te potrebbe essere la persona che ha costruito il capanno?» chiese T.J.

Non riuscivamo a staccare gli occhi da quel teschio.

«Direi proprio di sì.»

Tornammo indietro, prendemmo un grosso ramo che ardeva nel fuoco da usare come torcia e corremmo alla caverna. T.J. si infilò di nuovo nel cunicolo.

«Attento a non bruciarti!» gli gridai.

«Tranquilla.»

«Cosa vedi?»

«È uno scheletro, non c'è dubbio, però non c'è nient'altro.» Uscì dalla grotta e mi passò la torcia. «Riporto l'osso e il teschio nella grotta.»

«Buona idea.»

Mentre tornavamo sulla spiaggia dissi: «Che cosa orribile».

«Quanto tempo ci vuole perché un cadavere si riduca a uno scheletro?» chiese T.J.

«Con questo caldo e questa umidità? Non molto, probabilmente.»

«Penso proprio che sia il tizio del capanno.»

«Forse hai ragione. E se è effettivamente lui, possiamo abbandonare una delle nostre speranze per quanto riguarda i soccorsi.» Scuotendo la testa aggiunsi: «Non tornava sull'isola perché non se n'era mai andato. Ma cosa lo avrà ucciso?».

«Chi lo sa.» Dopo avere buttato altra legna nel fuoco, T.J. venne a sedersi vicino a me. «Perché non volevi entrare nella caverna? Prima che trovassi lo scheletro, voglio dire.»

«Non sopporto gli spazi chiusi. Mi spaventano a morte. Ti ricordi della casa sul lago di cui ti parlavo? Quella dove andavo a pescare insieme a mio padre?»

«Sì.»

«Io e Sarah giocavamo sempre con gli altri ragazzini che venivano in vacanza lì con i loro genitori. C'era una strada che costeggiava il lago, con una lunga tubatura che le correva sotto, e ci sfidavamo a infilarci lì dentro e uscire dall'altra parte. Una volta io e mia sorella abbiamo deciso di provarci e abbiamo convinto tutti gli altri a venire con noi, solo che a metà strada mi è venuto un attacco di panico. Non riuscivo a respirare, i ragazzini davanti a me non si muovevano di un centimetro e non potevo nemmeno tornare indietro perché ce n'erano altri alle mie spalle. All'epoca avevo sette anni ed ero piuttosto mingherlina, però il tubo era veramente stretto. Alla fine, quando siamo sbucate dall'altra parte, Sarah è corsa a chiamare nostra madre perché non la smettevo più di piangere. Me lo ricordo come se fosse ieri.»

«Ah. Capisco.»

«Quello che non capisco io è perché Ossicini si sia infilato lì dentro per andare a morire.»

«Ossicini?»

«Mi sembra giusto che abbia un nome, e Ossicini suona meglio di "il tizio del capanno".»

«Aggiudicato», disse T.J.

Ero seduta accanto al riparo a fare un solitario. Quando spuntò T.J. capii subito che era successo qualcosa, perché teneva con la mano un braccio ripiegato contro il petto e aveva una spalla più bassa dell'altra.

Mi alzai in piedi. «Cos'è successo?»

«Sono caduto dalla palma.»

«Vieni qui.» Passandogli un braccio intorno alla vita, lo guidai lentamente verso il canotto di salvataggio. Trasaliva a ogni movimento, e quando lo aiutai a distendersi cercò, inutilmente, di soffocare un gemito. L'intensità del bisogno di prendermi cura di lui, di alleviare la sua sofferenza, fu tale da sorprendermi.

«Torno subito, vado a prendere l'aspirina.»

Andai a riempire la bottiglia al collettore dell'acqua piovana con due pastiglie strette nel palmo della mano. Le misi sulla lingua di T.J., e poi gli tenni la testa sollevata per farlo bere. Lui deglutì e fece un respiro lento e profondo.

«Perché ti eri arrampicato sull'albero?»

«Perché volevo arrivare alle noci di cocco. Quelle verdi, piccole, che piacciono a te.»

Gli sorrisi. «È stato molto carino da parte tua, ma ho paura che ti sia rotto la clavicola. Adesso aspettiamo che l'analgesico faccia effetto, poi metterò insieme qualcosa per fare una fasciatura.»

«Okay», rispose lui chiudendo gli occhi.

Dalla valigia ripescai la mia canotta bianca, che aveva le spalline sottili ed era la più lunga di tutte. Venti minuti più tardi, aiutai T.J. a mettersi seduto.

Gli piegai il gomito e avvolsi il braccio nella fasciatura, che fermai delicatamente sulla spalla. Poi lo feci distendere di nuovo, gli scostai i capelli dal viso e lo baciai sulla fronte.

«Cerca di non girarti sul fianco.»

«Okay.»

Forse non gli faceva così male, perché prima di uscire dal canotto mi voltai per un'ultima occhiata e vidi che aveva il sorriso sulle labbra.

Quella notte mi svegliai per gettare altra legna nel fuoco.

«Anna?»

La voce di T.J. mi fece sobbalzare. «Sì?»

«Mi aiuti a uscire? Devo fare pipì.»

«Subito.»

Dopo averlo accompagnato fuori, restai a guardare il fuoco. Al suo ritorno gli diedi un'altra aspirina.

«Almeno sei riuscito a dormire un po'?» gli chiesi.

«Mica tanto.»

Il mattino dopo era comparso un gonfiore violaceo nel punto in cui l'osso era fratturato. T.J. fece una smorfia di dolore mentre stringevo la fasciatura, e gli diedi la terza pastiglia. Dopo quella, non mi permise di dargliene altre. «Non voglio prenderne troppe. Potrebbero servirci in futuro.»

Tre giorni dopo stava già meglio e mi seguiva come un cagnolino. Scendeva con me alla spiaggia quando andavo a pescare, mi stava alle costole quando andavo a raccogliere i frutti dell'albero del pane, e voleva addirittura di aiutarmi a svuotare il collettore. Quando si offrì di accompagnarmi a raccogliere la legna lo rispedii alla coperta sotto la palma.

«Non guarirai se non la smetti di andare di qua e di là.»

«Ma mi annoio! E avrei anche bisogno di farmi il bagno. Mi aiuti, quando ritorni?»

«Cosa? No, io non te lo faccio.»

Imbarazzante.

«Annusami, Anna, e vedrai che mi darai una mano.»

Lo annusai. «Sì, non profumi di lavanda. D'accordo, ti aiuto, però ti lavo solo in certe parti del corpo, e solo perché puzzi.»

Mi fece un sorriso a trentadue denti. «Grazie.»

Andammo alla laguna subito dopo la raccolta della legna. Con i calzoncini corti addosso, T.J. si sedette nell'acqua che gli arrivava alla vita e io mi inginocchiai vicino a lui, insaponandomi le mani.

«Tieni», dissi passandogli la saponetta.

Gli lavai delicatamente il viso, poi lo sciacquai. Le mie dita toccavano la barba che gli stava crescendo sulle guance, sul mento e sopra le labbra.

«Hmm, che bello», fece T.J.

Riempii il contenitore di plastica che avevo portato con me e gli rovesciai l'acqua sulla testa, dopodiché gli feci lo shampoo. I capelli gli erano cresciuti parecchio, doveva costantemente scostarli dagli occhi. Per tenerli a posto gli piaceva usare il mio cappello di paglia da cowboy, cosa che gli lasciavo fare più che volentieri; d'altronde, mi ero impossessata del suo berretto da baseball.

«Che peccato non avere le forbici», dissi. «Te li taglierei un po'.»

T.J. mi ripassò la saponetta. Dopo avergli lavato il collo scesi sul torace, con le dita che scivolavano sui suoi capezzoli induriti. Lui stava in silenzio e mi guardava.

Gli lavai il braccio sano, poi passai alla schiena. Non poteva alzare l'altro braccio per via della fasciatura, e cercai di essere il più delicata possibile intorno alla zona del livido, ma lo sentii trasalire comunque.

«Scusami.»

Commisi l'errore di guardare in basso quando arrivò il momento di lavargli le gambe. L'acqua della laguna era trasparente e vidi il rigonfiamento di un'erezione nei suoi calzoncini.

«T.J.!»

«Mi dispiace.» Mi guardò, impacciato. «Questa volta non mi potevo nascondere.»

Aspetta un momento... allora quante volte...?

Non sapevo più dove guardare. Certo, non era colpa sua; mi ero dimenticata di quello che può succedere se si tocca il corpo di un diciassettenne. Il corpo di un uomo.

«No, lascia stare. È che mi ha spiazzato, tutto qui. Credevo che sentissi dolore.»

«Be', *quello* non me lo sono fratturato», rispose con aria innocente.

Okay, passiamo ad altro.

Gli lavai le gambe, e arrivata ai piedi scoprii che soffriva il solletico. T.J. allontanò il piede di scatto, gemendo perché quel movimento aveva scosso la parte superiore del corpo.

«Scusami. Bene, adesso direi che sei pulito.»

«Non mi asciughi?» domandò speranzoso.

«Ah ah, questa è buona. Per chi mi hai preso, per una che possiede degli asciugamani?»

«Grazie, Anna.»

«Di niente.»

Lo aiutai a fare il bagno per due settimane, finché non fu in grado di arrangiarsi da solo. Diventava ogni volta un po' meno imbarazzante, ma non diedi mai più un'occhiata in basso per vedere che effetto gli faceva.

«Non ti fa per niente schifo, eh?» gli domandai un giorno mentre gli lavavo la testa.

«Proprio per niente», rispose lui con sorriso sornione. «Ma non ti preoccupare, un giorno ti renderò il favore. Puoi stare sicura che ti aiuterò a fare il bagno, se per caso ti farai male», aggiunse in tono divertito.

«Lo terrò presente.»

Presi mentalmente nota di fare la massima attenzione, in modo da evitare incidenti. Fare il bagno a T.J. era stato piuttosto imbarazzante, ma non era nulla in confronto all'imbarazzo che avrei provato se fossero state le sue mani insaponate a strofinare la mia schiena.

16.
T.J.

Anna era in piedi vicino al canotto di salvataggio. Le misi in mano i pesci che avevo catturato e andai a riporre la canna nel riparo.

«C'è acqua nel collettore?»

«No.»

«Magari pioverà, più tardi.»

Levò uno sguardo ansioso al cielo, poi incominciò a pulire i pesci. «Lo spero proprio.»

Era novembre, ed eravamo sull'isola da cinque mesi. Anna diceva che la stagione delle piogge non sarebbe tornata fino a maggio. Pioveva ancora, più o meno ogni due giorni, ma mai a lungo. Nonostante l'acqua delle noci di cocco, avevamo sempre molta sete.

«Almeno adesso sappiamo che l'acqua dello stagno è assolutamente da evitare», osservò Anna rabbrividendo. «È stato orribile.»

Per la pioggia non potevamo fare niente, ma in compenso nel mare delle Maldive c'era un sacco di vita. Le noci di cocco e i frutti dell'albero del pane bastavano appena a placare il nostro appetito, ed erano i pesci coloratissimi della laguna a non farci morire di fame.

Mi immergevo nell'acqua fino alla vita e li prendevo uno dopo l'altro. Non ce n'era nessuno che fosse più lungo di una quindicina di centimetri ma, del resto, un orecchino e una corda di chitarra non avrebbero retto un carico maggiore, e avevo paura di rompere la lenza prendendo un pesce più grosso. Per fortuna Anna aveva messo in valigia un sacco di orecchini, perché uno l'avevo già perso.

Anche se avevamo cibo a sufficienza, Anna diceva che nella nostra dieta mancava un bel po' di cose importanti.

«Sono preoccupata per te, T.J. Tu devi ancora crescere.»

«Sto crescendo benissimo.» La nostra dieta non doveva essere poi così male, visto che i pantaloni con cui ero partito mi stavano decisamente più corti, ormai.

«Il frutto dell'albero del pane deve contenere della vitamina C, altrimenti a quest'ora avremmo lo scorbuto», mormorò Anna, come parlando tra sé.

«Che cos'è lo scorbuto?» chiesi. «Sembra una brutta roba.»

«È una malattia provocata dalla carenza di vitamina C. La prendevano i pirati e i marinai dopo lunghi viaggi in mare. No, non è piacevole.»

Anna avrebbe dovuto preoccuparsi di più per sé stessa. Il costume da bagno le cadeva sul sedere e il seno non riempiva più il top come prima. Clavicole e costole erano sporgenti. Cercavo di farla mangiare di più e lei si sforzava, ma il più delle volte ero io a finire il suo cibo. Diversamente da lei, non solo non mi pesava mangiare ogni giorno la stessa cosa, ma mangiavo a qualsiasi ora, se avevo appetito.

Passarono alcune settimane e un mattino Anna annunciò: «Oggi è il giorno del Ringraziamento».

«Ah, sì?» Non prestavo molta attenzione alla data, mentre lei teneva regolarmente il conto dei giorni.

«Sì.» Chiuse l'agenda e la posò a terra. «Credo di non aver mai mangiato pesce il giorno del Ringraziamento.»

«E tanto meno noci di cocco o frutti dell'albero del pane», rincarai.

«Be', non importa quello che mangiamo. Il senso del Ringraziamento è mostrare gratitudine per ciò che si ha.»

Aveva cercato di dirlo con un tono allegro, ma subito dopo si asciugò una lacrima con il dorso della mano e mise gli occhiali da sole.

Per il resto della giornata nessuno dei due accennò più alla festa del Ringraziamento. Io non ci avevo minimamente pensato, avevo dato per certo che per quella data saremmo tornati alla civiltà. In realtà io e Anna non parlavamo quasi mai dei soccorsi, perché era deprimente per entrambi. Quella era la parte più dura: eravamo del tutto impotenti, potevamo solo aspettare e sperare che un aereo volasse sopra di noi, oppure abbandonare l'isola a bordo del canotto. Ma Anna era assolutamente contraria, e aveva ragione: probabilmente sarebbe stata un'impresa suicida.

«Io sono grata di poter contare su di te, in questo posto», sussurrò quella sera, a letto.

«Lo stesso vale per me.»

Se Anna fosse morta nell'incidente e io fossi rimasto da solo per tutto quel tempo, mi sa che non ce l'avrei fatta.

Trascorremmo il giorno di Natale rincorrendo una gallina.

Quel mattino, mentre facevo scorta di legna, all'improvviso ne era sbucata una da un cespuglio, e avevo strillato come una bambinetta per la paura.

Ero partito in quarta all'inseguimento, ma si era infilata in un altro cespuglio. Ci avevo ficcato dentro la mano, ma non ero riuscito a prenderla.

«È una gallina a fare quel rumore di ali che sentiamo sempre», annunciai ad Anna quando tornai sulla spiaggia.

«Ci sono delle galline sull'isola?»

«Sì, ne ho inseguita una nella boscaglia ma è scappata. Mettiti le scarpe. Ti prometto che avremo il pollo arrosto per il pranzo di Natale.»

«È qui, l'ho sentita. Adesso io prendo a calci il cespuglio, e tu stai pronto a prenderla appena scappa dall'altra parte», disse Anna nel momento clou dell'Operazione Gallina. Era più di un'ora che le davamo la caccia da un capo all'altro dell'isola, e finalmente l'avevamo circondata.

«Eccola!» gridò Anna non appena la gallina volò fuori dal cespuglio con uno sbatacchiare di ali.

Tentai di acchiapparla, ma in mano mi rimase solo una manciata di penne. «Maledizione!»

Le corsi dietro. Anna mi raggiunse, e alla fine la mettemmo all'angolo. La gallina fece per intrufolarsi in un cespuglio, ma Anna si lanciò verso di lei e riuscì a bloccarla. La tirai fuori prendendola per le zampe e la scaraventai a terra.

Anna non batté ciglio. «Bravo», disse battendomi una mano sulla spalla.

Sgozzai la gallina e l'appesi a testa in giù per far uscire il sangue, poi la spennai, evitando di guardarle la testa.

Anna la fece a pezzi con il coltello. «Non assomiglia per niente a quelle che vendono nelle macellerie», commentò.

«Va benissimo», replicai. L'aveva praticamente massacrata, ma mettemmo i vari pezzi sui sassi piatti, e poi li avvicinammo al fuoco.

Quando la carne fu arrostita, la lasciammo raffreddare un po'. In certi punti era bruciacchiata e in altri ancora mezza cruda, ma il sapore era una favola.

Mi leccai le dita. «Che meraviglia!»

«Già, è proprio squisito.» Anna finì la sua coscia, buttò l'osso nel mucchietto sempre più alto vicino al fuoco, si pulì la bocca con il dorso della mano e buttò lì: «Chissà se ce ne sono altre, di galline».

«E chi lo sa. Però le scoveremo tutte, una per una.»

«Questo è il pollo più buono che abbia mai mangiato, T.J.»

Feci un rutto e scoppiai a ridere. «Non ne dubito.»

Stendemmo la coperta lontano dal fuoco.

«Tu li apri alla vigilia o il giorno di Natale, i regali?» le domandai.

«La vigilia. E tu?»

«Uguale. A volte Grace e Alexis rompono perché vogliono aprirli già il 23, ma mia madre dice di aspettare.»

Ci sdraiammo fianco a fianco, finalmente rilassati. Pensai alle mie sorelle, ai miei genitori. Probabilmente se la passavano male a festeggiare il primo Natale senza di me.

Se solo avessero saputo che io e Anna eravamo vivi e lo stavamo festeggiando anche noi...

In maggio le piogge tornarono davvero, rendendoci la vita un po' più facile. Durante i temporali più forti, però, non potevamo fare altro che rifugiarci dentro il canotto, ascoltando il rimbombo dei tuoni e aspettare che passassero.

Ce ne fu uno particolarmente violento che sradicò un albero. Ci misi due giorni a segarlo completamente, ma alla fine il nostro riparo era pieno fino all'orlo di legna per il fuoco. Terminato il lavoro andai alla laguna a rinfrescarmi. Anna stava giocando con i delfini. La raggiunsi, ne accarezzai uno sulla testa e mi sembrò proprio che mi facesse un sorriso.

«Sei delfini, caspita. È un record», dissi.

«Sì, oggi sono arrivati tutti insieme.» Puntuali come orologi, venivano a nuotare nella laguna in tarda mattinata e nel tardo pomeriggio. Di solito erano almeno due, e quella era la prima volta che ne vedevamo così tanti tutti insieme.

«Sei tutto sudato», osservò Anna. «Hai segato dell'altra legna?»

Ficcai la testa sott'acqua, e appena riemerso la scrollai come fanno i cani. «Sì, però ho finito. Per un po' non dovremo raccoglierne.» Allungai le braccia indolenzite. «Fammi un massaggino sulla spalla. Dài, per favore.»

«Vieni.» Mi precedette fuori dall'acqua. «Ti faccio un massaggio alla schiena. I miei sono famosi in tutto il mondo.»

Mica scherzava quando diceva di essere brava. Chissà se li faceva anche al suo ragazzo. Nelle mani aveva più forza di quanto avrei immaginato, e mi massaggiò sul collo e sulla schiena. Pensai alle sue mani che mi toccavano anche in altre parti del corpo, roba che se mi avesse letto nel pensiero avrebbe dato di matto.

«Ecco fatto», disse alla fine. «Ti è piaciuto?»

«Tantissimo, grazie.»

Tornammo al riparo. Dopo avere versato il detersivo nel contenitore del canotto, Anna agitò l'acqua con le mani.

«Giorno di bucato, eh?»

«Sì.»

Mi ero offerto di aiutarla in quel compito, ma aveva rifiutato. Probabilmente non voleva che mettessi le mani sulla sua biancheria intima. Lavò i vestiti sporchi, poi li tirò fuori uno alla volta per risciacquarli e mi chiese: «Ehi, T.J., dove sono le tue mutande?».

A proposito di biancheria intima.

«Non mi vanno più bene, e sono quasi tutte distrutte.»

«Quindi non ne hai più?»

«No. Mica me ne porto dietro una valigia intera come fa certa gente.»

«Non è scomodo stare senza?»

«All'inizio sì, ma adesso mi ci sono abituato.» Indicai i miei shorts sghignazzando. «Nudo come mamma mi ha fatto, qui sotto.»

Lei rise. «Buon per te, T.J.»

17.
ANNA

Eravamo sull'isola da poco più di un anno quando l'aereo volò sopra di noi.

Quel pomeriggio stavo raccogliendo le noci di cocco e il rombo dei motori, così forte e inaspettato, mi spaventò. Lasciai cadere tutto e mi precipitai in spiaggia.

T.J. sbucò dalla foresta correndo verso di me, e tutti e due cominciammo ad agitare le braccia a destra e a sinistra, con gli occhi fissi al cielo.

Gridavamo e facevamo dei gran salti, ma l'aereo virò a destra e continuò a volare alto. Restammo lì, ad ascoltare il rumore dei motori che diventava sempre più flebile.

«Aveva abbassato gli alettoni?» domandai a T.J.

«Non so. A te sembra che lo abbia fatto?»

«Non ne sono sicura. Forse sì.»

«Aveva i galleggianti, vero?»

«Era un idrovolante», confermai.

«Quindi avrebbe potuto atterrare lì?» chiese T.J. indicando la laguna.

«Credo di sì.»

«Ci avranno visti?»

T.J. indossava solo dei calzoncini grigi con una strisciolina azzurra sul fianco, però io avevo il bikini nero, che contro il bianco della sabbia doveva essere ben visibile.

«Certo che sì. Voglio dire, tu non le vedresti due persone che si sbracciano in quel modo?»

«Boh, può darsi», rispose lui.

«Però non hanno visto il fuoco», gli feci notare. Non avevamo buttato giù il tetto del riparo di frasche, né bruciato le foglie per aumentare il fumo. Non ero nemmeno sicura che nel riparo ci fossero delle foglie.

Per un paio d'ore restammo seduti sulla spiaggia senza parlare, tendendo le orecchie per captare il suono dei motori di un eventuale aereo in avvicinamento.

Alla fine T.J. si alzò in piedi. «Io vado a pescare», annunciò in tono piatto.

«Okay.» Tornai alla palma e recuperai le noci che stavo raccogliendo. Sulla strada presi qualche frutto caduto dall'albero del pane e portai tutto quanto dentro il riparo. Alimentai il fuoco e aspettai T.J.

Al suo ritorno pulii i pesci e li cucinai per la cena, ma nessuno dei due mangiò. Trattenevo a fatica le lacrime, e sospirai di sollievo quando T.J. andò a fare un giro nella foresta.

Mi sdraiai nel canotto, mi raggomitolai su me stessa e piansi. Quel giorno le speranze a cui mi ero aggrappata dal momento dell'incidente andarono in mille pezzi, come una lastra di vetro fracassata da una mazza. Pensavo che, se fossimo stati sulla spiaggia mentre un aereo sorvolava l'isola, ci avrebbero notato e soccorso. Forse non ci avevano visto, oppure sì ma non sapevano che eravamo due naufraghi. Ormai non importava più, dal momento che non erano tornati indietro. Quando mi calmai avevo la sensazione di aver pianto tutte le mie lacrime. Uscii carponi dal canotto. Il sole era tramontato e T.J. era seduto accanto al fuoco, con la mano destra posata sulla coscia e stranamente inerte.

Guardai meglio. «Oh, T.J. te la sei rotta?»

«Probabile.»

Qualunque cosa avesse colpito – tirando a indovinare, avrei detto il tronco di un albero –, gli aveva lasciato le nocche insanguinate e la mano terribilmente gonfia.

Andai a prendere dell'acqua e due aspirine dal kit di pronto soccorso.

«Mi dispiace», disse lui evitando il mio sguardo. «L'ultima cosa di cui avevi bisogno era un altro osso rotto da curare.»

«Ascoltami bene», dissi sedendomi accanto a lui. «Non mi sognerò mai di criticare le cose che fai, se sono cose che ti aiutano ad andare avanti. D'accordo?»

Finalmente alzò gli occhi, e annuendo prese le pastiglie dalla mia mano. Gli passai la bottiglia con l'acqua e le inghiottì. Misi un grosso pezzo di legno sul fuoco e osservai le scintille che salivano nell'aria.

«E tu cosa fai per andare avanti?»

«Piango.»

«Funziona?»

«A volte sì.»

Guardando la sua mano rotta lottai contro l'impulso di lavare via il sangue e accarezzarla. «Mi sono rassegnata. Una volta hai detto: "È più facile, se smetti di pensare che torneranno", e avevi ragione. Non tornerà neanche questo. Saprò che ce ne andremo veramente da quest'isola solo quando vedrò con i miei occhi un aereo che atterra nella laguna. Fino a quel momento, ci siamo solo io e te. È l'unica certezza che ho.»

«Mi sono rassegnato anch'io», mormorò lui.

Guardandolo, così abbattuto fisicamente e moralmente, scoprii che avevo ancora lacrime da piangere, eccome.

Il mattino dopo gli controllai la mano. Era grande il doppio, tanto era gonfia.

«Bisogna immobilizzarla», dissi. Presi uno stecco dalla catasta di legna, poi rovistai nella valigia per trovare qualcosa con cui fermarlo. «Non farò una fasciatura stretta, ma ti farà un po' male lo stesso.»

«Va bene.»

Sistemato lo stecco sotto il suo palmo, con delicatezza tirai la stoffa nera per coprire il dorso della mano, avvolgendola due volte e rincalzandola sotto.

«Con cosa me l'hai bendata?»

«Con il mio tanga.» Alzai gli occhi su di lui. «Avevi ragione, è scomodissimo. Perfetto per il pronto soccorso, però.»

Gli angoli della bocca di T.J. si incurvarono leggermente all'insù. Mi guardò, con gli occhi castani illuminati da una scintilla che la sera prima non avevano.

«Un giorno sarà una storia divertente da raccontare.»

«Sai Anna? Tutto sommato, è divertente già ora.»

T.J. compì diciott'anni nel settembre del 2002. Ormai, non aveva più niente del ragazzino che quindici mesi prima era precipitato con me nell'oceano.

Tanto per cominciare, adesso aveva veramente bisogno di radersi. Non che avesse barba e baffi veri e propri, ma aveva ampiamente superato la fase della classica ombra. A dire il vero stava bene così. Non capivo se gli piaceva quel look, o se semplicemente non aveva voglia di radersi.

I capelli, che il sole aveva schiarito portandoli a una tonalità biondo scuro, erano abbastanza lunghi da poterli legare in una coda con uno dei miei elastici. Anche i miei erano cresciuti molto: mi arrivavano oltre la metà schiena e mi facevano impazzire. Avevo tentato di accorciarli con il coltello, ma la lama – poco affilata e non seghettata – non li tagliava.

Sempre molto magro, T.J. era cresciuto di almeno cinque centimetri, e superava il metro e ottanta. Dimostrava più dei suoi anni. Probabilmente lo stesso poteva dirsi di me, che in maggio ne avevo compiuti trentuno, ma non potevo saperlo; l'unico specchio che avevo portato per il viaggio era quello dell'astuccio del trucco nella mia borsetta, che galleggiava chissà dove nell'oceano.

Mi ero imposta di non chiedere a T.J. come si sentisse o se fossero ricomparsi i sintomi della sua malattia, però lo tenevo d'occhio. A quanto sembrava, stava bene e cresceva altrettanto bene, malgrado le condizioni tutt'altro che invidiabili in cui versavamo.

Nel sogno l'uomo gemeva di piacere quando lo baciavo sul collo. Poi facevo scivolare una gamba tra le sue e lo coprivo di baci, dalla guancia giù fino al petto. A quel punto lui mi faceva sdraiare sulla schiena e avvicinava le labbra alle mie. Qualcosa nel suo bacio mi inquietava, e mi svegliai di colpo.

T.J. era sopra di me. Eravamo sulla coperta sotto la palma, dove ci stendevamo sempre per il sonnellino pomeridiano. Rendendomi conto di quello che avevo fatto, con il viso in fiamme mi divincolai per liberarmi del suo peso.

«Stavo sognando.»

Lui ricadde a schiena in giù, ansimando.

Mi alzai e andai a sedermi in riva al mare.

Ma brava, Anna. Assalirlo così mentre dorme.

T.J. mi raggiunse poco dopo.

«Sono terribilmente mortificata», dissi.

Si sedette accanto a me. «Non dirlo neanche.»

«Ti sarai domandato cosa cavolo stessi facendo.»

«Be', sì, ma mi sono adattato in fretta.»

Lo guardai a bocca aperta. «Sei pazzo?»

«E perché? L'hai detto tu che ho un notevole spirito di adattamento.»

Già, e a quanto pare anche una buona dose di opportunismo.

«D'altronde», soggiunse T.J., «a te piace rannicchiarti vicino a me. Come faccio a sapere che significa? Mi confonde.»

Il livello della mia umiliazione salì di un'altra tacca. Svegliandomi nel cuore della notte, mi era capitato spesso di trovarmi troppo vicina a T.J., tutta raggomitolata contro di lui, ma ogni volta avevo dato per scontato che non se ne fosse accorto.

«Mi dispiace, è tutta colpa mia. Non volevo che ti facessi idee strane.»

«Tranquilla, Anna. Non è un problema.»

Mi tenni a distanza di sicurezza da lui per il resto della giornata, ma quella sera, mentre eravamo a letto, gli confidai: «È vero quello che hai detto sul fatto di dormire rannicchiata vicino a te. È solo che ero abituata a dormire con una persona. Ho dormito al suo fianco per tanto tempo.»

«Era lui che stavi sognando?»

«No, era uno di quei sogni assurdi che non hanno senso. Non so proprio chi fosse. Ma mi dispiace veramente.»

«Non devi continuare a scusarti, Anna. Ti ho detto che mi mandava un po' in confusione, mica che non mi piaceva.»

L'indomani, al ritorno dalla laguna, trovai T.J. seduto accanto al riparo, che cercava di staccare l'apparecchio per i denti con il coltello.

«Hai bisogno di aiuto?»

Sputò un pezzetto di metallo che gli era rimasto in bocca, facendolo volare in terra vicino a tutti gli altri.

«No, no.»

«Quando avresti dovuto toglierlo?»

«Sei mesi fa. Me ne sono ricordato solo ieri.»

Fu allora che capii cosa mi aveva svegliato da quel sogno. Era dai tempi del liceo che non ricevevo un bacio da un ragazzo con l'apparecchio.

18.
T.J.

Ero davanti al capanno di Ossicini quando Anna arrivò trafelata, con il sudore che le colava sul viso.

«Ho inseguito una gallina per tutta l'isola. Correva troppo veloce, ma giuro che la prenderò, dovesse essere l'ultima cosa che faccio.» Si appoggiò alla parete del capanno con le mani sulle ginocchia, tentando di riprendere fiato. «Cosa stai facendo?»

«Voglio smantellare il capanno e portare le assi di legno in spiaggia per costruire una casa per noi.»

«Hai idea di come si fa?»

«No, ma ho tutto il tempo del mondo per trovare il sistema. Se sto attento, posso riutilizzare tutte le assi e tutti i chiodi. E davanti metterò una tenda fatta di tela cerata, così il fuoco non si spegnerà.» Esaminai i cardini della porta per capire se avrei potuto salvare anche quelli. «Ho bisogno di tenermi impegnato, Anna.»

«Mi sembra un'ottima idea.»

Impiegammo tre giorni a demolire il capanno e a portare tutti i pezzi in spiaggia. Estrassi i chiodi uno per uno e li misi nella cassetta degli attrezzi insieme agli altri.

«Preferirei non stare troppo vicino alla foresta», disse Anna. «Sai, i ratti.»

«Okay.»

Non potevo costruire la casa direttamente sulla spiaggia, la sabbia era troppo instabile. Scegliemmo un punto a metà tra lì e la foresta. Scavammo le fondamenta, e fu una faticaccia tremenda perché non avevamo una vanga. Usai il martello dalla parte della penna per smuovere zolle intere, che Anna tirava su servendosi di uno dei nostri contenitori di plastica.

Tagliai le assi della misura giusta con la sega arrugginita, e Anna le tenne ferme mentre io le inchiodavo con il martello.

«Sono contenta che tu abbia deciso di fare questa cosa», mi disse un giorno.

«Ci vorrà un bel po' di tempo prima che sia finita.»

«Non è un problema. Chiamami, se hai ancora bisogno di aiuto», disse passandomi altri chiodi che aveva preso dalla cassetta degli attrezzi.

Andò a stendersi sulla coperta lì vicino e chiuse gli occhi. Per un minuto rimasi a guardarla, soffermandomi sulle gambe e sul seno, chiedendomi se la sua pelle fosse veramente morbida e liscia come sembrava. Ripensai al giorno prima, quando mi aveva baciato sul collo proprio lì, sotto la palma. Era stato bello. All'improvviso Anna aprì gli occhi e si girò verso di me. Distolsi immediatamente lo sguardo. Ormai avevo perso il conto delle volte che mi aveva scoperto a fissarla, eppure lei non aveva mai fatto commenti, mai che mi avesse detto di piantarla, e questa era una delle tante ragioni per cui Anna mi piaceva un sacco.

Quello avrebbe dovuto essere il mio ultimo anno di superiori, e ad Anna dispiaceva tantissimo che avessi perso tutte quelle lezioni.

«Probabilmente ti converrà fare il GED. Non mi sentirei di criticarti se volessi fare quello, invece di tornare a scuola per finire le superiori.»

«Che roba è?»

«È il diploma di cultura generale. I ragazzi che hanno smesso di studiare a volte scelgono di prendere quel diploma, invece di tornare sui banchi di scuola. Ma non ti preoccupare, ti darò una mano io.»

«Okay.» Del diploma delle superiori non mi importava nulla, però sembrava che Anna ci tenesse molto.

L'indomani, mentre stavamo lavorando alla costruzione della casa, Anna mi sfiorò la guancia con il dorso della mano. «Ma non hai intenzione di farti la barba? Non hai più caldo, così?»

Sperai che la barba fosse abbastanza folta da nascondere il rossore del viso. «Non mi sono mai rasato. I pochi peli che avevo erano caduti da soli quando avevo iniziato la chemio. Stavano cominciando a ricrescere quando siamo partiti da Chicago.»

«Be', adesso sono cresciuti più che abbastanza.»

«Lo so, però non abbiamo uno specchio e non saprei da che parte cominciare.»

«Perché non mi hai detto niente? Sai benissimo che ti avrei aiutato.»

«Boh, forse perché è imbarazzante?»

«Andiamo», disse lei. Mi prese per mano e mi trascinò sotto le frasche. Aprì la valigia, tirò fuori il rasoio e la crema da barba che usava per depilarsi le gambe, dopodiché andammo in riva al mare.

Ci sedemmo a gambe incrociate, uno di fronte all'altra. Dopo essersi spruzzata un po' di crema nella mano a coppa, me la mise qua e là sulla faccia e poi la spalmò uniformemente. Mettendomi due dita sotto il mento, mi avvicinò a sé finché non fui nella giusta posizione, poi cominciò a radere la guancia sinistra, lentamente e facendo molta attenzione.

«Per tua informazione», disse, «non avevo mai fatto la barba a un uomo, prima. Farò tutto il possibile per non tagliarti, però non ti garantisco niente.»

«Non puoi essere peggio di me.»

Con il viso a pochi centimetri dal suo, guardai i suoi occhi. A volte erano grigi, a volte azzurri. Quel giorno, azzurri. Non mi ero mai accorto che avesse ciglia così lunghe. «Ti hanno mai fatto i complimenti per i tuoi occhi?» mi venne spontaneo chiederle.

Anna si chinò per sciacquare il rasoio nell'acqua. «Qualche volta.»

«Sono stupendi. E sembrano ancora più chiari con l'abbronzatura.»

Sorrise. «Grazie.»

Mi ripulì il viso con l'acqua di mare.
«Perché fai quella faccia?» mi domandò.
«Quale faccia?»
«Ti frulla qualcosa in testa.» Mi premette un dito contro la fronte. «Mi sembra di vederle, le rotelline che girano e girano.»
«Pensavo a quando hai detto che non avevi mai aiutato un uomo a farsi la barba... Tu mi vedi come un uomo adulto?»
Ci pensò su prima di rispondere. «Be', non ti vedo come un ragazzino.»
Bene, perché non lo sono.
Si spruzzò dell'altra crema nella mano e finì di radermi. Completata l'opera, mi fece alzare il mento e voltare a destra e a sinistra, passandomi il dorso della mano sulle guance.
«Bene. Il signore è servito.»
«Grazie. Mi sento già più fresco.»
«Prego. Dimmelo, quando vuoi che lo faccia di nuovo.»

Una sera chiacchieravamo al buio prima di dormire.
«Sento la mancanza della mia famiglia», mi confidò Anna. «Faccio continuamente questo sogno a occhi aperti, dove un aereo atterra sulla laguna proprio mentre io e te siamo in spiaggia. Lo raggiungiamo a nuoto e il pilota non crede ai suoi occhi. Saliamo sull'aereo, ce ne andiamo via di qui e appena troviamo un telefono chiamiamo i nostri familiari. Riesci a immaginare come si sentirebbero? A ricevere una nostra telefonata dopo essersi sentiti dire che eravamo morti, dopo averci fatto il funerale?»
«No, non riesco a immaginarlo.» Mi girai a pancia in giù e aggiustai il coprisedile sotto la testa. «Scommetto che ti sei pentita di avere accettato quell'offerta di lavoro.»
«L'ho accettata perché mi offriva l'opportunità di andare in un posto dove non ero mai stata. Chi poteva sapere che sarebbe finita così?»
Mi grattai la gamba, lì dove mi aveva punto una zanzara. «Tu e quel tizio vivevate insieme? Mi hai detto che dormivi con lui.»

«Sì.»

«Mi sa che non era tanto contento che tu stessi via per tutto quel tempo.»

«Infatti.»

«Però tu sei partita lo stesso.»

Anna rimase in silenzio per un po'. «È strano parlare con te di queste cose.»

«Perché? Pensi che io sia troppo giovane per capire?»

«No, perché sei un maschio. Non so se riusciresti a metterti nei miei panni.»

«Ah. Scusa.» Non avrei dovuto dirlo. Anna era veramente in gamba, non mi trattava mai come un ragazzino.

«Si chiama John. Io avrei voluto che ci sposassimo ma lui non si sentiva pronto per il matrimonio, e così alla fine mi sono stancata di aspettare. Ho pensato che un po' di tempo da sola mi avrebbe fatto bene. Per capire delle cose.»

«Da quanto tempo stavate insieme?»

«Otto anni.» Lo disse con un tono imbarazzato.

«Quindi lui non vuole proprio sposarsi?»

«Mah, più che altro penso non voglia sposarsi con me.»

«Oh.»

«Ma adesso basta parlare di lui. E tu, invece? Hai qualcuno, a Chicago?»

«Non più. Una volta stavo con questa ragazza, Emma. L'avevo conosciuta in ospedale.»

«Aveva anche lei l'Hodgkin?»

«No, era malata di leucemia. Era seduta sulla poltrona vicino alla mia quando ho fatto la prima chemio, e da allora abbiamo passato un sacco di tempo insieme.»

«Aveva la tua stessa età?»

«Qualche anno di meno. Ne aveva quattordici.»

«Che tipo era?»

«Tranquilla, direi. La trovavo molto carina. Anche se aveva già perso tutti i capelli e ci soffriva da matti, infatti girava sempre con un berretto in testa. Ha smesso di vergognarsi quando sono caduti anche a me. A quel punto alle sedute di chemio eravamo in due ad aver la testa pelata, e non ce ne fregava un bel niente.»

«Dev'essere dura.»

«Be', probabilmente per le ragazze è peggio. Emma mi ha fatto vedere delle fotografie in cui aveva i capelli biondi, lunghi.»

«Vi vedevate solo durante le sedute di chemioterapia?»

«No. Lei conosceva benissimo quell'ospedale, e le infermiere guardavano sempre dall'altra parte quando ci beccavano a gironzolare lì dentro. Un giorno siamo saliti su fino al roof garden e ci siamo spaparanzati al sole. Io avrei voluto portarla fuori, ma il suo sistema immunitario era troppo indebolito per rischiare di stare in mezzo alla gente. Una sera le infermiere ci hanno lasciato guardare un film in una stanza vuota, tutta per noi. Ci siamo sdraiati sul letto insieme e loro ci hanno portato i popcorn.»

«Era molto malata?»

«Quando l'ho conosciuta stava abbastanza bene, ma dopo qualche mese è peggiorata tantissimo. Una sera, al telefono, mi ha raccontato che aveva fatto la lista delle cose che le sarebbe piaciuto fare, e poi ha detto che le restava pochissimo tempo per farle.»

«Oh, T.J.»

«A quel punto aveva quindici anni e voleva assolutamente arrivare a sedici, per prendere la patente. Voleva andare al ballo di fine anno della sua scuola, però diceva che si sarebbe accontentata di qualunque altro ballo.» Esitai, ma stare disteso al buio vicino ad Anna rendeva più facile parlare di quelle cose. «Mi ha detto che voleva fare sesso con me per sapere com'era. Il suo dottore l'aveva fatta ricoverare di nuovo in ospedale, in una camera privata. Credo che le infermiere lo sapessero, o forse glielo aveva detto lei, perché ci hanno lasciato in pace, e così ha potuto fare almeno una delle cose della lista. È morta tre settimane dopo.»

«È davvero tristissimo, T.J.» Anna aveva la voce rotta. «Eri innamorato di lei?»

«Non lo so. Mi ero affezionato tantissimo, però era un periodo così strano, quello... la chemio non mi faceva più effetto e avevo cominciato la radioterapia. Ho avuto paura quando è morta. Però lo saprei se fossi stato innamorato di lei, vero?»

«Sì», sussurrò Anna.

Non pensavo più a Emma da un pezzo ma non l'avrei mai dimenticata; quella con lei era stata la mia prima volta.

«E alla fine cosa hai deciso di fare con quel tizio, Anna?»

Non mi rispose. Forse non aveva voglia di dirmelo, o forse si era già addormentata. Rimasi ad ascoltare il suono rilassante delle onde che si frangevano contro la barriera corallina, e chiusi gli occhi per riaprirli soltanto il mattino dopo, quando il sole mi svegliò.

19.
ANNA

«Ti va di giocare a poker?» mi domandò T.J.

«Sì, solo che ho lasciato le carte giù in spiaggia.»

«Vado a prenderle.»

«No, ci penso io, tanto devo andare in bagno.»

Odiavo addentrarmi nella foresta dopo il crepuscolo e ormai mancavano solo un paio di minuti al calar del sole.

Avevo appena preso in mano il mazzo di carte quando accadde. Non lo avevo visto arrivare, e doveva essere piombato dal cielo a una velocità fulminea, perché per poco non mi scaraventò a terra quando sbatté contro la mia testa. Non capii subito cosa mi avesse colpito, ma appena successe cominciai a urlare: un pipistrello. In preda al panico, cercavo di togliermelo di dosso infilando freneticamente le dita tra i capelli.

T.J. arrivò di corsa. «Cosa succede?»

Prima che potessi rispondergli, il pipistrello mi morse. Lanciai un urlo ancora più forte. «Ho un pipistrello nei capelli», gridai mentre un dolore acuto si irradiava in tutta la mano. «Mi ha morso!»

Scuotevo la testa su e giù cercando di scrollarmelo di dosso. T.J. schizzò al riparo, e quando tornò mi fece abbassare sulla sabbia finché non fui completamente distesa a terra.

«Non muoverti», disse, prendendomi la testa tra le mani. Conficcò la lama del coltello dritta nel corpo della bestiola, che smise di agitarsi. «Resta giù, ora te lo tolgo dai capelli.»

«È morto?» gli chiesi.

«Sì.»

Rimasi immobile. Il cuore mi batteva all'impazzata e

avrei voluto urlare, ma mi costrinsi a restare calma mentre T.J. districava il pipistrello impigliato.

«Ecco, è uscito.»

La luce della luna era fioca; T.J. tornò al falò e prese un ramo da usare come torcia. Si chinò, tenendola poco più in alto del pipistrello morto.

Era schifoso, marrone chiaro e con grosse ali nere, orecchie appuntite e denti aguzzi. Il corpo era ricoperto di pustole e i peli intorno alla bocca sembravano bagnati e viscidi.

«Vieni. Andiamo a prendere il kit di pronto soccorso.» Seduti davanti al fuoco, mi ordinò: «Fammi vedere».

Pulì la ferita del morso con la salvietta imbevuta di alcol, e dopo averci steso sopra un po' di pomata antibiotica la coprì con un cerotto. La mano mi pulsava per il dolore.

«Ti fa male?»

«Sì.»

Potevo sopportare il dolore, ma il pensiero delle malattie che potevo aver contratto e stavo covando mi terrorizzava.

T.J. doveva avere pensato la stessa cosa, perché prima di andare a dormire mise la lama del coltello sopra la fiamma e la lasciò così tutta la notte.

20.
T.J.

Il mattino dopo, di ritorno dalla pesca, trovai Anna seduta sotto la palma.

«Come va la mano?»

Lei la tese a palmo in su, e io levai il cerotto.

«Non sembra tanto male», dissi. Dalla ferita colava un filo di sangue e durante la notte la mano si era leggermente gonfiata. «Adesso la pulisco e poi ci metto sopra un altro cerotto, d'accordo?»

«D'accordo.»

«Hai l'aria stanca», osservai, vedendo che aveva gli occhi cerchiati.

«Non ho dormito molto bene.»

«Vuoi stenderti ancora un po'?»

Scrollò la testa. «Farò un sonnellino più tardi.»

Applicai sulla mano un cerotto pulito. «Ecco fatto. Adesso sei come nuova.»

Probabilmente non mi aveva sentito, perché aveva lo sguardo perso nel vuoto e non rispose.

Più tardi, quel mattino stesso, finii di costruire la struttura portante della casa e passai a inchiodare le assi per i muri esterni. Per chiudere le fessure tra un'asse e l'altra usai la linfa lattiginosa degli alberi del pane.

Anna lavorava al mio fianco in silenzio, reggendo le assi o passandomi i chiodi.

«Sei di poche parole», osservai.

«Già.»

Mentre conficcavo un chiodo nel legno per fissare un'asse all'intelaiatura chiesi: «Sei preoccupata per il morso?».

Annuì. «Quel pipistrello era malato, T.J.»

Posai il martello e mi asciugai il sudore dalla fronte. «Non aveva un bell'aspetto, è vero», ammisi.

«Secondo te aveva la rabbia?»

Misi in posizione un'altra asse. «No, sono sicuro di no.» Però anch'io sapevo che i pipistrelli potevano essere portatori di quella malattia.

Anna inspirò a fondo. «Posso solo aspettare, temo. Se non mi ammalo entro un mese, probabilmente l'ho scampata.»

«Quali sono i sintomi?»

«Non ne ho idea. Febbre? Oppure convulsioni? È una malattia che attacca il sistema nervoso centrale.»

Quelle parole mi terrorizzarono. Cercai di ricordare cosa conteneva il kit di pronto soccorso. «Cosa devo fare se ti ammali?»

Lei scosse la testa. «Non devi fare niente, T.J.»

«Perché niente?»

«Perché senza il vaccino è una malattia mortale.»

Per un attimo mi mancò il fiato, come se il vento me l'avesse risucchiato. «Non lo sapevo.»

Anna chinò la testa, con le lacrime agli occhi. Lasciai cadere il martello e le posai le mani sulle spalle. «Non ti angosciare. Vedrai che andrà tutto bene.»

In realtà non potevo saperlo, ma avevo bisogno che fossimo in due a crederlo.

Calcolai cinque settimane da quel giorno in avanti e cerchiai la data finale sull'agenda di Anna. Lei voleva aspettare anche più di un mese, giusto per essere sicura.

«Perciò, se entro questo periodo non succede niente e non hai nessun sintomo, vuol dire che è tutto a posto, no?» chiesi.

«Suppongo di sì.»

Chiusi l'agenda e la rimisi nella valigia di Anna.

«E adesso torniamo a fare le solite cose di tutti i giorni», disse Anna. «Non voglio rimuginarci sopra.»

«Sì, certo. Qualunque cosa, purché ti sia d'aiuto.»

Avrebbe dovuto fare l'attrice, non l'insegnante. Di giorno recitava la commedia alla perfezione, sorridendo come se non avesse una preoccupazione al mondo e tenendosi sempre occupata in qualche attività, che fosse aiutarmi nella costruzione della casa o giocare per ore con i delfini. Però mangiava pochissimo e faceva fatica a addormentarsi, a giudicare da quanto si rigirava sulla coperta la sera.

Erano passate due settimane quando, una notte, mi svegliai mentre lei stava uscendo dal canotto. Di solito si alzava almeno due volte per mettere altra legna sul fuoco, ma tornava indietro subito. Quella volta rimase fuori più a lungo, così andai a cercarla. La trovai davanti al riparo, con gli occhi fissi sulle fiamme.

«Ehi», dissi sedendomi accanto a lei. «Che cos'hai?»

«Non riesco a dormire.» Smosse le braci con un ramo lungo.

«Come ti senti?» Mi sforzai di non lasciar trapelare l'ansia. «Non ti sarà mica venuta la febbre, eh?»

Scosse la testa. «Sto bene, davvero. Torna a dormire.»

«Senza te vicino non riesco a dormire.»

Fece una faccia stupita. «Non riesci?»

«No. Non mi va che tu stia qui fuori da sola, mi rende nervoso. Non c'è bisogno che tu aggiunga altra legna al fuoco ogni notte, te l'ho già detto che per me non è un problema riaccenderlo al mattino.»

«Ormai è un'abitudine.» Si alzò in piedi. «Su, almeno uno di noi due dovrebbe riuscire a dormire.»

La seguii dentro il canotto, e una volta sdraiati per terra lei ci coprì entrambi con la coperta. Aveva gli shorts e la mia T-shirt, e mentre si sistemava le sue gambe nude toccarono le mie. Lei non le spostò, e io rimasi immobile.

Distesi nell'oscurità con le gambe vicine, entrambi impiegammo molto tempo a addormentarci. Anna non si alzò più nel cuore della notte.

Qualche settimana più tardi, dopo avere riacceso il fuoco le dissi: «Perché non mi cronometri? Scommetto che non ci ho messo neanche cinque minuti.»

«Be', adesso non darti tante arie.»

Lo disse ridendo: più si avvicinava il giorno che avevo segnato sull'agenda, più appariva allegra e rilassata.

Passata anche la quinta settimana, guardai il palmo della sua mano e passai il pollice sulla cicatrice che si era formata.

«Credo proprio che andrà tutto bene», dissi. E questa volta lo pensavo sul serio.

Anna mi sorrise. «Lo credo anch'io.»

Quel giorno si fece fuori tre pesci per pranzo.

«Hai ancora fame? Posso pescarne degli altri.»

«No, grazie. Avevo una fame nera, ma ora sono sazia.»

Andammo a fare una lunga nuotata, poi lavorammo alla casa fino all'ora di cena, e per la seconda volta lei mangiò più di quanto avesse fatto nelle ultime settimane. La sera faticava a tenere gli occhi aperti, e si addormentò un attimo dopo che mi ero disteso accanto a lei. Crollai anch'io, ma mi svegliai quando Anna si rannicchiò contro di me, posando la testa sulla mia spalla.

La abbracciai, avvicinandola di più a me.

Se si fosse ammalata, avrei potuto solo stare a guardarla mentre soffriva. E seppellirla vicino a Mick quando fosse morta. Non ce l'avrei fatta senza di lei, proprio no. Il suono della sua voce, il suo sorriso, lei: quelle erano le uniche cose che rendevano sopportabile la vita sull'isola. La strinsi ancora più forte e pensai di dirglielo, se si fosse svegliata. Ma lei sospirò nel sonno, e alla fine mi addormentai anch'io.

L'indomani mattina, Anna era tornata nella sua parte del letto. Uscì dal canotto mentre stavo accendendo il fuoco.

Mi sorrise e si stiracchiò, allungando le braccia sopra la testa. «Stanotte ho fatto una bella dormita, come non mi succedeva più da un mucchio di tempo.»

«Anch'io ho dormito bene.»

Qualche giorno dopo, distesi nel canotto, discutevamo dei nostri album preferiti di musica rock.

«Per me il numero uno è *Sticky Fingers* dei Rolling Stones. Invece *Led Zeppelin IV* lo relego al quinto posto», disse Anna.

«Sei fuori di testa?» Mentre mi sperticavo a elencare i motivi per cui non ero d'accordo – lo sapevano tutti che era *The Wall* dei Pink Floyd a meritare il primo posto –, feci una puzzetta. A volte il frutto dell'albero del pane mi faceva quell'effetto.

Lei strillò e fece per scappare di corsa dal canotto, ma io la presi per la vita, la feci cadere all'indietro e le buttai la coperta sulla testa.

Era un giochetto che mi divertivo a fare con lei.

«Oh, no, Anna, faresti meglio a uscire di lì», la punzecchiai ridendo. «Dev'esserci un puzzo tremendo lì sotto.»

Più lei lottava per liberarsi, più le premevo la coperta sulla testa.

Quando alla fine la lasciai andare finse di dover vomitare, poi gridò: «Ora ti prendo a calci nel sedere, Callahan!».

«Ma davvero? Tu? E con quale forza?»

Anna pesava sì e no cinquanta chili. Sapevamo tutti e due che non avrebbe tirato un calcio nel sedere a nessuno.

«Non fare il bullo. Vedrai che uno di questi giorni lo trovo, un modo per dartele di santa ragione.»

Ridendo dissi: «Oooh, che paura».

Non potevo confessarle che mi avrebbe messo in ginocchio con un dito, se solo avesse posato la mano nel posto giusto.

Chissà se lo sapeva anche lei.

«Vado a farmi il bagno», mi annunciò Anna quando tornai dalla spiaggia, armandosi di sapone, shampoo e vestiti puliti.

«Okay.»

Siccome la legna per il fuoco era quasi finita presi lo zaino, andai nella foresta e ci ficcai dentro tutti i rametti che riuscivo a trovare. Con il sole ormai basso all'orizzonte, le zanzare cominciarono a ronzarmi intorno e mi allontanai in fretta da quella volta di foglie, senza badare alla direzione che prendevo.

Sbucando dalla foresta guardai davanti a me, in tempo per vedere Anna che entrava nuda nell'oceano. Mi bloccai all'istante.

Sapevo che avrei dovuto andarmene, gambe in spalla e

via di corsa, ma non ne fui capace. Mi nascosi dietro un albero e rimasi a guardare.

Dopo essersi immersa completamente per bagnarsi i capelli, uscì dall'acqua. Era incredibilmente bella, e i segni dell'abbronzatura incorniciavano le parti del suo corpo che mi piacevano di più. Infilai la mano nei calzoncini.

Sulla spiaggia fece lo shampoo e si insaponò tutto il corpo, poi tornò in acqua per risciacquarsi. Infine andò a sedersi sulla riva, si depilò le gambe e le immerse per sciacquarle.

Quello che fece dopo mi mandò in tilt.

Uscita dall'acqua, si guardò un attimo intorno prima di sedersi di nuovo con la faccia rivolta al mare, poi si versò nel palmo della mano un po' dell'olio per il corpo che si era portata dietro e infilò la mano tra le cosce.

Si sdraiò con una gamba allungata e l'altra piegata. La guardai toccarsi, mentre la mia mano si muoveva sempre più veloce.

Io lo facevo quasi tutti i giorni, da solo nella foresta, ma non mi era mai passato per la testa che potesse farlo anche lei. Continuai a guardare, e dopo qualche minuto vidi che allungava la gamba piegata e inarcava la schiena. Stava venendo, e io stavo venendo con lei.

Poi si alzò, spazzolò via la sabbia dal corpo e si infilò gli slip. Quando ebbe finito di vestirsi raccolse le sue cose da terra e fece per andarsene, ma si fermò di colpo guardando proprio nella mia direzione. Nascosto dietro l'albero, rimasi immobile. Non appena Anna si fu allontanata, corsi tra gli alberi come un fulmine, via dalla spiaggia.

«Ehi», la salutai appena arrivato. Si stava lavando i denti vicino al riparo.

Tolse lo spazzolino dalla bocca e mi guardò, con la testa inclinata di lato. «Dov'eri?»

«A far legna.» Aprii lo zaino e scaricai i rametti sulla catasta.

«Ah.» Sciacquò lo spazzolino e fece uno sbadiglio. «Io vado a dormire.»

«Tra poco ti raggiungo.»

Più tardi, mentre lei dormiva al mio fianco, mi passarono davanti agli occhi le immagini del suo corpo nudo e del suo toccarsi, nitide come scene di un film che potevo vedere e rivedere all'infinito. Avrei voluto baciarla, toccarla, farle tutto quello che mi passava per la mente. Ma non potevo. Le immagini del film continuarono a sfilarmi davanti agli occhi, e quella notte non riuscii a dormire.

21.
ANNA

T.J. salì sul tetto della casa e spalmò uno strato di linfa dell'albero del pane sopra le fronde della palma.

«Non so se ci terrà all'asciutto. Mi sa che lo scopriremo appena pioverà.»

Seduta per terra a gambe incrociate, guardavo la casa quasi terminata e T.J. che, saltato giù dal tetto, prendeva il martello per piantare gli ultimi chiodi.

In testa, sui capelli tirati indietro e legati a coda di cavallo, portava il mio cappello da cowboy. Il suo viso era talmente abbronzato che sembrava nato sull'isola. Aveva un bel sorriso, con i denti bianchi e regolari; gli zigomi sporgenti sottolineavano il profilo deciso e squadrato delle mascelle. Era il caso che gli facessi di nuovo la barba. Era magro ma i muscoli erano ben delineati, probabilmente grazie al fatto di avere costruito la casa con le sue mani. Non mostrava segni di denutrizione, perlomeno non ancora.

«Stai bene T.J., sei decisamente in forma.»

«Dici?»

«Sì. Non so come hai fatto, però qui sei cresciuto molto.»

«Sembro più grande?»

«Indubbiamente.»

«Ti sembro bello, Anna?» Si mise in ginocchio davanti a me, tutto sorridente. «Dài, dimmelo.»

Alzai gli occhi al cielo. «Sì, T.J.», risposi ricambiando il suo sorriso. «Sei molto bello. Se mai ce ne andremo da quest'isola, farai strage di cuori.»

Levò il pugno in aria. «Sì!» Posò il martello e bevve un

po' d'acqua. «Io non mi ricordo la faccia che avevo prima dell'incidente. E tu?»

«Più o meno. Probabilmente io sono cambiata meno di te.»

T.J. si mise seduto. «Dio, che mal di schiena. Mi faresti un massaggio?»

«Certo.» Cominciai dalle spalle, che erano molto più larghe rispetto a due anni prima. Anche il torace era più ampio, e le braccia si erano irrobustite. Sollevai la coda di cavallo per frizionargli la nuca.

«Tu sei sempre bellissima, Anna. In caso te lo stessi domandando», mi disse alla fine di quel massaggio lunghissimo.

Ero arrossita, però gli sorrisi. «Non ci pensavo, T.J., ma grazie lo stesso.»

Due sere dopo andammo a dormire per la prima volta nella nostra nuova casa. Avevamo deciso di creare un'unica stanza grande invece di due, per cui non mancava certo lo spazio. Lì dentro potevo vestirmi comodamente, invece di contorcermi per infilare gli indumenti, come nel canotto di salvataggio. In un angolo avevamo sistemato la mia valigia e la cassetta degli attrezzi, mentre nella custodia della chitarra posata lì vicino erano riposti il kit di pronto soccorso, il coltello e la corda.

Siccome ormai avevamo un vero tetto sulla testa, T.J. aveva smontato quello di tela del canotto e dalla retina delle porte avvolgibili aveva ricavato delle finestre che lasciavano entrare l'aria e la luce. I teli laterali di nylon erano stati trasformati in tendine, che di sera chiudevamo. Sopra l'entrata della casa aveva inchiodato la tela cerata, e dopo averla tesa al massimo aveva fissato l'altra estremità a due alti rami conficcati nel terreno. Sotto quella tenda aveva poi scavato una buca per il fuoco.

«Sono fiera di te, T.J. e lo sarebbe anche Ossicini.»

«Grazie.»

Avevamo fatto molta strada dai tempi in cui dormivamo per terra. In definitiva, due naufraghi che fingevano di essere una famiglia.

Mentre io e T.J. stavamo nuotando, nella laguna ammarava un idrovolante. Il pilota apriva il portello, metteva fuori la testa e diceva: «Finalmente vi abbiamo trovato. Vi abbiamo cercato dappertutto».

Io avevo cinquantadue anni.

Mi svegliai fradicia di sudore, un attimo prima che l'urlo che mi cresceva dentro mi sfuggisse di bocca.

Il lato del letto di T.J. era vuoto. In quegli ultimi tempi passava molto tempo nella foresta, in cerca di legna al mattino e di nuovo nel pomeriggio.

Mi vestii e dopo essermi lavata i denti andai alla palma. Mentre raccoglievo da terra le noci di cocco, dall'albero ne cadde una che per poco non mi colpì in testa.

«Maledizione!» gridai facendo un salto indietro.

Tornata alla casa, controllai il collettore d'acqua piovana. Era quasi vuoto: eravamo in febbraio, a metà della stagione secca. E poi il collettore mi sfuggì di mano, e scoppiai in lacrime alla vista dell'acqua che si spandeva per terra.

In quel momento arrivò T.J. «Ehi», mi salutò mettendo giù lo zaino pieno di legna per il fuoco. «Cosa c'è che non va?»

Mi asciugai gli occhi con il dorso della mano. «Niente. Sono solo stanca e arrabbiata con me stessa. Ho rovesciato l'acqua.» E ripresi a piangere.

«Non importa, vedrai che più tardi pioverà di nuovo.»

«Ieri ha fatto solo due gocce.» Mi afflosciai a terra come un sacco di patate, sentendomi una stupida.

T.J. venne a sedersi vicino a me. «Uhm, hai una roba tipo sindrome premestruale?»

Strinsi forte gli occhi per ricacciare indietro le lacrime. «È solo una mattinata no.»

«Torna a dormire», suggerì lui. «Vengo a chiamarti quando ho finito di pescare, okay?»

«Okay.»

T.J. mi svegliò toccandomi delicatamente un braccio. «I pesci sono pronti», disse sdraiandosi vicino a me.

«Perché non mi hai chiamato? Li avrei puliti io.»

«Pensavo che un po' di sonno ti avrebbe fatto bene.»

«Ti ringrazio, in effetti mi sento meglio.»

«Scusa se ti ho chiesto della sindrome premestruale. A dire il vero non ne so un bel niente.»

«No, era una domanda sensata.» Esitai. «Ma non ho più le mestruazioni. Da un pezzo, ormai.» La valigia era ancora piena di assorbenti.

T.J. era confuso. «Come mai?»

«Non lo so. Forse perché sono sottopeso. Oppure per lo stress, o per la malnutrizione. Scegli tu.»

«Oh», fece lui.

Eravamo distesi sul fianco, faccia a faccia. «Stamattina ho fatto un brutto sogno. Stavamo nuotando, e un idrovolante atterrava nella laguna.»

«Sembra un bel sogno.»

«Avevo cinquantadue anni quando ci trovavano.»

«Allora eravamo dispersi da un sacco di tempo. È per questo che eri così scossa?»

«Voglio un figlio.»

«Ah, sì?»

«Sì. Due o tre, anzi. Quella era un'altra delle cose che John non voleva. E se rimarrò qui fino a cinquant'anni non potrò di certo averne. Quarantadue sono il termine ultimo, direi. Potrei sempre adottare, ma mi piacerebbe avere un figlio mio, almeno uno.» Giocherellavo distrattamente con un filo della coperta. «È da stupidi pensare a questo quando qui abbiamo così tante cose di cui preoccuparci. A te l'idea di avere dei figli non sarà nemmeno venuta in mente ma, per quanto mi riguarda, sono sicura di volerne.»

«Invece ci ho pensato. Io sono sterile.»

Quella rivelazione giunse talmente inaspettata che per un attimo non seppi cosa dire. «A causa del cancro?»

«Sì. Mi hanno fatto un casino di chemio.»

«Oh, Dio, T.J., mi dispiace, non ci avevo pensato.» Niente di peggio che parlare di figli con una persona che aveva pagato con l'infertilità la propria sopravvivenza.

«Non fa niente. Il dottore me ne ha parlato prima di cominciare la chemio. Mi ha spiegato che, se in futuro volevo avere dei figli, avrei dovuto depositare subito il seme in una banca, perché una volta iniziato il trattamento sarebbe stato troppo tardi. E io ho deciso che li volevo.»

«Wow. Non capita a tutti di dover prendere una decisione del genere. A quindici anni, poi...»

«No, se mai a quell'età l'unica preoccupazione è non mettere incinta una ragazza. Aspetta di sentire il resto, forse ti tirerà un po' su di morale. Dunque, mia mamma, che si era offerta di accompagnarmi all'appuntamento lì alla banca dello sperma, a un certo punto mi mette in mano un "Playboy" di mio padre – in realtà tenevo nascosta nel comodino roba ben più sporca – e poi, tutta seria, mi chiede se so come si fa.»

«Stai scherzando?»

«No che non scherzo.» Scoppiò a ridere. «Avevo quindici anni, Anna. Ero un vero esperto, e non avevo nessuna voglia di parlare di seghe con mia madre.»

«Oddio, mi fai morire», dissi con le lacrime agli occhi per le risate.

«Già, e al secondo appuntamento sono andato con mio padre.»

Mi asciugai gli occhi, ancora ridendo. «Vuoi sapere qual è la tua qualità migliore in assoluto?»

«La mia straordinaria bellezza?» disse lui con un'aria serissima, impassibile.

Scoppiai di nuovo a ridere. «Vedo che i miei complimenti ti danno alla testa. No, non quello. Volevo dirti che è praticamente impossibile non essere contenti quando ci sei tu.»

«Davvero? Grazie.» Mi diede un colpetto affettuoso sul braccio. «Non preoccuparti, Anna. Prima o poi ci troveranno e tu avrai il tuo bambino.»

«Lo spero.»

Quel tic tac, capisci?

22.
T.J.

Ero nella foresta quando sentii l'urlo di Anna. Veniva dalla casa, e mi precipitai in quella direzione.

La vidi barcollare e cadere a terra. «Meduse», disse con un filo di voce.

I tentacoli le avevano lasciato dei segni rossi sulle gambe, sulla pancia e sul petto. Io non sapevo cosa fare.

«Toglimeli di dosso», gridò lei. Chinandomi su di lei, notai che c'erano ancora dei tentacoli semitrasparenti attaccati alla pancia e al petto. Ne tirai via uno e sentii un forte dolore alla mano.

Corsi a prendere il contenitore di plastica vicino al collettore. Lo riempii d'acqua piovana, che rovesciai addosso ad Anna. I tentacoli non si staccarono e lei urlò dal male, come se l'acqua dolce avesse peggiorato la situazione.

«Prova con l'acqua di mare», mi gridò. «Corri!»

Riempii il contenitore con l'acqua dell'oceano. Questa volta Anna non urlò.

Mentre lei, sempre a terra, piangeva sommessamente, cercai di inventarmi qualcosa. Sapevo che sentiva ancora male perché si muoveva a scatti, tentando disperatamente di trovare una posizione comoda.

Improvvisamente mi ricordai delle pinzette per le sopracciglia, e schizzai alla valigia. Tornato da Anna, rimossi i tentacoli più in fretta che potevo. Lei teneva gli occhi chiusi e si lamentava debolmente.

Li avevo tolti quasi tutti quando, all'improvviso, la pelle di Anna diventò rossa – dappertutto, non solo dove era urticata. Le labbra e le palpebre si erano gonfiate talmente tanto che non riusciva a tenere gli occhi aperti. In preda al panico, le versai altra acqua addosso, ma non servì a niente.

Corsi a prendere il kit di pronto soccorso e mi buttai per terra vicino a lei, tolsi il coperchio e lo rovesciai. Quando mi capitò tra le mani la bottiglietta con dentro il liquido rosso ricordai le sue parole: *Questo può salvarti la vita. Blocca le reazioni allergiche.*

La faccia di Anna era gonfia come un pallone, e anche le labbra si erano spaccate in più punti. Faticai un po' a svitare il tappo a prova di bambino, ma appena ci riuscii le misi un braccio sotto la schiena per tenerla sollevata e le versai in gola l'antistaminico. Lei tossì e sputò; non avevo idea di quanto gliene avessi dato.

Muovendola, avevo spostato il top del suo bikini. Le stava grande perché era dimagrita, e vidi che dentro c'erano altri tentacoli.

Le strappai via il top, trasalendo alla vista di quei brutti segni sul seno. La feci stendere di nuovo per terra e, dopo averle versato sopra quel che restava dell'acqua, staccai i tentacoli con le pinzette.

Mi tolsi la maglietta e la usai per coprirla.

«Andrà tutto bene, Anna.»

Rimasi in attesa, tenendole la mano. Quando il rossore e il gonfiore si attenuarono un poco, andai a rovistare tra i farmaci sparsi per terra. Dopo una rapida scorsa alle etichette, scelsi il tubetto della crema al cortisone.

Cominciai dalle gambe e da lì risalii, spalmandola sulle zone più arrossate. «Va un po' meglio?»

«Sì», rispose in un bisbiglio. Gli occhi si erano un po' sgonfiati, ma lei non li apriva. «Sono così stanca...»

Avevo paura di averle dato una dose eccessiva di antistaminico, e non sapevo se lasciare che si addormentasse o tenerla sveglia. Controllai il flacone: era ancora abbastanza pieno, e sull'etichetta c'era scritto che poteva causare sonnolenza.

«Va bene, dormi.» Anna crollò prima ancora che finissi di parlare.

Le spalmai la crema sulla pancia, ma quando arrivai al seno mi fermai, esitante. Non si era accorta che le avevo tolto il top, oppure non le importava.

Sollevai la maglietta e rimasi senza parole.

Il seno era un disastro. Pieno di striature rosse in rilievo, qualcuna già incrostata di sangue raggrumato.

Cercai di concentrarmi su quello che stavo facendo e applicai la crema con la punta delle dita. Dopo avere finito ricontrollai, nel caso avessi trascurato qualche zona.

La pelle era tornata del colore normale, il gonfiore scomparso. Aspettai ancora qualche minuto, poi la presi in braccio e la portai in casa.

23.

ANNA

Aprii gli occhi e sospirai di sollievo: quel dolore pungente era scomparso. T.J. dormiva accanto a me, sentivo il suo respiro regolare. Nuda dalla vita in su, avevo qualcosa di morbido che mi copriva il petto come una specie di coperta. Mi alzai a sedere e mi infilai la maglietta, respirando l'odore familiare di T.J., poi mi distesi sul fianco e mi riaddormentai.

Quando mi svegliai, il mattino seguente, ero sola. Sollevai la maglietta e vidi che c'era ancora qualche debole traccia rossa dei tentacoli, che con tutta probabilità sarebbe rimasta ancora per un po'. Sollevandola ancora di più, inorridii alla vista del seno: era tutto coperto di vescicole rosso scuro, incrostate di sangue. Lasciai ricadere la maglietta, indossai gli shorts e uscii per andare in bagno.

Al mio ritorno, T.J. stava accendendo il fuoco.

Si alzò in piedi. «Come ti senti?»

«Quasi tornata alla normalità.» Gli mostrai la pancia, e lui passò il dito sui segni.

«Ti fa male?»

«No, direi di no.»

«E lì?» chiese, indicandomi il petto.

«Un po' peggio.»

«Mi dispiace. Non mi ero accorto subito che c'erano dei tentacoli dentro il costume.»

Non avevo nessun ricordo di T.J. che mi spogliava, ricordavo solo il dolore e il bruciore delle punture.

«Non importa. Non potevi saperlo.»

«Sei diventata tutta rossa e gonfia.»

«Sul serio?» Non ricordavo nemmeno quello.

«Ti ho dato l'antistaminico, che ti ha praticamente steso.»

«Hai fatto benissimo.»

T.J. entrò in casa e tornò poco dopo con la crema al cortisone. «Ti ho spalmato questa sulla pelle, e a quanto pare è servita. Così, almeno, hai detto tu prima di addormentarti.»

Presi il tubetto di crema dalle sue mani. Me l'aveva spalmata anche sul seno? Mi vidi distesa in terra con addosso solo gli slip del bikini mentre lui mi metteva la crema, e di colpo mi mancò il coraggio di guardarlo in faccia.

«Ti ringrazio», dissi.

«Hai visto la medusa prima che ti pungesse?»

«No, ho solo sentito il dolore.»

«Non ne avevo mai viste nella laguna.»

«Nemmeno io. Quella avrà preso la direzione sbagliata alla barriera corallina.» Entrai in casa per prendere lo spazzolino da denti, poi dissi: «Se non altro non era una di quelle letali».

T.J. mi rivolse uno sguardo allarmato. «Le meduse possono uccidere?»

«Alcune sì.»

Quel giorno non mettemmo piede in acqua. Camminai avanti e indietro sulla battigia, aguzzando gli occhi per vedere se in lontananza c'erano delle meduse. Mi ripetevo che i pericoli dell'oceano esistevano anche se noi non li vedevamo, e mi chiedevo se un giorno si sarebbe esaurita l'unica risorsa del kit che avrebbe potuto salvarci la vita.

Nel giugno del 2003 si concluse il secondo anno della nostra vita sull'isola. In maggio avevo compiuto trentadue anni, e nel giro di qualche mese T.J. ne avrebbe compiuti diciannove. Ormai era arrivato quasi a un metro e novanta e non aveva più niente del ragazzino di un tempo. A volte, guardandolo mentre pescava, riparava la casa o sbucava dalla foresta che conosceva come le sue tasche, mi veniva spontaneo domandarmi se considerasse l'isola il suo territorio. Un posto dove poteva fare tutto ciò che voleva e dove tutto era possibile, purché noi due rimanessimo in vita.

Eravamo seduti a gambe incrociate uno di fronte all'altra vicino alla riva, in una posizione comoda per fargli la barba. T.J. si protese in avanti, posando le mani sulle mie cosce per tenersi in equilibrio.

«Com'è che sono diventata l'incaricata della tua toeletta?» lo punzecchiai. «Ti ho fatto il bagno, ti faccio la barba...» Sulle guance gli spalmai la crema da barba, che ormai era quasi finita.

T.J. fece un sorriso smagliante. «Perché sono fortunato?»

«Perché sei viziato. Quando ce ne andremo da quest'isola dovrai raderti da solo.»

«Sai che divertimento.»

«Te la caverai.»

Finita la rasatura tornammo alla casa per un sonnellino sotto la tenda.

«Guarda che sarei contentissimo di aiutarti a fare il bagno o a depilarti. Basta che tu me lo chieda.»

Mi misi a ridere. «Sto bene così, davvero.»

«Sei sicura?» Si protese verso di me, mi tirò su un braccio e passò il dorso della mano sotto l'ascella. «Wow, come sei liscia.»

«Smettila! Soffro il solletico.» Scacciai la sua mano con un colpetto.

«E sulle gambe?»

Senza darmi il tempo di rispondere, si chinò e fece scorrere lentamente la mano sulla mia gamba, salendo dalla caviglia fino alla coscia.

Il calore improvviso che esplose dentro di me mi colse di sorpresa. Dalla bocca mi sfuggì un verso che era a metà tra un ansito e un gemito di piacere. T.J. mi guardò a bocca aperta, con gli occhi sgranati. Poi sorrise compiaciuto, chiaramente soddisfatto dell'effetto del suo tocco.

«Alla mia toeletta ci penso io», dissi dopo un respiro profondo.

«Stavo solo cercando di ricambiare il tuo aiuto.»

«Molto gentile da parte tua, T.J., ma adesso vedi di dormire.»

Lui scoppiò a ridere e si girò sul fianco, voltandomi le spalle. Mi stesi anch'io e chiusi gli occhi.

Ha solo diciott'anni. È troppo giovane.

Una vocina nella mia testa ribatté: *Ormai è grande abbastanza.*

Qualche giorno più tardi, di pomeriggio, io e T.J. stavamo nuotando con i delfini. Ce n'erano quattro, e li guardavamo giocare intorno a noi. Avrei voluto dare un nome a ognuno di loro, ma non sapevo distinguerli l'uno dall'altro.

Quando i delfini se ne andarono ci sedemmo a riva. Io nascosi i piedi sotto la sabbia bianca e morbida.

«Non dovevi farti il bagno?» chiese T.J.

«Sì, però non mi sono portata dietro l'occorrente.» Le nostre provviste diminuivano a vista d'occhio. Ora che ci lavavamo con il sapone solo una volta alla settimana, non badavo più all'odore che avevamo.

«Te lo vado a prendere io.»

«Non ti secca?»

«Per niente.»

«Va bene, però mi servono anche i vestiti.»

«Non c'è problema.»

T.J. portò tutto quello che serviva e lo depositò sulla sabbia. Aspettai che si fosse allontanato, poi mi spogliai.

Finito il bagno, rimasi ad asciugarmi sulla sabbia. Poi presi gli indumenti puliti, aspettandomi di trovare gli shorts e la canotta oppure il bikini. La scelta di T.J. mi stupì: mi aveva portato un vestito, l'unico che avevo messo in valigia. Azzurro, corto e con le spalline sottili, era uno dei miei preferiti. Per quanto riguardava l'intimo, invece, aveva optato per slip sgambati di pizzo rosa; il reggiseno l'aveva dimenticato, o l'aveva fatto apposta, ma in ogni caso con quel vestito non lo mettevo mai.

Mi rivestii e raggiunsi T.J., che non mi staccava gli occhi di dosso.

«Hai prenotato al ristorante senza dirmelo?» gli chiesi.

«Mi piacerebbe», rispose.

Mi fermai davanti a lui. «Come mai il vestito?»

Si strinse nelle spalle. «Pensavo che ti sarebbe stato bene.» Si tolse gli occhiali da sole e mi esaminò dalla testa ai piedi. «E infatti sei uno schianto.»

«Grazie», dissi, sentendo le guance in fiamme.

T.J. andò a pescare e io rimasi seduta sulla coperta ad aspettarlo.

Lo sorprendevo spesso a fissarmi con insistenza, ma fino a quel momento mai così sfacciatamente. Diventava sempre più audace, e sondava il terreno. Se prima si sforzava di nascondere i suoi sentimenti, ora non se ne preoccupava quasi più. Non sapevo che intenzioni avesse, e nemmeno se avesse delle intenzioni, ma vivere con lui stava diventando complicato.

Questo era certo.

«Come vorrei avere delle forbici», dissi. Una settimana dopo, seduta sulla coperta, stavo tentando di districare con la spazzola i nodi dei capelli, che ormai mi arrivavano quasi al sedere. «Avrei dovuto farmeli tagliare da te, prima che la lama del coltello si spuntasse.»

Diedi un'occhiata al fuoco.

«Stai pensando di accorciarli bruciandone un pezzo, vero?» mi domandò T.J.

Lo guardai come se fosse impazzito. «No.»

Be', però...

Continuai a pettinarmi.

T.J. si avvicinò e tese la mano. «Dài, faccio io, così ricambio il favore che mi hai fatto radendomi.»

Gli misi in mano la spazzola. «Accomodati pure.»

Si appoggiò contro la parete della casa, e io mi sedetti davanti a lui. Cominciò a spazzolare.

«Hai tanti capelli.»

«Lo so. Sono decisamente troppo lunghi.»

«A me piacciono i capelli lunghi.»

T.J. districò pazientemente i nodi lavorando su una ciocca alla volta. Il sole batteva implacabile, ma eravamo protetti dal tendone, e dall'oceano soffiava un venticello fresco. Il suono onnipresente delle onde che si frangevano contro gli scogli della barriera corallina e il tocco ritmato della spazzola mi fecero rilassare.

T.J. mi sollevò i capelli sulla nuca, li spostò sulla spalla destra e mi attirò più vicino a sé, in modo che la mia schiena poggiasse contro il suo petto. Continuò a spazzolare, ed era talmente piacevole che dopo un po' chiusi gli occhi e mi addormentai.

Quando mi svegliai, dal ritmo del respiro di T.J. capii che era crollato anche lui. Aveva le braccia allacciate intorno ai miei fianchi, le mani posate sulla mia pelle nuda, proprio sopra gli slip del bikini. Richiusi gli occhi, pensando che era bello avere le braccia di T.J. intorno a me.

A un tratto lui si mosse, e sussurrò: «Sei sveglia?».

«Sì. Ho fatto un bel sonnellino.»

«Anch'io.»

Controvoglia mi raddrizzai, e le sue mani mi scivolarono via dai fianchi. I capelli ora mi scendevano sulla schiena lisci e senza nodi. Girai la testa per guardarlo e sorrisi. «Grazie.»

I suoi occhi erano annebbiati dal sonno e da qualcos'altro. Qualcosa che non avrei sbagliato a chiamare desiderio.

«Figurati.»

Il cuore prese a battermi forte. Avevo le farfalle nello stomaco ed ero pervasa da una sensazione di calore.

Pensare che il nostro rapporto stesse diventando complicato forse peccava di ottimismo.

24.
T.J.

Guardai Anna allontanarsi dopo che le avevo spazzolato i capelli. Ripensai a qualche giorno prima, al gemito che le era sfuggito quando le avevo passato la mano sulla gamba. Mi ero chiesto che suono avrebbe emesso se avessi fatto qualcos'altro, con quella mano. L'impulso di infilarla negli slip del suo bikini per scoprirlo era stato quasi irresistibile. A Chicago non avrei avuto la minima chance con lei, ma forse, lì sull'isola, ne avevo una.

Io e Anna nuotavamo nella laguna, aspettando i delfini.

«Mi annoio», sbottai a un certo punto.

«Anch'io», disse lei stando a galla sul dorso. «Ehi, vediamo se riesci a sollevarmi in alto, come faceva Johnny con Baby.»

«Eh? Di che parli?»

«Non hai visto *Dirty Dancing*?»

«No.» Il titolo non sembrava niente male, però.

«È un gran bel film. L'ho visto quando è uscito, nel 1987. Ero alle superiori.»

«Quando io avevo due anni.»

«Ah, già. A volte mi dimentico di quanto sei giovane.»

T.J. scosse la testa. «Non sono poi *così* giovane.»

«Be', comunque, Patrick Swayze faceva la parte di Johnny Castle, il maestro di ballo in un hotel delle Catskills Mountains. Jennifer Grey interpretava Baby Houseman, una ragazza che alloggiava all'hotel durante una vacanza con la famiglia.» Anna fece una pausa, poi aggiunse: «Ehi, ora che ci penso... Baby passava *tutta* l'estate in vacanza con la sua famiglia, proprio come avresti dovuto fare tu».

«E anche lei era arrabbiata nera?»

Anna scosse la testa ridendo. «Credo di no. Si era messa con Johnny e passavano *un sacco* di tempo a letto.»

Com'è che non ho mai visto quel film? Dev'essere fantastico.

«Ma a un certo punto Baby ha dovuto sostituire Penny, la ballerina che faceva coppia con Johnny, perché era incinta. C'era quel salto con sollevamento, e siccome all'inizio Baby non riusciva a farlo, lei e Johnny si esercitavano in acqua. Per qualche oscuro motivo, Baby si allenava indossando i pantaloni.»

«Ed è quella la cosa che vuoi fare?» Se mi dava l'occasione di toccare Anna, ci stavo di corsa.

«Ho sempre desiderato provare. Non dev'essere poi così difficile.» Si mise davanti a me. «Allora, mi butto verso di te, e appena salto tu mi prendi da qui.» Mi prese le mani e se le mise sui fianchi. «E poi mi sollevi sopra la tua testa. Pensi di farcela?»

Alzai gli occhi al cielo. «Ma certo che ci riesco.»

«Allora, sei pronto?»

Risposi di sì e Anna si lanciò verso di me. Nell'attimo in cui le mie mani toccarono i suoi fianchi, mi cadde addosso, strillando. La mia faccia era finita tra le sue cosce.

Ci staccammo l'uno dall'altra e lei disse: «Non farmi il solletico!».

Mi venne da ridere. «Non ho fatto nulla, ho solo messo le mani come mi avevi detto tu.»

«Okay, riproviamo.» Prese la rincorsa. «Arrivo!»

La sollevai, ma persi l'equilibrio perché l'acqua era troppo alta. Lei mi cadde addosso, il che non mi faceva affatto schifo.

«Merda, stavolta è stata colpa mia», dissi. «Dobbiamo andare dove l'acqua è più bassa. Prova di nuovo.»

Quella volta lo eseguimmo alla perfezione. Io la sollevai e lei allargò le braccia e le gambe, inarcando la schiena.

«Ce l'abbiamo fatta!» esclamò Anna.

La tenni sollevata più a lungo che potevo prima di abbassare le braccia. Mentre la sorreggevo avevo fatto qualche passo indietro, oltre una specie di gradino, e Anna andò sotto con la testa perché lì non toccava. Allungai un braccio e la tirai su. Lei respirò a fondo e mi mise le braccia intorno al collo. Qualche secondo dopo avvolse le gambe intorno ai miei fianchi.

Aveva un'espressione stupita, forse per quel tuffo inaspettato, o forse perché per reggerla le tenevo le mani sul sedere.

«Adesso non mi annoio per niente.» Se l'avessi fatta scendere di qualche centimetro, avrebbe sentito quanto poco mi stessi annoiando.

«Bene.» Era ancora avvinghiata a me braccia e gambe, e stavo giusto meditando di baciarla quando lei annunciò: «Abbiamo compagnia». Mi voltai e vidi quattro delfini. Erano entrati nella laguna e ci imploravano di giocare con loro dandoci dei colpetti con il muso. Seccato, mi spostai dove l'acqua era più bassa e misi giù Anna, facendo attenzione che toccasse il fondo con i piedi.

Giocare con i delfini mi piaceva, ma giocare con Anna era mille volte più bello.

25.
ANNA

Stavamo giocando a poker sotto il tendone, tenendo d'occhio la tempesta che si avvicinava. Il cielo era uno zig-zag continuo di lampi, l'aria umida mi pesava addosso come una coperta. All'improvviso si levò un vento impetuoso che sparpagliò le carte.

«Sarà meglio andare dentro», disse T.J.

Una volta entrati, mi distesi accanto a lui nel canotto. L'interno della casa si illuminava a ogni scoppio di fulmine.

«Stanotte non si dormirà granché», mormorai.

«Probabilmente no.»

Distesi uno vicino all'altra, ascoltavamo la pioggia che sferzava la casa. Il rombo del tuono arrivava pochissimi secondi dopo il fulmine.

«Non ci sono mai stati così tanti fulmini», osservai.

Ancora più inquietante era l'effetto dell'elettricità nell'aria, che mi faceva rizzare i peli sulle braccia. Mi dicevo che la tempesta sarebbe cessata presto, e invece con il passare delle ore si fece molto più violenta.

Quando le pareti di legno della casa cominciarono a tremare, T.J. uscì dal canotto e prese i miei jeans dalla valigia. «Mettiti questi.» Si vestì a sua volta e ripose la canna da pesca nella custodia della chitarra.

«Perché l'hai messa via?»

«Perché non credo che potremo portarcela dietro.»

Uscii dal letto e infilai i pantaloni sopra gli shorts. «E dove dovremmo andare?» Lo capii nel momento stesso in cui lo domandavo. «No! Io lì non ci vengo, nemmeno per idea. Abbiamo affrontato altre tempeste, possiamo restare qui.»

T.J. mise nello zaino il coltello, la corda e il kit di primo soccorso. Mi lanciò le mie scarpe e infilò le sue Nike senza prendersi la briga di slacciarle.

«Non erano così forti», replicò. «E lo sai anche tu.»

Aprii la bocca per ribattere, e in quel momento si scoperchiò il tetto.

T.J. sapeva di avere vinto. «Andiamo», disse, sovrastando appena gli ululati del vento. Si caricò in spalla lo zaino e mi passò la custodia della chitarra. «Questa la porti tu.» Con una mano sollevò la cassetta degli attrezzi, con l'altra la mia valigia, e corremmo alla caverna attraversando la foresta sotto una pioggia torrenziale. Il vento soffiava talmente forte che temetti di essere scaraventata a terra.

Davanti all'apertura della caverna esitai.

«Entra!» mi gridò T.J.

Mi piegai in avanti, cercando il coraggio per strisciare all'interno. Il rumore di un ramo che si spezzava echeggiò secco e improvviso come uno sparo. T.J. mi spinse dentro con una pacca sul sedere, e subito dietro di me la custodia della chitarra, la cassetta degli attrezzi e la valigia. Lui riuscì a entrare un attimo prima che l'albero cadesse, bloccando l'apertura della caverna e precipitandoci nell'oscurità.

Mi scontrai con Ossicini con l'impeto di una palla da bowling. Le ossa dello scheletro si sparsero sul pavimento della caverna.

In quello spazio angusto ci stavamo appena, noi e tutti i nostri averi. Dovevamo stare distesi sulla schiena, spalla contro spalla. Allungando appena il braccio toccavo la parete alla mia destra, e lo stesso valeva per T.J. e la parete sinistra. Nella caverna c'era odore di terra, di piante in decomposizione e anche di animali, che speravo non fossero pipistrelli. Contenta di avere i jeans, accavallai le gambe alle caviglie per evitare che qualche bestiaccia si infilasse su per i calzoni. Con il soffitto a mezzo metro dalla testa sembrava di essere chiusi in una bara, e mi venne un attacco di panico. Il cuore batteva a mille e boccheggiavo, come se non riuscissi a incamerare aria a sufficienza.

«Cerca di respirare più lentamente», disse T.J. «Appena finisce ce ne andiamo fuori di qui.»

Chiusi gli occhi e mi concentrai sul respiro.

Scaccia i pensieri e le paure. Uscire di qui adesso è impensabile.

T.J. mi strinse la mano, intrecciando le sue dita alle mie. Mi aggrappai a quella mano come a un'ancora di salvezza.

«Non lasciarmi», gli sussurrai.

«Non ci penso nemmeno.»

Restammo nella caverna per ore, ascoltando la tempesta che imperversava. Quando finalmente cessò, T.J. liberò l'ingresso della caverna dai rami dell'albero caduto. Strisciando fuori sotto il sole, restammo scioccati alla vista di tanta devastazione.

La tempesta aveva divelto talmente tanti alberi che il percorso verso la spiaggia somigliava a un labirinto. Quando finalmente uscimmo dalla foresta, restammo senza fiato.

La casa non c'era più.

T.J. chinò lo sguardo, contemplando il terreno sul quale un tempo sorgeva la casa. Lo abbracciai.

«Mi dispiace.»

Non rispose, però mi cinse la vita e restammo così a lungo.

Perlustrando la zona, trovammo il canotto di salvataggio schiacciato contro un albero. Lo controllammo centimetro per centimetro per capire se si fosse bucato. Poggiai l'orecchio per sentire il sibilo dell'aria che usciva, ma sembrava intatto. Il collettore d'acqua galleggiava nell'oceano a qualche centinaio di metri dalla riva, mentre la cerata e il telo del tettuccio erano impigliati nella catasta di legna che un tempo era stata la nostra casa.

Recuperammo dalla spiaggia i coprisedili, i giubbotti di salvataggio e la coperta e li lasciammo ad asciugare al sole. Poi fissammo il tettuccio di tela al canotto: T.J. aveva tagliato le finestrelle laterali di nylon e la porta avvolgibile per completare la casa; il tettuccio ci avrebbe ancora riparato dalla pioggia, ma non avevamo più niente che ci proteggesse dalle zanzare.

Passammo il resto della giornata a costruire un altro riparo per il fuoco e a raccogliere legna, che accatastavamo al coperto in modo che potesse asciugarsi. Dopodiché T.J. andò a pescare, e io a raccogliere noci di cocco e frutti.

Più tardi, seduti vicino al fuoco a mangiare il pesce, faticavamo a tenere gli occhi aperti. Appena calato il sole andammo a dormire dentro il canotto. Mi addormentai all'istante, con la testa posata sul coprisedile ancora umido di pioggia.

Stavo nuotando nella laguna. T.J. era impegnato nella ricostruzione della casa, ma aveva promesso di raggiungermi dopo avere inchiodato un paio di altre assi.

Il suo desiderio di procurarci un tetto sulla testa lo consumava, e aveva compiuto notevoli progressi in quelle sei settimane dopo la tempesta. La struttura portante era terminata, e ora si stava dedicando ai muri. Avendo già costruito la casa in precedenza, questa volta il lavoro procedeva a ritmo sostenuto, e avrebbe lavorato tutto il giorno, senza mai fermarsi, se io non lo avessi persuaso a concedersi delle pause.

D'un tratto lo vidi arrivare sulla spiaggia. Improvvisamente si mise a correre verso la riva urlando qualcosa e facendomi segno di uscire. Non riuscendo a capire perché si agitasse tanto, mi voltai.

Scorsi la pinna un attimo prima che scomparisse sott'acqua. Dalle dimensioni e dalla forma era chiaro che non si trattava di un delfino.

T.J. entrò di corsa in acqua gridando: «Nuota, Anna, nuota!».

Troppo spaventata per girarmi ancora a guardare, nuotai più in fretta che potevo. T.J. mi venne incontro, mi afferrò per un braccio e mi trascinò dove l'acqua era più bassa. Ormai si toccava il fondo, e ci mettemmo a correre.

Tremavo tutta, e T.J. mi posò le mani sulle spalle. «Va tutto bene», disse.

«Secondo te da quanto tempo si aggirava qui, nella nostra laguna?»

T.J. scrutò l'acqua turchese. «Non saprei.»

«Che genere di squalo poteva essere?»
«Di scogliera, magari?»
«Non puoi più andare a pescare, T.J.» Spesso si spingeva fin dove l'acqua gli arrivava alla vita, dal momento che la lenza non era tanto lunga.
«Se dovessi scorgere la pinna, uscirò.»
«E se non la vedessi in tempo?»
Trascorremmo i giorni successivi sulla riva per vedere se arrivava lo squalo, ma la superficie della laguna rimaneva piatta, l'acqua calma e immobile. Anche quando vennero i delfini preferii non entrare in acqua. Per lavarci facevamo a turno, dopo avere deciso di comune accordo che ci saremmo addentrati di pochi metri nell'acqua, in modo da rimanere il più possibile vicino alla riva.
Trascorsa una settimana intera senza avvistamenti, pensammo che fosse andato via per sempre, che quella breve apparizione fosse stata un'anomalia, come nel caso della medusa.
T.J. ricominciò ad andare a pesca.
Un giorno mi stavo depilando sulla spiaggia, e T.J. mi raggiunse con il pesce appena pescato. Trasalì, vedendo che perdevo un po' di sangue dal taglietto che mi ero fatta sul ginocchio.
«Ormai la lametta non è più affilata», spiegai.
«Adesso non puoi avvicinarti all'acqua.» Fu così che venni a sapere del ritorno dello squalo.
T.J. si sedette vicino a me e mi raccontò che aveva appena preso l'ultimo pesce quando lo aveva avvistato. «Nuotava avanti e indietro davanti alla riva, e solo la punta della pinna che usciva dall'acqua. Ho avuto l'impressione che stesse cacciando una preda.»
«Non andare più a pescare. Ti prego.»
C'erano giorni in cui mandavo giù a fatica il pesce, l'alimento base della nostra dieta. Ogni giorno andavamo alla spiaggia in cerca di granchi, sperando di variare un po', però non ne trovavamo quasi mai, né sapevamo spiegarci il perché. I frutti dell'albero del pane e il cocco ci avrebbero tenuti in vita, ma era chiaro che la nostra fame sarebbe cre-

sciuta a dismisura fintantoché lo squalo fosse rimasto in agguato nella laguna.

Passarono altre due settimane senza nessun avvistamento. Io continuavo a non entrare in acqua se non per lavarmi, e anche allora mi bagnavo solo fino alle caviglie. Lo stomaco di entrambi non faceva che brontolare. T.J. avrebbe voluto andare a pescare, ma io lo supplicai di non farlo.

Immaginavo lo squalo in paziente attesa che uno di noi due si avventurasse un po' più lontano dalla riva; T.J., invece, riteneva che se ne fosse finalmente andato, convinto che nella laguna non ci fosse quello che cercava. Due teorie opposte, che causarono più di un litigio.

Da molto tempo ormai avevo abbandonato l'idea di una superiorità su T.J. legata alla differenza d'età. Certo, ero più vecchia e più esperta di lui, ma sull'isola questo contava poco o niente. Vivevamo alla giornata, e affrontavamo e risolvevamo insieme i problemi che si presentavano. Ma invadere l'habitat naturale di un animale che poteva divorarti in un minuto mi sembrava il massimo della stupidità, e non mancavo di ripeterlo a T.J. Il che probabilmente spiega perché andai su tutte le furie appena due giorni dopo, quando lo vidi con la canna da pesca in mano, poco prima dell'ora di cena, in un punto dove l'acqua gli arrivava alla vita.

Mi misi a saltare sulla sabbia, agitando le braccia per attirare la sua attenzione. «Esci subito!»

T.J. uscì con tutta calma. «Perché tante storie?» chiese quando mi raggiunse.

«Cosa credevi di fare?»

«Stavo pescando. Io ho fame, e so che ce l'hai anche tu.»

«Meglio affamati che morti, T.J., e tu non sei immortale!» Presi a colpirlo sul petto, con più forza a ogni parola, e lui mi bloccò la mano.

«Calmati!»

«L'altro giorno mi hai impedito di entrare in acqua, e adesso ci stai dentro fino alla vita come se niente fosse.»

«Ma tu ti eri tagliata, Anna! E visto che tanto non entreresti comunque in acqua, nemmeno se te lo chiedessi in ginocchio, non fare finta di aver bisogno del mio permesso», mi urlò in faccia.

«E tu perché ti ostini a metterti in una situazione di pericolo, anche se ti ho chiesto di non farlo?»

«Perché quella di entrare o non entrare in acqua è una *mia* decisione non tua!»

«Le conseguenze delle tue decisioni riguardano anche me, perciò penso di avere tutto il diritto di intromettermi, se sono decisioni stupide!» Avevo le lacrime agli occhi e mi tremavano le labbra. Gli voltai bruscamente le spalle e mi allontanai tutta impettita. Lui non mi seguì.

Entrai nella casa che T.J. aveva finito di ricostruire una settimana prima, e mi sdraiai dentro il canotto. Quando ebbi finito di piangere feci dei respiri profondi, e a un certo punto mi appisolai. Quando riaprii gli occhi, T.J. era sdraiato al mio fianco, sveglio.

«Mi dispiace», dicemmo all'unisono.

«Flic e floc. Mi devi una Coca», dissi. «Grande, con tantissimo ghiaccio.»

T.J. sorrise. «Sarà la prima cosa che farò quando ci saremo schiodati da quest'isola.»

Mi puntellai su un gomito, rivolta verso di lui. «Ho perso la testa, scusa. È che sono terrorizzata.»

«Io credo proprio che lo squalo se ne sia andato.»

«Non è solo lo squalo.» Inspirai a fondo. «Tengo a te, molto, e non sopporto l'idea che possa succederti qualcosa di brutto, o che tu possa morire. Se resisto qui, è solo perché ci sei tu con me.»

«Sopravviveresti lo stesso, Anna. Sai fare tutte le cose che so fare io, te la caveresti benissimo.»

«No, che non me la caverei. Posso stare da sola a casa mia, ma non qui.» I miei occhi si riempirono di lacrime mentre immaginavo l'isolamento e il dolore che avrei patito se T.J. non fosse più stato al mio fianco. «Non so se sia possibile morire di solitudine, ma credo che arriverei a desiderarlo, dopo un po'», gli dissi in un sussurro.

T.J. mi posò la mano sul braccio. «Non dirlo neanche per scherzo.»

«È la verità, e non dirmi che non l'hai pensato anche tu.»

Dapprima non rispose niente ed evitò il mio sguardo, ma alla fine annuì. «Sì, quando ti ha morso quel pipistrello.»

Le lacrime sgorgavano a fiotti e mi rotolavano sulle guance. T.J. mi strinse a sé, accarezzandomi la schiena e aspettando pazientemente che mi calmassi. Non eravamo molto vestiti – lui in calzoncini corti, io in costume da bagno – e quel contatto diretto, pelle contro pelle, mi aiutò a rilassarmi come mai mi sarei aspettata. T.J. aveva addosso l'odore dell'oceano, un odore buono, che avrei sempre associato a lui.

Feci un sospiro, calmata dallo sfogo. Era talmente tanto tempo che nessuno mi teneva tra le braccia che avrei voluto non staccarmi più. Alla fine alzai la testa; lui la prese tra le mani e mi asciugò le lacrime con i pollici.

«Va meglio?»

«Sì.»

«Io non ti lascerò mai sola, Anna. Mai, se dipenderà da me», disse guardandomi negli occhi.

«Allora non entrare più in acqua, te ne prego.»

«Okay.» Asciugò le ultime lacrime. «Non ti preoccupare. Ci inventeremo qualcosa, come abbiamo fatto tante altre volte.»

«Mi sento così stanca, T.J.»

«Allora chiudi gli occhi.»

Mi aveva frainteso; intendevo stanca in generale, stanca di avere sempre nuovi problemi da risolvere, di avere continuamente paura che uno di noi due si ammalasse o si facesse male. Ma stava per calare l'oscurità, ed era davvero piacevole stare tra le sue braccia. Posai di nuovo la testa sulla sua spalla e chiusi gli occhi.

Lui mi strinse ancora di più. Con una mano mi accarezzava la schiena, dalla spalla scendendo fino alla vita, mentre l'altra era ancora posata sul mio braccio.

«Mi fai sentire al sicuro», mormorai.

«Sei al sicuro.»

Mi arresi al sonno e alla sua promessa di oblio, ma un attimo prima di addormentarmi avrei giurato che le labbra di T.J. avessero sfiorato le mie nel più tenero e dolce dei baci.

Mi svegliai abbracciata a lui poco prima dell'alba, affamata, assetata e con il bisogno di andare in bagno. Mi alzai, e uscii per addentrarmi nella foresta, fermandomi al ritorno per raccogliere i frutti e le noci di cocco. Il cielo si riempì della luce mattutina mentre mi lavavo i denti, mi pettinavo e preparavo la colazione.

In attesa che T.J. si svegliasse, cercai di ripercorrere gli avvenimenti della sera prima. Il suo desiderio era quasi palpabile, si irradiava dal suo corpo come il calore dalla fiamma. Il respiro era alterato, sempre più rapido, e sotto la mia guancia sentivo che il suo cuore aveva accelerato i battiti. Benché T.J. avesse dimostrato una notevole capacità di autocontrollo, mi chiesi per quanto tempo ancora si sarebbe accontentato di tenermi semplicemente tra le braccia.

E mi chiesi per quanto tempo mi sarei accontentata io.

T.J. uscì dalla casa un attimo dopo, rifacendosi la coda di cavallo.

«Ehi.» Si sedette accanto a me, dandomi un buffetto affettuoso sulla spalla. Il suo ginocchio sfiorava il mio. «Come va stamattina?»

«Molto meglio.»

«Hai dormito bene?»

«Sì. E tu?»

Annuii, sorridendo. «Ho dormito alla grande.»

Dopo la colazione andammo a sederci sulla spiaggia.

«Sai, ho pensato una cosa», disse lui grattandosi una puntura di zanzara. «Cosa ne diresti se per pescare mettessi in acqua il canotto?»

Quella prospettiva mi terrorizzava. «Neanche per idea. E se lo squalo attaccasse il canotto? E se il canotto si rovesciasse?»

«Questo non è *Lo squalo*, Anna. E poi l'hai detto tu, che non dovevo stare in acqua.»

«Sì, credo di essere stata molto chiara in proposito», ammisi, ripensando al nostro litigio.

«Se prendo i pesci stando sul canotto non soffriremo più la fame.»

A quelle parole mi brontolò lo stomaco. «Non so, T.J. Non mi sembra una buona idea.»

«Non andrò molto lontano, solo quel tanto che basta per prendere qualche pesce.»

«D'accordo, però io vengo con te.»

«Non ce n'è bisogno.»

«Sì, invece.»

Per far passare il canotto dalla porta della casa fu necessario sgonfiarlo. Dopo averlo gonfiato di nuovo con la bomboletta di anidride carbonica, lo portammo in spiaggia.

«Ho cambiato idea», dissi. «Sarebbe da pazzi. Dobbiamo restare al sicuro.»

T.J. sogghignò. «E che divertimento ci sarebbe?»

A forza di remi portammo il canotto al centro della laguna. T.J. attaccò l'esca all'amo e uno dopo l'altro tirò su un sacco di pesci, che metteva subito in un contenitore di plastica pieno di acqua di mare. Io non riuscivo a stare seduta e continuavo a guardare ansiosamente i fianchi del canotto, tanto che alla fine T.J. mi tirò giù, facendomi sedere accanto a lui.

«Mi fai venire il nervoso», disse mettendomi un braccio intorno alla spalla. «Prendo qualche altro pesce e poi torniamo a riva.»

Il tettuccio di tela non era più agganciato al canotto, e sotto quel sole implacabile morivo di caldo, pur indossando solo il bikini. T.J. si tolse il mio cappello da cowboy e me lo sistemò in testa.

«Hai il naso rosso.»

«Ancora un attimo e vado a fuoco. Fa un caldo tremendo qui.» Prese un po' d'acqua di mare e me la versò addosso osservandola mentre mi scendeva lentamente sulla pancia. Avvertii un pizzicore in tutto il corpo e la mia temperatura interna schizzò alle stelle.

T.J. fece per prendere dell'altra acqua, poi si fermò di colpo. «Eccolo.» Tirò la lenza fuori dall'acqua.

Mi voltai, con tutti i muscoli in tensione. La pinna era a venti metri e avanzava velocemente verso di noi. Afferrai istintivamente uno dei remi e passai l'altro a T.J. In silenzio, guardammo lo squalo che girava intorno al canotto.

«Voglio tornare a riva», dissi.

T.J. annuì e cominciammo a remare, mentre lo squalo ci seguiva. Raggiunto il punto dove l'acqua arrivava all'altezza del ginocchio, T.J. saltò giù dal canotto e lo trascinò sulla sabbia con me ancora dentro. Saltai giù anch'io.

«E adesso che cazzo facciamo?» chiese lui.

«Non so.»

Perché davvero non avevo idea di cosa avremmo potuto fare, io e T.J., con quello squalo lungo quasi tre metri che viveva nella nostra laguna.

Tornati alla casa, T.J. accese il fuoco e io pulii e cucinai i pesci. Li divorammo tutti, rimpinzandoci per la prima volta dopo tanto tempo. Ingoiato anche l'ultimo boccone, T.J. si mise a passeggiare avanti e indietro.

«È pazzesco, eri in acqua con quella cosa...» gli dissi.

Lui si fermò e si girò verso di me. «Non preoccuparti, invece di entrare in acqua pescherò dal canotto. Spero solo che lo squalo non decida di assaggiarlo.»

«C'è un problema, T.J.: non possiamo continuare a gonfiarlo ogni volta che lo spostiamo. Non so nemmeno quanto durerà ancora la bomboletta. Finché userai il canotto per pescare dovremo tenerlo all'aperto, perciò d'ora in poi sopra la testa avremo il tettuccio di tela e nient'altro. Non avremo nessuna protezione contro gli insetti, senza la fiancata di nylon del canotto.» T.J. era già pieno di punture di zanzara a causa di tutto il tempo che trascorreva nella foresta.

«Quindi lasciamo che sia lo squalo a decidere cosa mangiamo e dove dormiamo?»

«In sostanza sì.»

«Che stronzate. Lo squalo può dettar legge in acqua, ma non fuori. Dobbiamo ucciderlo.»

Sta scherzando.

Mi sembrava irrealistica l'idea di avere la meglio su quel feroce predatore, anzi, temevo che fosse lui a ucciderci. T.J. entrò in casa e ne uscì poco dopo con la cassetta degli attrezzi in mano. Tirò fuori la corda e separò l'una dall'altra le cordicelle sottili che la componevano.

«Cos'hai in mente di fare?» gli domandai, temendo la risposta.

«Se riesco a piegare dei chiodi e a fissarli a queste cordicelle, forse riusciremo ad agganciare lo squalo e a trascinarlo fuori dall'acqua.»

«Vuoi tentare di catturarlo?»

«Sì.»

«Dal canotto?»

«No, dalla riva. Se stiamo a riva forse abbiamo una possibilità. Dovremo attirarlo nell'acqua bassa.»

«Be', abbiamo già visto che è possibile. Mi sono persino stupita di vedere quanto si è avvicinato alla riva.»

T.J. annuì. Nessuno dei due sottolineò che lo squalo si era rivelato perfettamente capace di nuotare anche dove l'acqua ci arrivava alla vita.

T.J. piantò tre chiodi in una delle assi della casa, li incurvò usando la penna del martello e poi li estrasse dal legno. Poi annodò le cordicelle a ciascuno dei tre chiodi, formando una sorta di uncino a tre punte.

«Non so cosa potremmo usare come esca», disse alla fine.

«Vuoi tentare di catturarlo *oggi*?»

«Voglio riprendermi la laguna, Anna.» L'espressione sul suo volto era decisa, e capii che non sarei riuscita a distoglierlo dal suo proposito.

«So io cosa ci vuole.» Quasi non ci credevo, ma stavo per dare il mio contributo a quel piano pazzesco.

«Cosa?»

«Una gallina. Se la attacchiamo all'uncino ancora viva, a furia di dibattersi attirerà lo squalo.»

T.J. mi diede una pacca sulle spalle. «Allora ti ho convinto!»

«Sì, ma non del tutto.» Ero d'accordo con lui sulla necessità di provarci. Malgrado lo squalo e la medusa e chissà quali altri pericoli di cui eravamo all'oscuro, la laguna era nostra e capivo perfettamente il desiderio di T.J. di combattere per riprendersela. C'era solo da sperare che il prezzo da pagare non fosse la nostra vita.

Avevamo catturato e mangiato altre due galline dopo la prima, quella del giorno di Natale. Pensavamo che ne fosse rimasta almeno una, due se eravamo fortunati. Però era già un po' di tempo che non le vedevamo o sentivamo: era come se avessero capito che le stavamo prendendo una per una. Facemmo un giro di perlustrazione dell'isola, e stavamo per rinunciare quando udimmo un battito d'ali. Per catturarla ci volle un'altra mezz'ora. Distolsi lo sguardo quando T.J. la attaccò all'uncino.

Entrato nell'acqua fino al torace, lanciò la gallina il più lontano possibile prima di tornare indietro a tutta velocità e per tutta la lunghezza della corda, in modo da averla ben tesa.

La gallina batteva le ali a pelo dell'acqua cercando di liberarsi. Inorriditi, guardammo lo squalo che, guizzato fuori dall'acqua, la ingoiava tutta intera.

T.J. diede un violento strattone alla corda per fissare l'uncino. «Credo che abbia funzionato. Sento che tira.»

Arretrò di parecchi passi e puntò i piedi sul fondale, tenendo la corda con tutte e due le mani.

A un tratto ci fu uno scossone e T.J. volò in avanti, ricadendo a faccia in giù mentre lo squalo nuotava allontanandosi dalla riva. Io mi lanciai sulla sua schiena, artigliando la sabbia e spezzandomi le unghie. Lo squalo ci trascinava entrambi come se non pesassimo niente. Quando riuscimmo a rimetterci in piedi, l'acqua ci arrivava al ginocchio.

«Mettiti dietro di me», disse T.J. arrotolandosi la corda a doppio giro sull'avambraccio. Afferrai il capo della corda. Fatto qualche passo indietro, ci fermammo. Lo squalo si dibatteva e strattonava a destra e a sinistra, cercando di mangiare la gallina e allo stesso tempo di liberarsi dall'uncino. Quando ci tirò di nuovo, T.J. cercò di trattenere la corda con tutte le sue forze e i muscoli tesi allo spasimo. Io avevo il viso madido di sudore mentre continuavamo quel tiro alla fune, ormai nell'acqua fino alla coscia.

Le braccia erano indolenzite, e man mano che i minuti passavano cresceva la certezza che non ce l'avremmo mai fatta. Se riuscivamo a tenere la nostra posizione era solo perché lo squalo ce lo permetteva. Ci sarebbero voluti almeno tre uomini grandi e grossi per avere una possibilità di vincere quel confronto, ed era giunto il momento di arrendersi.

«Lascia andare la corda. Dobbiamo uscire dall'acqua, subito.» T.J. non fece obiezioni, ma la corda era talmente stretta intorno al suo braccio che non riusciva a srotolarla. Lottò per liberarsi mentre lo squalo lo trascinava più al largo, e l'acqua gli arrivava ormai al collo quando la tensione della corda finalmente si allentò. Sollevata, pensai che la corda si fosse spezzata, ma poi mi resi conto che lo squalo stava venendo verso di noi.

«Esci dall'acqua, Anna!»

Come paralizzata, guardai T.J. che tentava disperatamente di sfilare il braccio dalla corda. La pinna andò sott'acqua e capii che non ce l'avrebbe mai fatta a raggiungere la riva in tempo.

Urlai. Ma in quel momento scorsi, con la coda dell'occhio, altre pinne che si avvicinavano con una rapidità tale da confondersi in una macchia indistinta. Erano arrivati i delfini, un gruppo di due o tre che nuotavano affiancati.

In qualche modo riuscii a uscire dall'acqua, e dalla spiaggia li vidi disporsi intorno a T.J., come a volerlo proteggere mentre nuotava verso la riva. Quando mi raggiunse sulla sabbia, gli buttai le braccia al collo singhiozzando.

Al gruppo si unirono altri quattro delfini. Ormai erano come minimo in sette e attaccarono lo squalo, colpendolo con il muso e spingendolo verso l'acqua bassa.

T.J. entrò di nuovo nell'acqua, puntando alla cima della corda che galleggiava vicino ai delfini. La afferrò e cominciammo a tirare insieme, e con l'aiuto dei delfini lo squalo finì a riva scuotendo la testa a destra e a sinistra, con qualche penna di gallina che gli usciva dalla bocca.

T.J. mi strinse in un abbraccio che mi sollevò da terra. Io mi avvinghiai con le gambe intorno a lui. Eravamo euforici, e urlammo di gioia.

I delfini nuotavano avanti e indietro, eccitati. Io e T.J. corremmo in acqua e, sebbene non fosse un'impresa facile, riuscimmo ad abbracciarli. Qualche minuto dopo se ne andarono, e noi ci avvicinammo allo squalo immobile sulla sabbia.

«Non oso pensare a cosa sarebbe successo se non fossero arrivati i delfini», gli dissi.

«Ci avrebbe fatto secchi, poco ma sicuro.»

«Non ho mai avuto tanta paura in vita mia. Credevo che ti avrebbe divorato.»

T.J. mi abbracciò di nuovo, posando il mento sulla mia testa. «Be', non lo ha fatto.»

«Ce lo mangiamo, cosa dici?» chiesi.

«Cavoli, certo che sì», rispose con un sorriso smagliante.

T.J. che faceva a pezzi il pescecane usando la sega fu la scena più disgustosa a cui avessi mai assistito. Tagliandoli con il coltello, io ne ricavai tanti tranci. La sega e il coltello non erano gli arnesi ideali per sfilettare uno squalo, e dopo un po' non solo eravamo imbrattati di sangue, ma i nostri abiti – il mio bikini e i suoi shorts – erano completamente impregnati di un residuo oleoso. L'odore – aspro, con un sentore metallico che mi assaliva a ogni respiro – mi dava la nausea. Dovevamo seppellire la carcassa da qualche parte, ma decidemmo di occuparcene in seguito.

Contemplai il nostro lavoro. Avremmo buttato via molta carne, perché ne avevamo molto più di quanta saremmo riusciti a mangiare, ma la cena si prospettava come un banchetto.

Il torace di T.J. era coperto di rivoli di sangue. «Preferisci lavarti tu per prima?» mi chiese mentre tornavamo alla casa.

«No, vai prima tu. Intanto io preparo il purè.» Erano giorni che non mi sentivo veramente pulita. Non vedevo l'ora di farmi il bagno in qualcosa di più di trenta centimetri d'acqua.

T.J. entrò in casa, uscendone poco dopo con il sapone, lo shampoo e degli indumenti puliti.

«Lascia lì i tuoi calzoncini, li laverò dopo.»

«Okay», rispose senza nemmeno girarsi.

Preparai il purè di frutta seguendo una ricetta che avevo ideato in una giornata di noia infinita. Per prima cosa sminuzzai il cocco sopra un sasso, poi strizzai la polpa così ottenuta dentro una maglietta, in modo da ricavarne il latte. Dopo avere arrostito i frutti dell'albero del pane, sminuzzai anche quelli e versai la loro polpa nel latte di cocco. Per finire, scaldai il tutto dentro il guscio di una noce di cocco tenendola vicino al fuoco. A T.J. quel purè piaceva tantissimo.

Infilzai i pezzi di carne di pescecane su piccoli rametti, in modo da poterli cuocere sulla fiamma.

«Tocca a te», disse T.J., che adesso emanava un odore decisamente migliore del mio. «Cucino io, così mangiamo appena torni.»

«Va bene.» Puntando il dito gli intimai: «Giù le mani dal purè di frutta».

Entrai in casa per prendere dei vestiti puliti dalla valigia. La aprii, e mi cadde l'occhio su qualcosa di azzurro.

Perché no?

Avevo i miei buoni motivi per mettermi un po' in ghingheri. Una cena diventava un'occasione speciale, se eri stato tu a uccidere il cibo nel tuo piatto e non viceversa.

26.
T.J.

Stesi la coperta vicino al fuoco e controllai i tranci di pescecane per accertarmi che non stessero bruciando. Non che importasse qualcosa, visto che ce n'erano in quantità, ma mi brontolava lo stomaco e non vedevo l'ora che fossero pronti.

Anna arrivò con il vestito azzurro e i capelli bagnati pettinati all'indietro. Aveva il suo profumo di vaniglia. Le sorrisi e alzai le sopracciglia in segno di ammirazione. Lei arrossì mentre si sedeva vicino a me.

«Sei una favola», le dissi.

«Grazie. Ho pensato di vestirmi bene, dal momento che si festeggia.»

Mangiammo fino a scoppiare. La consistenza della carne mi ricordava un po' quella di manzo, e il sapore era sicuramente più forte di quello dei soliti pesciolini.

«Vuoi un altro po' di purè?» domandai ad Anna, che invece di rispondermi fece un rutto. «Sono *scioccato*», scherzai. «Non ti avevo mai sentito fare un rutto.»

«Perché sono una *signora.* E perché non ho mai avuto abbastanza cibo nello stomaco per farne uno.» Sogghignò. «Wow, era proprio buono.»

«Ne vuoi ancora? È quasi finito.»

«Certo che sì», rispose lei ridendo. «Adesso ho fatto un po' di spazio.»

Presi un po' di purè di frutta con le dita. Senza pensarci, allungai la mano per offrirgliene un po'. Anna smise di ridere, fissandomi come se non avesse capito bene le mie intenzioni. Attesi, e un attimo dopo lei si sporse verso di me con la bocca aperta. Feci scivolare le dita tra le sue labbra, domandandomi se anch'io avessi gli occhi sbarrati. Quando ebbe succhiato tutto, in pratica non respiravo più.

«Ancora?»

Annuì, giusto un cenno, e anche il suo respiro sembrava un po' accelerato. Con due dita tirai su dell'altro purè, e questa volta, mentre io le mettevo le dita in bocca, lei mi strinse il polso.

Aspettai che inghiottisse e poi persi completamente il controllo.

Le presi il viso tra le mani e la baciai, forte. Lei schiuse le labbra e io insinuai la lingua. Sarei andato avanti a baciarla così per giorni e giorni, e se mi avesse chiesto di fermarmi dubito che ne sarei stato capace.

Ma non mi chiese di fermarmi. Mi mise le braccia al collo, si avvicinò e mi baciò con altrettanta foga. La tirai a cavalcioni su di me, gemendo di piacere nella sua bocca quando si sedette sul mio pene, con il vestito sollevato fino alla vita.

Anna mi baciò sul collo, e poi scese leccandomi e succhiandomi fino alla spalla. Era una sensazione incredibile. Le sfilai il vestito dalla testa e la sollevai, facendola stendere sulla schiena. Infilai le dita sotto l'elastico dei suoi slip e lei si sollevò sui fianchi perché potessi toglierglieli. Non smettevo di baciarla, febbrilmente, con le mani che si spostavano in continuazione perché non sapevo decidere in quale punto del corpo toccarla più a lungo.

«Più piano, T.J.», mormorò.

«Non ci riesco.»

Anna allungò un braccio e diede un piccolo strattone ai miei calzoncini. Me li tolsi, e appena fui nudo lei me lo prese in mano. Venni venti secondi dopo, sorpreso di averci messo tanto.

Quando la mente si schiarì, baciai e accarezzai ogni centimetro del suo corpo, questa volta rallentando. La toccai in punti che non avrei mai pensato di toccare, e dai suoi gemiti mi sembrò che le piacesse parecchio.

Quando fui di nuovo pronto – molto presto – la misi sopra di me. Essere dentro di lei mi diede una sensazione che non avevo mai provato prima di allora. Emma era stata nervosa, tesa, e io ero preoccupato di farle male, mentre Anna sembrava rilassata, come se sapesse cosa stava facendo. Seduta a cavalcioni con le mani premute sul mio torace, si muoveva seguendo il proprio ritmo. Guardarla era stupendo. La vidi chiudere gli occhi e inarcare la schiena, e poi, quando l'espressione del suo viso cambiò e lei gridò di piacere, venni come non ero mai venuto in vita mia.

Dopo, mentre la tenevo tra le mie braccia, sussurrai: «È una cosa da una notte e basta, io e te?».

«No.»

27.
ANNA

Quando calò l'oscurità, portando con sé le zanzare, entrammo in casa. T.J. si stese al mio fianco e coprì entrambi con la coperta. Con il suo corpo nudo avvolse il mio e un attimo dopo si addormentò.

Io ero sveglissima.

Quando mi aveva dato quel bacio, non mi ero fermata a ragionare prima di ricambiarlo. Eravamo due adulti consenzienti ma, per quanto girassi e rigirassi la questione, sapevo che, se avessimo lasciato l'isola e si fosse venuto a sapere, ci sarebbero state conseguenze pesanti per le mie azioni. Distesa al buio mentre T.J. mi teneva stretta, giustificavo quello che avevamo fatto dicendomi che era stato bello e che, se qualcuno se lo meritava, quelli eravamo noi. Ciò che era successo riguardava noi e nessun altro.

Così, almeno, andavo dicendo a me stessa.

Mi piegai sul ginocchio con il berretto da baseball di T.J. in testa, i capelli tirati indietro e raccolti. Per terra, davanti a me, c'erano il bastone ricurvo che T.J. usava per accendere il fuoco, due ceppi e un groviglio di barbe di noce di cocco e fili d'erba secca.

Circa una settimana dopo che avevamo ucciso lo squalo, T.J. mi fece notare che c'era ancora una cosa che non sapevo fare. Era sempre lui ad accendere il fuoco, ma ora voleva assicurarsi che ne fossi capace anch'io. Mi aveva insegnato come fare e io stavo incominciando a impratichirmi, sebbene per il momento avessi ottenuto solo molto fumo e tanto sudore sulla mia fronte.

«Sei pronta?» domandò T.J.

«Sì.»

«Okay, vai.»

Presi un ramoscello appuntito, lo infilai nell'occhiello formato con il laccio delle scarpe e usai l'archetto per farlo ruotare. Dopo dieci minuti si alzò un filo di fumo.

«Non fermarti», disse lui. «Ci sei quasi. Devi farlo ruotare più veloce che puoi.»

Obbedii e venti minuti dopo, con le braccia indolenzite e il sudore che mi colava sulla faccia, vidi rosseggiare una brace. Con un colpetto la spostai e la gettai nel nido infiammabile già pronto al mio fianco. Poi presi il nido, lo tenni sospeso davanti a me e ci soffiai sopra piano piano.

Appena si sprigionò una fiamma lo lasciai cadere. «Oddio!»

T.J. mi batté il cinque. «Ce l'hai fatta!»

«Sì! Secondo te quanto tempo ci ho messo?»

«Non tanto. Però a me non importa la rapidità con cui lo accendi, mi basta sapere che tu sia capace di farlo.» Mi levò il berretto e mi diede un bacio. «Brava.»

«Grazie.»

Una conquista che aveva un sapore amaro, perché era vero che adesso sapevo accendere il fuoco, ma era altrettanto vero che mi sarebbe tornato utile solo se fosse successo qualcosa di brutto a T.J.

28.

T.J.

Mentre facevamo colazione, a un tratto sbucò dalla boscaglia una gallina.

«Guarda dietro di te.»

Anna si voltò. «Che cavolo...?»

Guardammo la bestiola che si avvicinava becchettando per terra, senza la minima fretta.

«Quindi ce n'era ancora una.»

«Sì, quella più stupida», rispose Anna. «Però, se è sopravvissuta fino a ora, non dev'essere così stupida.»

La gallina si fermò proprio davanti ad Anna. «Oh, ciao. Ma non lo sai cosa abbiamo fatto alle altre della tua specie?»

La gallina piegò la testa, guardandola come se cercasse di capire le sue parole. Pensando a una cena a base di pollo arrosto, io avevo già l'acquolina in bocca, ma Anna disse: «Non uccidiamola, T.J. Stiamo a vedere se fa le uova».

Costruii un piccolo recinto per la gallina, che si accovacciò guardandoci come se fosse felice della sua nuova casa.

Anna mise un po' d'acqua nel guscio di una noce di cocco. «Tu sai cosa mangiano le galline?» mi domandò.

«No, non lo so. Dimmelo tu che sei l'insegnante.»

«Io insegnavo inglese. In una zona densamente abitata.»

Quella risposta mi fece morire dal ridere. «Be', io non ne ho idea.» Chinandomi sul recinto aggiunsi: «E tu vedi di fare le uova, perché ora come ora sei solo un'altra bocca da sfamare, e se non gradisci il cocco, i frutti dell'albero del pane e i pesci, vuol dire che questo posto non fa per te».

Giuro davanti a Dio che la gallina fece segno di sì con la testa. Il giorno dopo fece l'uovo. Anna lo ruppe dentro il guscio di una noce di cocco e lo sbatté con il dito, poi lo avvicinò al fuoco e aspettò che fosse cotto. Una volta pronto, lo divise in parti uguali tra noi due.

«È fantastico.»

«Già.» Spazzolai la mia parte in due bocconi. «Erano secoli che non mangiavo un uovo strapazzato. Ha esattamente il sapore che ricordavo.»

Due giorni dopo la gallina fece un altro uovo. «Hai avuto proprio una buona idea, Anna.»

«Probabilmente Gallina è dello stesso parere.»

«Chiami la gallina "Gallina"?»

Assunse un'aria imbarazzata. «Quando abbiamo deciso di non ucciderla mi sono un po' affezionata.»

«Benissimo», replicai. «Qualcosa mi dice che anche Gallina si è affezionata a te.»

Andammo sulla spiaggia a fare il bagno. A riva mi sfilai i calzoncini ed entrai in acqua, girandomi per guardare Anna che si spogliava.

Lei si prese il suo tempo, togliendosi prima la canotta e poi, lentamente, gli shorts e gli slip.

Sarebbe bello vederglielo fare a ritmo di musica.

Non appena mi ebbe raggiunto nell'acqua, cominciai a lavarle i capelli.

«Siamo pericolosamente a corto di shampoo», disse Anna prima di tuffare la testa sott'acqua per il risciacquo.

«Quanto ne abbiamo ancora?»

«Non so di preciso. Più o meno dovrebbe bastare per qualche mese. E la scorta di sapone non è messa meglio.»

Anna lavò i miei capelli. Poi mi insaponai le mani e le strofinai sul suo corpo, e lei fece lo stesso con me. Dopo ci sedemmo sulla sabbia, lasciando che fosse la brezza marina ad asciugare i nostri corpi. Anna si sistemò davanti a me con la schiena appoggiata sul mio petto, rilassandosi mentre il sole calava all'orizzonte.

«Una volta ti ho guardato mentre facevi il bagno», le confessai. «Ero andato a far legna ed ero sovrappensiero. Sei entrata nell'oceano nuda, e io ti ho guardato nascosto dietro un albero. Non avrei dovuto. Tu ti fidavi di me, ma l'ho fatto lo stesso.»

«È successo altre volte?»

«No. Mi sarebbe piaciuto, un sacco di volte, però non l'ho più fatto.» Feci un respiro profondo prima di chiederle se fosse arrabbiata.

«No. Mi sono sempre chiesta se saresti stato tentato di farlo. Non è che io... uhm...»

«Sì.» Mi alzai e la presi per mano. Tornati alla casa andammo a sdraiarci nel canotto, e dopo mi disse che ero molto meglio io dell'olio per il corpo e della sua mano.

29.
ANNA

Seduta in riva al mare, mi stavo dipingendo di rosa le unghie dei piedi. Una cosa un po' ridicola, considerando la nostra situazione, ma avevo lo smalto in valigia e soprattutto un sacco di tempo da perdere.

Arrivò T.J. «Niente male.»

«Grazie», risposi, incominciando a passare il secondo strato. «Ti ho mai parlato di Lucy, la mia *nail artist*?»

Rise. «Non so nemmeno cosa sia, una *nail artist*.»

«La ragazza che ti fa le unghie.»

«Ah. No, non me ne hai mai parlato.»

«Andavo da Lucy al sabato, ogni quindici giorni.»

T.J. inarcò un sopracciglio.

«Già, a Chicago curavo il mio aspetto un po' più che in questo posto. Comunque, la lingua materna di Lucy non era l'inglese e non ho mai capito quale fosse, so solo che era una lingua che io non parlavo. Il che non ci impediva di fare delle lunghe chiacchierate, anche se nessuna delle due capiva cosa stesse dicendo l'altra.»

«Di cosa parlavate?»

«Mah, di tante cose. Lei sapeva che insegnavo in una scuola e che avevo un ragazzo di nome John. Di lei, io sapevo che aveva una figlia di tredici anni e che andava pazza per i reality show. Era così simpatica, figurati che mi chiamava "tesoro" e mi abbracciava sempre, sia quando arrivavo sia quando me ne andavo. A ogni seduta mi chiedeva quando ci saremmo sposati, io e John. Una volta c'è stato un colossale malinteso: sosteneva che le avessi promesso di rivolgermi a lei per la manicure del matrimonio.»

Avvitai il tappo della boccettina di smalto ed esaminai il mio lavoro, che non era dei migliori. «Lucy vomiterebbe, se vedesse i miei piedi in questo momento.» Alzai gli occhi su T.J.; aveva una strana espressione dipinta in faccia, un'espressione che non riuscivo a decifrare. «Cos'hai?»

«Niente.»

«Sicuro?»

«Sì. Be', io vado a pescare. Ti conviene lasciare che lo smalto si asciughi.»

«Okay.»

Al ritorno dalla pesca, T.J. sembrava di nuovo tranquillo. Se qualcosa lo aveva turbato, l'aveva superato in fretta.

«Perché non stai nuda tutto il tempo?» mi chiese T.J. «Che bisogno hai di vestirti?»

«Adesso sono nuda.»

«Appunto, è proprio questo che mi ci ha fatto pensare.»

Eravamo in riva al mare a lavare gli indumenti sporchi, compresi quelli che ci eravamo appena tolti.

«Puzza ancora?» domandò T.J. mettendomi sotto il naso la sua maglietta.

«Sì, ancora un po', forse.» Avevamo esaurito il detersivo più di un anno prima, ed era difficile avere degli indumenti veramente puliti. Ormai dovevamo accontentarci di tuffarli in acqua e di scuoterli avanti e indietro.

«Se stessimo sempre nudi non ci toccherebbe fare il bucato», disse T.J. sorridendo.

Tornammo in spiaggia e appendemmo i vestiti alla corda che avevamo teso tra due alberi.

«Se stessi nuda tutto il tempo, dopo un po' non ci faresti più caso.»

T.J. grugnì. «Oh, sì che ci farei caso.»

«La pensi così adesso, ma con il passare del tempo cambieresti idea.»

Mi guardò come se avessi detto un'assurdità. Tornati alla casa, andò a sdraiarsi sulla coperta.

Non mi ero rivestita nemmeno io perché tutto quello

che avevamo era ancora bagnato. Raggiunsi T.J., mi puntellai sul gomito e lo guardai.

«Oh, questa sì che è una bella posa», disse. «Mi piace.»

«Sarebbe come mangiare sempre il tuo piatto preferito», dissi, tornando al discorso di prima. «All'inizio sarebbe bello, ma dopo un po' non ne vorresti più sapere. Il sapore ti sembrerebbe meno buono.»

«Anna, tu avrai sempre un buon sapore.» Si chinò a baciarmi sul collo.

«Ma alla fine ti stancherebbe.»

«No, mai.» A quel punto i suoi baci si erano spostati un po' più in basso.

«Perché no? Potrebbe succedere», dissi, ma in quel momento non ci credevo nemmeno io.

«No», rispose lui, scendendo ancora più in basso.

E poi smise di rispondere, perché era praticamente impossibile parlare facendo quello che stava facendo lui.

Gallina si avvicinò e mi saltò in grembo.

Ridendo, T.J. allungò la mano e le arruffò le penne. «Mi fa morire quando fa così», disse.

Ormai non c'era più bisogno di tenere Gallina nel recinto. Una volta mi ero dimenticata di rinchiuderla, dopo averla fatta uscire, e lei era rimasta a zampettare lì intorno, senza fare il minimo tentativo di allontanarsi.

«Lo so che è assurdo, ma sembra proprio che abbia una grande simpatia per me, anche se il motivo non mi è chiaro», dissi accarezzandola sulla testa.

«È perché ti prendi cura di lei.»

«Mi piacciono gli animali. Mi sarebbe piaciuto tanto avere un cane, solo che John era allergico.»

«Potresti prendertene uno quando torneremo a casa», disse T.J.

«Un golden retriever.»

«Vorresti uno di quelli?»

«Sì. Un cane già adulto, che nessuno vuole. Preso al canile. Avrò il mio appartamento, lo adotterò e me lo porterò a casa.»

«Vedo che ci hai pensato sopra.»

«Ho avuto tutto il tempo per pensare a molte cose, T.J.»

Qualche sera dopo, mentre eravamo a letto, T.J. crollò sopra di me gemendo di piacere e ansimando.

«Wow», dissi sentendo il suo corpo rilassarsi.

«Sei stata bene?» mi chiese baciandomi sul collo.

«Sì. Dove l'hai imparato?»

T.J. rise, sempre cercando di riprendere fiato. «Ho un'insegnante bravissima. Mi lascia fare pratica quando voglio e finché non ho imparato a farlo bene.»

Si sdraiò di fianco a me e mi fece avvicinare, in modo che potessi posargli la testa sul petto. Mi rannicchiai contro di lui, appagata e assonnata, mentre mi accarezzava la schiena.

Solo pochi anni prima avevo cominciato a capire cosa volevo a letto. Quando lo dicevo a John, lui non sembrava particolarmente entusiasta di fare a modo mio. Invece T.J. non si era vergognato di chiedermi cosa mi piacesse, e io, dal canto mio, avevo deciso di non vergognarmi di dirglielo, quindi tutto andava a meraviglia.

Sospirai. «Un giorno renderai molto felice una donna.»

Si irrigidì e smise di accarezzarmi. «Io voglio rendere felice solo te, Anna.» Il modo in cui lo disse, e il rifiuto netto che percepii nella sua voce, mi fecero pentire di quella mia uscita.

«Oh, lo fai già, T.J.», mi affrettai a dire. «Te l'assicuro.»

Il giorno dopo lui era piuttosto taciturno. Lo raggiunsi in acqua mentre pescava.

«Mi dispiace di averti ferito: era l'ultima cosa che volevo fare.»

T.J. non distolse lo sguardo dalla lenza. «So che tra noi non sarebbe mai andata così, se fossimo stati a Chicago, ma ti prego di non iniziare gli addii mentre siamo ancora qui.»

Gli posai la mano sul braccio. «Non ho detto che avresti

reso felice una donna pensando di dirti addio, T.J. Sarai tu a farlo.»

Si girò verso di me, sbigottito. «Perché dovrei farlo?»

«Perché ho tredici anni più di te. L'isola sarà anche il nostro mondo, ma non è un mondo reale. Con tutte le esperienze che hai ancora da fare, non vorrai sentirti legato a nessuno.»

«Tu non puoi sapere cosa voglio io. E poi al futuro non ci penso, ho smesso di pensarci da quando quell'aereo non è più tornato indietro. L'unica cosa che so è che voglio stare con te, che sono felice con te. Non puoi stare con me anche tu?»

«Sì», mormorai. «Sì che posso.»

Avrei voluto dirgli che non avrei mai più fatto niente che potesse ferirlo. Ma temevo fosse una promessa che non sarei riuscita a mantenere.

In settembre T.J. compì diciannove anni.

«Buon compleanno! Ti ho fatto il purè di frutta.»

Gli porsi la ciotola e mi chinai per dargli un bacio. T.J. mi fece sedere sulle sue ginocchia e volle a tutti i costi dividere con me il purè.

«Perché non festeggiamo mai il tuo, di compleanno?» Guardandomi con aria imbarazzata soggiunse: «Mi ridici quando è?».

«Il 22 maggio, ma non sono un'amante dei compleanni.»

Lo ero stata fino al giorno in cui John non aveva rovinato tutto. Compivo ventisette anni ed ero convinta che mi avrebbe chiesto di sposarlo: aveva prenotato al ristorante, mi aveva raccomandato di mettermi in ghingheri e aveva invitato i nostri amici per un aperitivo prima di cena. Già mi immaginavo la scena, lui in ginocchio davanti a me con un anello in mano, e non stavo più nella pelle quando il taxi ci lasciò davanti al ristorante. Dentro c'erano già tutti, neanche fosse un party a sorpresa. Al momento dello champagne, John tirò fuori dalla tasca il cofanetto di Tiffany che conteneva un paio di orecchini con un piccolo diamante.

Con uno sforzo enorme mi stampai in faccia un sorriso per tutto il resto della serata, ma alla fine Stefani mi trascinò alla toilette e mi consolò con un abbraccio. Non aspettarmi più niente o quasi, dopo quel giorno, si rivelò una decisione intelligente, perché per i tre compleanni successivi John non si degnò neppure di regalarmi un gioiello.

«Io voglio festeggiarlo, il tuo prossimo compleanno.»

«Okay», risposi a T.J.

A novembre finì la stagione delle piogge. Venne il Ringraziamento e passò come tutti gli altri giorni, ma a Natale T.J. trovò un enorme granchio vicino alla riva. Avevo l'acquolina in bocca mentre lo pungolava con un ramo spingendolo verso il fuoco, con una gigantesca chela attaccata all'estremità del ramo e l'altra che per tutto il percorso continuò ad aprirsi e chiudersi con un rumore secco. Lo fece cadere tra le fiamme e poco dopo banchettammo, aprendo le zampe con le pinze e spolpandole con le dita.

«Mi ricorda il primo Natale passato qui, quando abbiamo preso la gallina e per la prima volta abbiamo festeggiato con qualcosa di diverso dal pesce», disse T.J.

«Sembrano passati dei secoli», risposi ricacciando indietro le lacrime.

«C'è qualcosa che non va?»

«Sì. Speravo che saremmo tornati a casa in tempo per questo Natale.»

T.J. mi cinse con un braccio. «Sarà per l'anno prossimo, Anna.»

In febbraio, svegliandomi dal sonnellino pomeridiano, trovai vicino a me sulla coperta un mazzo di fiori raccolti dai cespugli sparsi qua e là sull'isola, con i gambi legati insieme da una cordicella.

Trovai T.J. in spiaggia. «Qualcuno ha controllato il calendario.»

Mi fece un gran sorriso. «Non potevo perdermi il giorno di San Valentino.»

Gli diedi un bacio. «Sei così tenero con me.»

«Non è difficile», mormorò lui attirandomi a sé.

Lo guardai negli occhi e lui cominciò a dondolare i fianchi. Gli misi le braccia intorno al collo e ballammo muovendoci in cerchio, con la sabbia soffice e calda sotto i nostri piedi.

«Non hai bisogno della musica, vero?»

«No», rispose lui. «Ho bisogno di te.»

Qualche giorno più tardi stavamo camminando lungo la riva al tramonto.

«Sento la mancanza di mia mamma e di mio papà. Ho pensato tanto a loro in questi ultimi tempi. E anche a mia sorella e mio cognato. E a Joe, e Chloe. Spero che tu possa conoscerli tutti, un giorno. Ti adorerebbero.»

«Lo spero anch'io.»

A quell'epoca sapevo già che T.J, se mai fossero arrivati i soccorsi, avrebbe fatto parte della mia vita anche a Chicago. In quale ruolo, non avrei saputo dirlo. Lui si era perso talmente tante cose, tante esperienze di vita, che sarebbe stato ingiusto da parte mia ipotecare il suo tempo. La parte egoista di me, tuttavia, non poteva nemmeno immaginare di non addormentarsi tra le sue braccia, di non stare con lui tutti i giorni. Avevo bisogno di T.J., e il pensiero di stare lontana da lui mi angosciava più di quanto fossi disposta ad ammettere.

30.
T.J.

«Ehi», sussurrai. «Sei sveglia?»

«Hmm», rispose.

«Lo ami ancora quel tizio?»

Sapevo come si chiamava ma non mi andava di pronunciare il suo nome. Ero avvinghiato ad Anna, il petto schiacciato contro la sua schiena. Lei si girò per guardarmi in faccia.

«John? No, non lo amo più. Non penso più a lui da tanto tempo. Perché?»

La baciai sulla fronte e la strinsi più forte. «Così, me lo stavo chiedendo. Non importa, dormi.»

Invece di dormire, fece l'amore con me.

In maggio Anna compiva trentatré anni, e per la prima volta da quando eravamo sull'isola festeggiammo il suo compleanno. Cadeva una pioggerella leggera e noi due, distesi nel canotto, ascoltavamo il suono ritmico delle gocce che cadevano sul tetto della casa.

«In verità non ti ho preso niente. Tempo fa mi hai detto che il centro commerciale dell'isola era un disastro», dissi.

Lei sorrise. «È piuttosto sfornito.»

«Già, quindi dobbiamo fare finta. Se fossimo a casa ti porterei a cena fuori e poi ti darei i regali. Ma, visto che non siamo a casa, posso soltanto dirti tutte le cose fantastiche che ti avrei comprato, okay?»

«Oh, ma non dovevi!»

«Per te questo e altro. Bene, il primo regalo sono dei libri. Tutti i bestseller di quest'anno.»

Anna fece un sospiro. «Mi mancano, i libri.»

«Lo so.»

Lei si rannicchiò ancora più vicina a me. «Sei bravo a questo gioco. Cos'altro mi hai preso?»

«Ah, qualcuno qui se lo sta proprio godendo, il suo compleanno. Il secondo regalo è la musica.»

«Mi hai registrato una compilation?» domandò.

Ghignai e cominciai a farle il solletico. «Sì, con tutti i tuoi brani preferiti di rock classico.»

Anna rise, si contorse, poi montò sopra di me e mi immobilizzò le braccia. «Libri e musica, le due cose che amo di più. Ti ringrazio.» Mi diede un bacio. «È il più bel compleanno che abbia festeggiato negli ultimi anni.»

«Sono contento che ti sia piaciuto.»

Liberai le mani e con delicatezza le scostai una ciocca di capelli dal viso, infilandola dietro le orecchie. «Ti amo.»

Dall'espressione stupita che si dipinse sul suo viso, era evidente che non se lo aspettava.

«Non era previsto che ti innamorassi», bisbigliò.

«Be', invece è successo», risposi guardandola negli occhi. «Sono innamorato di te da mesi. Se te lo dico adesso è perché penso che anche tu mi ami, Anna. Solo che tu credi che non dovresti. Quando sarai pronta ad ammettere che mi ami, me lo dirai. Io so aspettare.» Avvicinai le mie labbra alle sue, la baciai e le sussurrai ancora una volta: «Buon compleanno».

31.
ANNA

Avrei dovuto capire che si stava innamorando. I segnali c'erano tutti, e già da molto tempo. Solo dopo la sua malattia mi pentii di non avergli detto che aveva assolutamente ragione: mi ero innamorata anch'io.

Una settimana dopo il mio compleanno, stendendomi sulla coperta accanto a lui, l'avevo trovato già addormentato. Era strano: mi ero coricata solo pochi minuti dopo di lui, dopo aver riempito la bottiglia d'acqua piovana, ma T.J. non si metteva mai a dormire senza prima aver fatto l'amore con me.

Il mattino seguente lo trovai ancora addormentato, e dormiva ancora quando tornai dalla pesca e dalla raccolta di noci di cocco e frutti.

Dopo un po' al canotto; aveva gli occhi aperti ma l'aria stanca. Lo accarezzai sul petto.

«Tutto bene?»

«Sì, sono solo stanco.»

Cominciai a baciarlo sul collo come piaceva a lui, poi mi fermai di colpo.

«Ehi, non smettere.»

Gli toccai il collo. «T.J., qui c'è un nodulo.»

Lo tastò con la mano. «Non è niente.»

«Avevi promesso di dirmelo, se ti fossi accorto di qualcosa.»

«Non sapevo che ci fosse.»

«Hai un'aria molto stanca.»

«Sto bene.» Mi baciò e tentò di sfilarmi la maglietta.

Mi tirai a sedere, fuori dalla sua portata. «E allora cos'è quel nodulo?»

«Non lo so.» Si alzò in piedi. «Non preoccuparti, Anna.»

Dopo la colazione acconsentì, seppure con una certa riluttanza, a farsi toccare di nuovo il collo. Premendo leggermente le dita sotto la mandibola, scoprii che i linfonodi erano ingrossati da entrambe le parti. Aveva sudato durante la notte? Non avrei saputo dirlo. Non sembrava dimagrito; se avesse perso qualche chilo me ne sarei accorta. Nessuno dei due accennò a quello che potevano significare quei noduli. Siccome sembrava esausto, lo rimandai a letto. Andai alla laguna, entrai in acqua e rimasi a galla sul dorso, con gli occhi fissi sul cielo senza nuvole.

Il cancro è tornato. Io lo so e lo sa anche lui.

T.J. mi raggiunse per il pranzo. Dopo mangiato si addormentò di nuovo, e all'ora di cena dormiva ancora. Andai a controllare come stava, e quando mi chinai a baciarlo sulla guancia sentii che scottava. Al tocco della mia mano, lui emise un gemito.

«T.J.! Torno subito, vado a prendere l'aspirina.»

Presi due pastiglie dal kit di pronto soccorso e lo aiutai a inghiottirle con qualche sorso d'acqua, ma poco dopo lui si vomitò addosso tutto quanto.

Lo pulii con una maglietta, ma quando cercai di spostarlo sulla parte asciutta della coperta lanciò un urlo di dolore.

«Va bene, non ti muovo. Dimmi cosa ti fa male.»

«La testa. Dietro gli occhi. Dappertutto.» Rimase immobile, senza più parlare.

Lasciai passare qualche ora prima di dargli di nuovo il farmaco. Temevo che lo vomitasse ancora, ma non accadde.

«Tra poco starai meglio», lo rassicurai.

Mezz'ora dopo, però, quando controllai di nuovo la temperatura, la fronte bruciava più di prima.

Per tutta la notte ebbe la febbre altissima. Vomitò un'altra volta, e non sopportava di essere toccato, perché, diceva, era come se a toccarlo gli si spezzassero le ossa.

Il giorno dopo dormì per ore filate. Non toccò cibo e bevve pochissima acqua. La fronte scottava al punto che per un attimo pensai che la febbre gli avrebbe fritto il cervello.

Non era il cancro. Quei sintomi erano comparsi troppo repentinamente.

Ma cos'altro può essere? E io cosa diavolo posso fare per aiutarlo?

La febbre non calava, e mai come allora rimpiansi di non avere del ghiaccio. T.J. scottava, e la maglietta bagnata e strizzata che gli mettevo sulla fronte era troppo calda per dargli refrigerio, ma non sapevo che altro fare.

Malgrado le labbra aride e screpolate, riuscii a fargli inghiottire altre due pastiglie con un po' d'acqua. Avrei voluto tenerlo tra le braccia, confortarlo e scostargli delicatamente i capelli dagli occhi, ma mi trattenni perché sapevo che avrei peggiorato la situazione.

Il terzo giorno gli venne uno sfogo cutaneo. Il viso e il corpo erano coperti di puntini color rosso vivo. Pensai che la febbre stesse per scendere, che l'esantema indicasse che il suo corpo stava lottando contro la malattia, ma la mattina dopo l'eruzione era peggiorata e la febbre era salita ancora. Inquieto e insofferente, T.J. entrava e usciva da uno stato di incoscienza, gettandomi nel panico ogni volta che non riuscivo a svegliarlo.

Il quinto giorno cominciò a perdere sangue dal naso e dalla bocca. Il terrore mi investiva a ondate mentre lo ripulivo con il mio top bianco; nel tardo pomeriggio il top era completamente rosso di sangue. Cercai di convincermi che l'emorragia stava rallentando, ma mi sbagliavo. Il suo corpo si coprì di lividi nei punti in cui evidentemente aveva avuto un travaso di sangue. Rimasi al suo fianco per ore, piangendo e tenendogli la mano.

«Ti prego, non morire, T.J.»

L'indomani mattina, all'alba, lo strinsi tra le braccia. Se quel contatto gli procurava dolore, non lo diede a vedere. Siccome Gallina grattava sul fianco del canotto di salvataggio, mi allungai per prenderla. Lei si accovacciò accanto a T.J. e non volle più abbandonare quel posto. La lasciai dov'era.

«Non sei solo, T.J., ci sono io qui con te.»

Gli scostai una ciocca di capelli dal viso e lo baciai sulle labbra. Sprofondando in un sonno intermittente, sognai che io e T.J. eravamo all'ospedale e il dottore mi diceva che dovevo essere contenta, perché se non altro non si trattava del cancro.

Ogni volta che mi svegliavo, gli posavo l'orecchio sul petto e piangevo di sollievo sentendo il battito del suo cuore.

Durante la giornata seguente l'esantema si attenuò e non ci furono altri segni di emorragia. Quella sera osai pensare, per la prima volta, che sarebbe sopravvissuto.

Il giorno dopo, toccandogli la fronte, la sentii fresca sotto la mia mano. Quando cercai di svegliarlo emise un suono, e ipotizzai che non fosse privo di conoscenza ma stesse solo dormendo. Uscii dalla casa per raccogliere noci di cocco e frutti. Con l'acqua piovana del collettore riempii alcuni contenitori, fermandomi di tanto in tanto per andare a controllare le condizioni di T.J.

Accesi il fuoco. Non avevo a disposizione niente per calcolare il tempo impiegato, ma a occhio mi sembrarono meno di venti minuti.

Niente male per una ragazza di città.

Mi lavai i denti. Avevo decisamente bisogno di farmi il bagno – erano giorni che non mi avvicinavo nemmeno all'acqua – ma non volevo lasciare solo T.J. per tutto quel tempo. Più tardi, mentre lo vegliavo tenendogli la mano, lui sbatté le palpebre più volte e infine aprì gli occhi. Gli strinsi delicatamente le dita.

«Ciao», lo salutai.

Si girò verso di me, strizzando gli occhi per mettere a fuoco. Storse il naso. «Puzzi, Anna.»

Piangevo e ridevo allo stesso tempo. «Nemmeno lei ha un profumo celestiale, Callahan.»

«Mi dai un po' d'acqua?»

La voce era rauca. Lo aiutai a mettersi seduto e gli portai la bottiglia alle labbra.

«Non bere troppo in fretta, altrimenti rischi di vomitare.» Svuotò metà bottiglia, poi lo aiutai a stendersi di nuovo.

«Non credo che sia tornato il cancro.»

«No», convenni con lui.

«Secondo te cos'è stato?»

«Qualche malattia virale, altrimenti io e te adesso non saremmo qui a parlare. Hai fame?»

«Sì.»

«Ti porto un po' di cocco. Mi dispiace, il pesce non c'è. Non sono andata in acqua in questi giorni.»

T.J. si stupì. «Per quanto tempo sono stato fuori combattimento?»

«Un po' di giorni.»

«Davvero?»

Gli occhi mi si riempirono di lacrime. «Sì. Pensavo che saresti morto», dissi in un sussurro. «Stavi talmente male che non potevo fare niente, niente a parte starti vicino. Ti amo, T.J. Avrei dovuto dirtelo prima.» Le lacrime mi rigavano le guance.

T.J. mi attirò vicino a sé e disse: «Anch'io ti amo, Anna. Ma questo lo sapevi già».

32.
T.J.

Finii la bottiglia d'acqua mentre Anna era fuori a pescare. Al suo ritorno cucinò il pesce e me lo portò a letto.

«Hai acceso il fuoco», osservai.

«Esatto», rispose tutta orgogliosa.

«Hai avuto difficoltà?»

«No.»

Avrei voluto ingozzarmi, ma lei non me lo permise.

«Non mangiare troppo in fretta», disse.

Trovai il ritmo giusto, dando allo stomaco il tempo di riabituarsi al cibo.

«Come mai Gallina è nel letto con noi?» domandai. Sulle prime non l'avevo notata, ma era lì, accovacciata in un angolo del canotto, zitta zitta e con l'aria di essere perfettamente a suo agio.

«Anche lei era in pena per te. E ora le piace stare qui.»

Più tardi scendemmo alla spiaggia per fare il bagno, fermandoci due volte per farmi riprendere fiato.

Anna mi portò in acqua. Dopo essersi insaponata le mani le passò sul mio corpo, e quando ebbe finito di lavarmi si lavò a sua volta. Le ossa del bacino erano sporgenti, le costole si contavano una a una.

«Non hai mangiato quando io stavo male?»

«Quasi niente. Avevo paura di lasciarti solo.» Si sciacquò e mi aiutò ad alzarmi. «E poi nemmeno tu mangiavi.»

Mi tenne per mano mentre tornavamo indietro. A un tratto mi fermai.

«Cosa c'è?» domandò lei.

«Il tuo ragazzo doveva essere proprio un deficiente.»

Sorrise. «Dài, andiamo. Hai bisogno di riposare.»

Quella passeggiata mi aveva talmente stancato che non obiettai. Dentro la casa, Anna mi fece stendere e si sdraiò vicino a me, tenendomi la mano mentre mi addormentavo.

Mi sentii debole per tutta la settimana seguente. Temendo una ricaduta, Anna mi controllava costantemente la fronte per vedere se avevo la febbre e mi faceva bere molta acqua.

«Perché ho tutti questi lividi?» le domandai.

«Perdevi sangue dal naso e dalla bocca, e a quanto pare anche sotto pelle. È stata quella la cosa che mi ha spaventato di più, T.J. Sapevo che si può perdere solo una certa quantità di sangue, ma non sapevo quanto.»

Sentire quelle parole mi terrorizzava. Per smettere di pensarci mi concentrai su cose più piacevoli, come per esempio baciare Anna e levarle la maglietta.

«Vedo che stai davvero meglio», fece lei.

«Sì. Però stai sopra tu, magari. Io non ho la forza per fare altro.»

«Per tua fortuna, a me piace stare sopra», rispose lei ricambiando il mio bacio.

Dopo, tenendola tra le braccia, le sussurrai: «Ti amo».

«Anch'io ti amo.»

«Come hai detto, scusa?»

«Ho detto: "Anch'io ti amo".» Si strinse più forte a me, ridendo. «Hai sentito benissimo.»

Nel giugno del 2004 facevano tre anni che io e Anna eravamo sull'isola. Non avevamo più visto nessun aereo dopo quello che l'aveva sorvolata due anni prima. Avevo paura che non ci avrebbero mai trovati, però non ero ancora del tutto rassegnato. Non avrei saputo dire se Anna la pensasse allo stesso modo.

«Questo è l'ultimo.»

Anna aveva in mano il flacone del bagnoschiuma. Ne restavano solo due dita. Lo shampoo, le saponette e la crema da barba erano già finiti da un pezzo. Lei continuava a radermi, ma eravamo all'ultima lametta, ormai talmente poco affilata che sanguinavo ogni volta, malgrado tutte le attenzioni di Anna. Per quanto riguardava i capelli, invece, ci sfregavamo il cuoio capelluto con la sabbia – la nostra personalissima versione di uno shampoo secco –, che qualcosina faceva. Anna mi aveva convinto ad accorciarle i capelli bruciandoli. Dopo averle bagnato la testa avevo dato fuoco alle punte, eliminando una ventina di centimetri. L'odore dei capelli bruciati era rimasto nell'aria per tutto il giorno.

Non avevamo più nemmeno il dentifricio. Per lavarci i denti usavamo il sale marino, ricavato dall'evaporazione dell'acqua. I grani che si formavano erano abbastanza ruvidi da pulire i denti, ma lasciavano in bocca un saporaccio, cosa che Anna odiava. E adesso stavamo per rimanere anche senza sapone.

«Potremmo dividerlo in tre parti», propose Anna studiando il flacone. «Una per lavare i vestiti, una per i capelli e una per il bagno. Cosa ne dici?»

«Mi sembra un buon piano.»

Portammo tutto quanto alla laguna e riempimmo d'acqua il contenitore del canotto. Anna ci versò dentro un goccio di bagnoschiuma e poi immerse i nostri indumenti, lavandoli a uno a uno. A me erano rimasti solo i calzoncini corti, una felpa che in realtà non mi andava più bene e la T-shirt dei REO Speedwagon di Anna, perciò il più delle volte andavo in giro nudo. Anna di roba da mettersi ne aveva ancora, ma di tanto in tanto la convincevo a farsi una giornata intera di nudismo.

In settembre compii vent'anni. Cominciai ad avere le vertigini se mi alzavo in piedi troppo in fretta, e non sempre mi sentivo in forma. Siccome Anna si preoccupava sempre un sacco, avrei preferito non dirglielo, però volevo sapere se avesse anche lei le vertigini. Disse di sì.

«È un sintomo di denutrizione», mi spiegò. «Succede

quando l'organismo comincia a intaccare la sua scorta di elementi nutritivi. Una scorta che noi non stiamo più alimentando.» Mi prese una mano e guardò le mie dita, passando il pollice sulle unghie fragili. «Questo è un altro sintomo.» Alzò la propria mano per esaminarla. «Anche le mie sono ridotte così.»

Ci preparammo alla stagione secca e alla fine delle piogge regolari. E in qualche modo continuammo a sopravvivere.

33.
ANNA

Un mattino di novembre rigettai la colazione. Ero seduta sulla coperta vicino a T.J. e la nausea arrivò di colpo, mentre stavo mangiando un uovo strapazzato. Riuscii ad allontanarmi di tre passi soltanto prima di vomitare.

«Ehi, cosa ti succede?» chiese T.J. che mi portò dell'acqua per sciacquare la bocca.

«Non so, ma quella roba proprio non voleva rimanere nel mio stomaco.»

«Come ti senti?»

«Adesso molto meglio.» Col dito indicai Gallina, che zampettava intorno a noi. «Hai fatto un uovo cattivo.»

«Vuoi mangiare un frutto dell'albero del pane?»

«Magari più tardi.»

«D'accordo.»

Mi sentii bene per tutto il resto della giornata, ma il mattino seguente vomitai di nuovo, subito dopo aver mangiato qualche pezzetto di cocco.

Esattamente come il giorno prima, T.J. mi portò l'acqua e io mi sciacquai la bocca. Poi mi fece stendere sulla coperta.

«Anna, che cos'hai?» mi chiese preoccupato.

«Non lo so.» Mi distesi, raggomitolandomi su un fianco in attesa che la nausea passasse.

T.J. si sedette accanto a me e mi scostò una ciocca di capelli dalla fronte. «Magari dirò un'assurdità, ma non è che sei incinta?»

Abbassai lo sguardo sul mio ventre, praticamente concavo dal momento che non avevo più recuperato i chili persi durante la malattia di T.J. Continuavo a non avere le mestruazioni. «Tu sei sterile, vero?»

«Così mi hanno detto. E hanno detto che probabilmente lo sarei stato per sempre.»

«Cosa intendevano con quel "probabilmente"?»

T.J. ci pensò su un attimo prima di rispondere. «Se ben ricordo, dicevano che esisteva una vaga possibilità di tornare fertile, però non bisognava contarci troppo. È per questo che tutti volevano farmi depositare lo sperma: dicevano che era l'unico modo per stare sicuro.»

«A me sembra proprio una diagnosi di sterilità.» Un po' meno oppressa dalla nausea, mi tirai a sedere. «No, di sicuro non sono incinta. Viste le nostre condizioni, è praticamente impossibile. Sarà un'infezione che prende lo stomaco. Sa Dio cosa vegeta nel mio apparato digerente.»

T.J. mi prese la mano nella sua. «Okay.»

Quella sera, prima che ci addormentassimo, disse: «E se invece tu fossi incinta? Lo so che vorresti avere un figlio». Mi strinse più forte tra le sue braccia.

«Oh, T.J., non dirlo neanche. Non qui. Non sull'isola. Un bambino avrebbe pochissime probabilità di sopravvivere. Quando ti eri ammalato, e io avevo tanta paura che morissi, be', è stato quasi intollerabile. Se dovessimo vedere morire il nostro bambino, vorrei morire anch'io.»

Lui sospirò. «Lo so. Hai ragione.»

Non vomitai più, né la mattina dopo né quelle successive. Il mio ventre rimase piatto e non dovetti preoccuparmi di avere un figlio sull'isola.

T.J. arrivò con la canna da pesca in mano.

«Qualcosa di grosso mi ha appena spezzato la lenza.» Entrò nella casa e ne uscì quasi subito. «Questo è il tuo ultimo orecchino. Non so cosa faremo quando perderò anche questo.»

Scuotendo la testa, si girò per tornare in acqua, a pescare i pesci per il nostro prossimo pasto.

«T.J.?»

Voltò appena la testa. «Sì, tesoro?»
«Non trovo Gallina.»
«Vedrai che salterà fuori. Altrimenti ti aiuto io a cercarla appena ritorno, d'accordo?»
Guardammo dappertutto. Si era già allontanata altre volte, ma mai così a lungo. Non la vedevo dal mattino presto, e quando io e T.J. andammo a letto non era ancora tornata.
«La cercheremo anche domani, Anna.»
Il giorno dopo ero seduta sotto la tenda di tela cerata a pelare i frutti dell'albero del pane quando arrivò T.J. Dall'espressione del suo viso, capii subito che portava brutte notizie.
«Hai trovato Gallina, vero? È morta?»
Annuì.
«Dove?»
«Nella foresta.»
Si sedette e io gli posai la testa in grembo, ricacciando indietro le lacrime.
«Era morta da almeno un giorno», disse. «L'ho seppellita vicino a Mick.»
Per paura di un'intossicazione, consumavamo il nostro cibo il giorno stesso in cui avevamo ucciso l'animale. Sapere che era troppo tardi per mangiare Gallina ci risparmiò un pasto a base del nostro animale domestico.
Dopo tutto, io e T.J. eravamo due persone estremamente pratiche.
Qualche giorno più tardi, alla vigilia di Natale, non me la sentii di uscire dal letto. Raggomitolata su un fianco, facevo finta di dormire ogni volta che T.J. veniva a controllare. Piansi un po'. Per quel giorno lui mi lasciò fare, ma il mattino dopo insisté per farmi alzare dal letto.
«È Natale, Anna», disse avvicinando la testa alla mia. Lo guardai negli occhi, e vederli così spenti mi allarmò. Il colore dell'iride sembrava più sbiadito di come lo ricordavo.
Uscire da quel letto fu una delle fatiche più improbe che mi fosse mai capitato di fare. Ci riuscii soltanto perché avevo la sensazione che bastasse poco per trascinare T.J. al mio

stesso livello di inerzia, un'evenienza che proprio non mi sentivo di affrontare.

T.J. mi convinse ad andare in acqua con lui. «Ti sentirai meglio.»

«Okay.»

Mi lasciai galleggiare, senza peso e senza resistenze, come se il mio corpo si stesse sgretolando a partire dal nucleo più interno, cosa che probabilmente stava veramente accadendo. I delfini si unirono a noi, regalando al mio viso un sorriso genuino, se non altro per qualche minuto.

Poi ci sedemmo sulla sabbia, come avevamo fatto innumerevoli altre volte. T.J. si mise dietro di me e mi strinse tra le braccia quando io, seduta tra le sue gambe, mi adagiai contro il suo petto. Immaginavo i miei familiari, seduti per il pranzo di Natale al grande tavolo di quercia a casa dei miei genitori. La mamma aveva sicuramente passato la mattina a cucinare, con il papà sempre attaccato a lei, a intralciarle i movimenti.

«Chissà se Babbo Natale è stato buono con Chloe e Joe», dissi. Mi dispiaceva moltissimo non poter vedere crescere i miei due nipotini.

«Quanti anni hanno adesso?» domandò T.J.

«Joe otto, Chloe ne ha appena fatti sei. Spero che credano ancora a Babbo Natale.» A meno che qualcuno non avesse spezzato l'incanto, probabilmente ci credevano ancora.

«Ti prometto che il prossimo anno passeremo il Natale insieme a Chicago.» Mi strinse più forte. «Però tu, in cambio, devi promettere a me che non ti arrenderai, d'accordo?»

«Promesso.» Avevamo detto una bugia ciascuno, eravamo pari.

Il calendario della mia agenda era ormai tutto scarabocchiato, quindi avrei dovuto trovare un altro sistema per tenere il conto dei giorni nel 2005.

A meno che non mi interessasse più farlo.

34.
T.J.

Il giorno dopo Natale io e Anna facemmo una passeggiata lungo la spiaggia mano nella mano. Nessuno dei due aveva dormito bene, quella notte. Lei non era in vena di chiacchierare, ma speravo che il suo umore sarebbe migliorato, adesso che le feste erano passate.

Notai qualcosa di strano nella laguna. L'acqua si era ritirata fin quasi alla barriera corallina, lasciando scoperto e asciutto il fondale.

«Guarda, Anna. Cosa sta succedendo?»

«Non so», rispose. «Non avevo mai visto una cosa simile.»

I pesci arenati si dibattevano sulla sabbia. «Che strano.»

«Già. Non capisco.» Anna si schermò gli occhi con la mano. «Cosa c'è là in fondo?»

«Dove?» Strizzando le palpebre, seguì il suo sguardo. In lontananza si intravedeva qualcosa di azzurro, ma non capivo cosa fosse perché le dimensioni erano tutte sbagliate.

E, qualunque cosa fosse, si avvicinava con un rombo.

Anna gridò, e in quel momento capii. L'afferrai per una mano e cominciammo a correre.

Mi bruciavano i polmoni. «Corri, Anna, più forte, più forte!»

Voltando appena la testa, vidi il muro d'acqua che veniva verso di noi, e mi resi conto che la velocità a cui correvamo contava ben poco. La nostra isola piatta non aveva scampo.

Pochi secondi dopo l'onda si abbatté su di noi, separandomi da Anna. Inghiottì lei, me, l'isola.

Inghiottì tutto.

35.
ANNA

Nell'impatto, l'onda mi scaraventò prima in avanti, poi mi inghiottì. Rimasi sott'acqua per un tempo lunghissimo, rovesciandomi a testa in giù, con i polmoni sul punto di scoppiare. Avevo bisogno di ossigeno; scalciando e a colpi di braccia risalii verso la luce che scintillava sopra di me. La testa bucò la superficie dell'acqua e tossii e boccheggiai, lottando per immettere aria nei polmoni.

«T.J.!» Urlavo il suo nome, ma appena aprivo la bocca l'acqua mi riempiva la gola. Intorno a me galleggiavano tronchi d'albero, grossi pezzi di legno, mattoni, calcinacci, e non capivo da dove venissero.

Al pensiero degli squali caddi in preda al panico: agitavo convulsamente le braccia e respiravo affannosamente. Il mio cuore batteva con una tale violenza che pensai che stesse per schizzare fuori dal petto.

Sentii la voce di T.J. nella mia testa:

Respira più piano, Anna.

Inspirai lentamente, schivando i detriti. Sforzandomi di tenere la testa fuori dall'acqua, mi girai sul dorso per stare a galla senza consumare troppe energie. Chiamai di nuovo T.J., urlando fino a non avere più voce. Tendevo l'orecchio per sentire i suoi richiami, ma intorno a me c'era solo silenzio.

Arrivò un'altra onda; meno potente della prima, riuscì comunque a risucchiarmi in un vortice sottomarino. Ancora una volta nuotai verso la luce del sole. Quando riemersi, boccheggiando, vidi un grosso secchio di plastica che galleggiava. Tesi spasmodicamente le dita verso il manico, lo afferrai, e mi tenni a galla grazie a quella specie di boa.

Il mare si calmò. Guardandomi intorno non vedevo altro che azzurro.

Con il passare delle ore la mia temperatura corporea si abbassò. Scossa dai brividi, piangendo, mi chiedevo quando sarebbero arrivati gli squali, ben sapendo che era solo una questione di tempo. Forse stavano già girando in cerchio sotto di me.

Il secchio mi aiutava a tenere la testa fuori dall'acqua, ma ero stremata dallo sforzo continuo per evitare che si inclinasse, riempiendosi d'acqua. Avrei dato tutto, pagato qualsiasi prezzo, pur di essere di nuovo sull'isola con T.J. Avrei abitato sull'isola per sempre, pur di essere insieme a lui.

Di tanto in tanto mi assopivo, solo per svegliarmi di soprassalto ogni volta che la faccia andava sott'acqua. A un certo punto il secchio mi sfuggì di mano e si allontanò di qualche decina di metri. Tentai di raggiungerlo nuotando, ma gambe e braccia non rispondevano più. La testa andò di nuovo sotto e mi costò uno sforzo immane riemergere.

Pensai a T.J. e sorrisi tra le lacrime.

Ti piacciono i Pink Floyd?

Stavo cercando di prendere quelle noci di cocco verdi, piccole, che piacciono a te.

Sai una cosa, Anna? Sei forte.

Piansi tutte le mie lacrime. La testa finì ancora sott'acqua, e agitai braccia e gambe alla cieca, dando fondo alle ultime energie per tornare in superficie.

Non ti lascerò mai sola, Anna. Mai, se dipenderà da me.

Penso che anche tu mi ami, Anna.

Andai giù di nuovo. Quando riemersi capii che quella sarebbe stata l'ultima volta. Panico e paura correvano testa a testa e urlai, ma ero talmente sfinita che l'urlo si ridusse a un gemito.

Ci siamo, è la fine.

E in quel preciso istante udii l'elicottero.

36.
T.J.

Abbattendosi su di noi, l'onda strappò Anna dalla mia stretta e mi gettò sott'acqua, scaraventandomi di qua e di là e facendomi girare in cerchio. Tossivo e non riuscivo a respirare. Le onde mi ributtavano sotto ogni volta che riuscivo a riemergere.

«Anna!» Urlai e urlai il suo nome, lottando per evitare che l'acqua mi finisse in gola. Girai su me stesso ma non riuscii a vederla da nessuna parte.

Dove sei, Anna?

Un tronco d'albero mi colpì sul fianco, scatenando un dolore acuto che si estese a tutto il corpo. Intorno a me era un vorticare continuo di detriti, ma nessuno era abbastanza grosso per afferrarlo prima che si allontanasse, sospinto dall'oceano.

Respirai più piano, sforzandomi di resistere al panico.

Lei lotterà. Non si arrenderà.

Mi misi a fare il morto per conservare le forze, gridando il suo nome con tutto il fiato che avevo in corpo e tendendo le orecchie per captare una risposta. Niente, solo un grande silenzio.

Arrivò un'altra onda, questa volta più piccola, e andai sott'acqua di nuovo. Quando riemersi, vicino a me galleggiava un grosso ramo. Mi aggrappai. Il pensiero di Anna che lottava per tenere la testa fuori dall'acqua mi uccideva. L'idea di essere da sola sull'isola la terrorizzava, ma quello di essere da soli nell'acqua era un incubo che nessuno dei due avrebbe mai immaginato. Diceva che con me si sentiva al sicuro, ma in quel momento non potevo proteggerla.

Se ti ho lasciata sola, Anna, è solo perché non ho potuto fare niente per evitarlo.

La chiamai ancora e rimasi in ascolto per un minuto intero prima di provare di nuovo. La mia voce diventava sempre più flebile e la gola mi bruciava per la sete. Il sole alto nel cielo batteva implacabile.

Intriso d'acqua, il ramo affondò. Siccome non c'era altro a cui aggrapparsi, mi tenevo a galla un po' in posizione verticale e un po' sul dorso.

Tenere la testa fuori era un'impresa, e con il passare delle ore mi sentivo sempre più debole. Strizzando le palpebre per vedere se c'era qualcosa in lontananza, scorsi un'asse di legno che galleggiava. Nelle braccia e nelle gambe restava la forza appena sufficiente per spingermi fin lì. L'afferrai, grato che reggesse il mio peso senza affondare. Con il viso appoggiato sul legno, pensai alle possibili vie d'uscita.

Non impiegai molto a rendermi conto che non ce n'era neanche una.

37.
ANNA

L'uomo con la muta si tuffò nell'acqua a poca distanza da me. Disse qualcosa, ma non riuscii a sentire la voce nel frastuono delle pale dell'elicottero. Mi tenne la testa fuori dall'acqua e con la mano libera fece segno a qualcun altro di calare una grande cesta. Io non capivo se quello che stava succedendo fosse la realtà o un sogno. L'uomo mi mise nella cesta, che fu issata e tirata dentro l'elicottero da un altro uomo. Poi fu abbassata di nuovo per tirare su l'uomo con la muta.

Indossavo solo shorts e maglietta, ed ero scossa da continui brividi. Mi avvolsero in una coperta, e dovetti lottare contro lo sfinimento più profondo che avessi mai provato per articolare le parole che volevo dire.

«T.J.» Mi uscì di bocca appena un sussurro, e nell'elicottero nessuno mi udì. «T.J.», ripetei un po' più forte.

Tenendomi la testa sollevata, l'uomo mi avvicinò alle labbra una bottiglia d'acqua. Bevvi avidamente, placando una sete furiosa. L'acqua fresca mi calmò l'arsura in gola e ritrovai la voce.

«T.J.!» dissi. «T.J. è qui sotto, dovete trovarlo.»

«Siamo a corto di carburante», rispose l'uomo. «E dobbiamo portarla in ospedale.»

Dovetti sforzarmi per capire cosa stesse dicendo. «No!» Mi tirai su a sedere e lo afferrai per le spalle. «Lui è qui sotto, non possiamo abbandonarlo!»

In preda a una crisi isterica mi misi a urlare, le mie grida riempivano l'elicottero. L'uomo tentò di calmarmi.

«Dirò al pilota di allertare gli altri elicotteri. Andrà tutto bene», disse dandomi un colpetto sulla spalla.

Non riuscivo a togliermi dalla testa l'immagine di T.J. che scivolava sott'acqua per non tornare più su. Mi isolai da tutto ciò che mi circondava, rintanandomi in un angolo della mente dove non esistevano più né pensieri né sentimenti. Il ritorno a casa dai miei familiari, la scena che infinite volte avevo immaginato in quei tre anni e mezzo, non suscitava più alcuna emozione in me.

L'elicottero si levò bruscamente in aria e puntò verso l'ospedale, lasciandosi dietro T.J.

38.
T.J.

All'inizio non riuscii a identificare il rumore. Poi lo riconobbi, quando il mio cervello collegò quel *twak twak twak* alle pale di un elicottero che echeggiavano in lontananza.

Il rumore si affievolì sempre più fino a sparire.

Torna. Ti prego, inverti la rotta e torna qui.

Non tornò. La speranza si tramutò in disperazione e capii che sarei morto. Le forze mi stavano abbandonando e diventava sempre più difficile restare aggrappato all'asse. La mia temperatura corporea era scesa bruscamente e sentivo dolore dappertutto.

Richiamai alla mente il viso di Anna.

Quante persone possono dire di essere state amate tanto quanto lei amava me?

Le dita scivolarono oltre il bordo dell'asse, e lottai per afferrarla di nuovo. Resistevo, passando continuamente dalla veglia al sonno. Un sogno sugli squali mi svegliò di soprassalto mentre un rumore lontano, appena percettibile, diventava sempre più forte.

Conosco quel rumore.

La speranza si riaccese, ma ormai avevo dato fondo a tutte le mie energie e l'asse sfuggì di nuovo alla mia presa, che si allentava sulla superficie bagnata. La testa andò sotto e sprofondai lentamente. Istintivamente trattenni il respiro, il più a lungo possibile, fino a quando non ci riuscii più.

Fluttuai in un mare di nulla, senza peso, finché non fui sopraffatto da un'altra sensazione. La morte non sarebbe stata indolore, dopo tutto. Faceva male, il suo peso opprimente mi schiacciava il petto.

A un tratto quella pressione svanì. Sputando l'acqua dell'oceano, aprii gli occhi. Un uomo con la muta si inginocchiò vicino a me, le sue mani si muovevano sul mio torace. La mia schiena poggiava su qualcosa di solido, e mi resi conto di essere su un elicottero. Inspirai a fondo e, appena ebbi aria a sufficienza nei polmoni, dissi: «Tornate indietro. Dovete trovarla».

«Chi?»

«Anna! Dobbiamo trovare Anna!»

39.
ANNA

Mi ritirai nelle profondità più oscure del mio rifugio ovattato. L'uomo mi scuoteva delicatamente per le spalle e io non volevo parlare, ma lui non smetteva di chiedermi se lo sentivo. Mi girai verso di lui e battei le palpebre, cercando di mettere a fuoco le immagini con gli occhi gonfi e pieni di lacrime.

«Come si chiama?» mi domandò. «Uno degli altri elicotteri ha appena recuperato dall'acqua un uomo.»

Mi tirai su con uno sforzo, per sentire bene cosa stava per dirmi.

«Dicono che cerca una donna di nome Anna.»

Passò qualche istante prima che quelle parole acquistassero un significato ma, appena lo afferrai, per la prima volta nella mia vita provai un'assoluta sensazione di esaltazione.

«Sono io Anna.» Mi circondai il corpo con le braccia e presi a singhiozzare, dondolandomi avanti e indietro.

Atterrammo sul tetto dell'ospedale, mi caricarono su una barella e mi portarono dentro. Due uomini, nessuno dei quali parlava inglese, mi spostarono su un letto con le rotelle. Mentre lo spingevano, un telefono a muro mi sfilò di fianco.

Un telefono. C'è un telefono.

Girai la testa per guardarlo mentre lo superavamo, e andai nel panico perché non riuscii a ricordare immediatamente il numero di telefono dei miei genitori.

L'ospedale traboccava di pazienti. La sala d'attesa era gremita di persone che attendevano sedute sul pavimento di essere visitate da un medico. Si avvicinò un'infermiera che mi parlò con dolcezza in una lingua che non conoscevo. Sorridendo e accarezzandomi un braccio, mi infilò un ago nel dorso della mano e poi appese il sacchetto della flebo alla piantana di fianco al letto.

«Devo trovare T.J.», dissi, ma lei scosse la testa. Notò che ero scossa dai brividi e mi tirò su il lenzuolo fino al mento.

Il baccano di quel sovrapporsi di voci, di cui poche parlavano inglese, mi rimbombava nelle orecchie, più forte di qualsiasi rumore avessi udito negli ultimi tre anni e mezzo. Respiravo un odore di disinfettante, e quelle luci fluorescenti che ferivano gli occhi mi costringevano a strizzare le palpebre. Qualcuno spinse il mio letto in un corridoio dietro l'angolo. Rimasi sdraiata, sforzandomi di rimanere sveglia.

Dove sarà T.J.?

Avrei voluto chiamare i miei genitori ma non avevo la forza di muovermi. Mi assopii per qualche minuto, svegliandomi di soprassalto a un rumore di passi che si avvicinavano. Una voce disse: «È stata appena portata qui dalla Guardia costiera. Credo sia lei la donna che stai cercando».

Poco dopo una mano sollevò il lenzuolo che mi copriva e T.J. scese dal suo letto d'ospedale per salire sul mio, facendo attenzione a non aggrovigliare i tubicini delle flebo. Mi circondò con le braccia e crollò, con la testa sprofondata nell'incavo della mia spalla. Lacrime silenziose mi rotolarono sulle guance, tanto era il sollievo di avvertire il suo peso contro il mio corpo.

«Ce l'hai fatta», disse lui rabbrividendo. «Ti amo», sussurrò.

«Ti amo.»

Volevo dirgli del telefono a gettoni, ma la stanchezza ebbe la meglio e riuscii a balbettare solo qualche parola senza senso.

Mi addormentai.

«Mi sente?» Qualcuno mi scuoteva delicatamente la spalla. Aprii gli occhi, e per un momento non capii dove mi trovassi.

«Inglese», mormorai, intuendo che il giovane uomo chino su di me, biondo con gli occhi azzurri, era americano. Diedi un'occhiata a T.J., ma stava ancora riposando.

Il telefono. Dov'è quel telefono?

«Sono il dottor Reynolds. Lei si trova all'ospedale di Malé. Purtroppo nessuno ha potuto controllare prima le sue condizioni, ma non siamo attrezzati per accogliere un numero così alto di feriti. Qualche ora fa un infermiere le ha misurato le funzioni vitali, e siccome erano buone ho deciso di lasciarla tranquilla. Ha dormito quasi dodici ore di fila. Sente dolore da qualche parte?»

«No, sono soltanto indolenzita. E ho fame, e tanta sete.» Fece un gesto a un'infermiera che passava in quel momento; lei annuì e tornò poco dopo con una piccola brocca d'acqua e due bicchieri di plastica. Il dottore ne riempì uno e mi aiutò a mettermi seduta. Svuotato il bicchiere, mi guardai intorno perplessa.

«Come mai c'è così tanta gente?»

«Le Maldive sono in stato d'emergenza.»

«Perché?»

Mi guardò in modo strano. «Per lo tsunami.»

T.J. si mosse accanto a me e aprì gli occhi. Lo aiutai a tirarsi su, cullandolo in un abbraccio mentre il dottore riempiva il bicchiere anche per lui. Bevve l'acqua tutta d'un fiato.

«T.J., era uno tsunami.»

Sembrò disorientato, poi, stropicciandosi gli occhi, esclamò: «Davvero?».

«Sì.»

«È stata la Guardia costiera a portarvi qui?» chiese il dottor Reynolds versandoci di nuovo da bere.

Annuimmo.

«Da dove venite?»

Io e T.J. ci scambiammo uno sguardo.

«Non lo sappiamo», risposi. «Siamo dispersi da tre anni e mezzo.»

«Cosa intende con "dispersi"?»

«Abbiamo vissuto su una delle isole, dopo che il nostro idrovolante si è schiantato nell'oceano. Il pilota aveva avuto un infarto», disse T.J.

Il dottore ci scrutò, guardando ora me, ora T.J. Forse, alla fine, furono i capelli di T.J. a convincerlo.

«Oddio, siete voi! Quelli dell'idrovolante che era precipitato!» Guardandoci con gli occhi sbarrati, inspirò e poi buttò fuori tutta l'aria. «Pensavano tutti che foste morti.»

«Già, l'avevamo immaginato», replicò T.J. «Pensa che riuscirebbe a procurarci un telefono?»

Il dottor Reynolds gli porse il proprio cellulare. «Usi pure il mio.»

Un'infermiera ci tolse le flebo, e a quel punto scendemmo cautamente dal letto. Avevo le ginocchia che tremavano, e T.J. mi sorresse mettendomi un braccio intorno alla vita.

«In fondo al corridoio c'è un ripostiglio», disse il dottor Reynolds. «Lì dentro non c'è rumore e avrete un minimo di privacy.» Ci guardò a lungo, poi scosse la testa. «È incredibile che siate vivi. I media hanno parlato di voi per settimane.»

Uscimmo in corridoio e passammo davanti al bagno delle donne.

«Potete aspettare un momento, per favore?» chiesi. Si fermarono, e io spalancai la porta del bagno. Quando la richiusi alle mie spalle piombai nell'oscurità. Cercai l'interruttore a tastoni, e appena si accese la luce i miei occhi si spostarono dal water al lavandino, per poi fermarsi allo specchio.

Avevo completamente dimenticato il mio aspetto.

Mi avvicinai per studiare la mia faccia. La pelle era color caffellatte e sì, aveva ragione T.J., l'azzurro degli occhi sembrava più intenso. Sul viso erano comparse qua e là delle rughe che prima non c'erano, e i capelli, di due tonalità più chiari di come li ricordavo, erano un garbuglio inestricabile. Con i capelli così arruffati sembravo in tutto e per tutto la donna di un'isola selvaggia.

Distolsi lo sguardo dallo specchio, mi tirai giù gli shorts e sedetti sulla tazza del water. Allungai la mano verso la carta igienica, ne srotolai un bel pezzo e la strofinai contro la guancia per sentirne la morbidezza. Alla fine tirai lo scarico e mi lavai le mani, guardando con stupore l'acqua che usciva dal rubinetto. T.J. e il dottor Reynolds mi aspettavano nel corridoio.

«Scusatemi, ci ho messo tanto tempo.»

«Non fa niente», disse T.J. con un sorriso. «Sono andato in bagno anch'io. È tutto così strano.» Mi prese per mano e insieme seguimmo il dottor Reynolds fino al ripostiglio.

«Torno subito. Ora devo visitare un paio di pazienti, ma poi chiamerò la polizia. Vorranno parlare con voi. Cercherò anche di trovarvi qualcosa da mangiare.»

A quell'accenno al cibo il mio stomaco emise un brontolio.

«La ringrazio», rispose T.J.

Quando il dottore se ne andò, ci sedemmo sul pavimento, circondati da scaffali zeppi di medicinali e apparecchiature mediche. Il locale era decisamente ingombro, ma silenzioso.

«Chiama prima tu.»

«Sei sicuro?»

«Sì.»

Mi diede il cellulare. Ci misi un po', ma alla fine il numero dei miei genitori mi tornò in mente. Ascoltai il suono di libero con le mani che tremavano, trattenendo il fiato. Dall'altra parte della linea sentii un *clic.* Stavo per dire "Pronto", quando partì una voce registrata: «Il numero da lei chiamato non è attivo».

Guardai T.J. «Il numero è stato disabilitato. Devono aver cambiato casa.»

«Allora chiama Sarah.»

«Non vuoi chiamare prima i tuoi genitori?»

«No, fai tu.» T.J. non stava più nella pelle. «Prima voglio che qualcuno ti risponda.»

Composi il numero di Sarah con il cuore che mi martellava nel petto. Squillò quattro volte prima che rispondessero.

«Pronto?»

Chloe!

«Chloe, puoi passarmi subito la mamma, per favore?»

«Chi parla?»

«Chloe, tesoro, passami la mamma, okay?»

«Ma io devo chiedere chi parla, e se non me lo dicono devo mettere giù.»

«No, non mettere giù, Chloe.» *Chissà se si ricorda di me?* «Sono la zia Anna. Di' alla mamma che è la zia Anna.»

«Ciao, zia Anna. La mamma mi ha fatto vedere le tue foto, dice che abiti in paradiso. Hai le ali come gli angeli? Ah, la mamma vuole il telefono, devo andare.»

«Senta un po'», esordì Sarah, «non so chi sia lei, ma è un brutto scherzo da fare a una bambina.»

«Sarah! Sono Anna, non riattaccare, sono io, sono veramente io.» Scoppiai a piangere.

«Chi è lei? Che gusto ci prova a fare telefonate del genere? Crede che non facciano male a chi le riceve?»

«Sarah, io e T.J. non siamo morti in quell'incidente aereo. Abbiamo vissuto su un'isola, e se non fosse stato per lo tsunami saremmo ancora lì. Adesso siamo in un ospedale di Malé.» Pronunciate finalmente quelle parole, piansi ancora più forte. «Ti prego, non riagganciare!»

«Cosa? Oh mio Dio. Oh mio Dio!» Gridò per chiamare David, ma piangeva e parlava così in fretta che non capii una parola di quello che diceva.

«Anna, sei viva? Sei viva?»

«Sì.» Io piangevo a dirotto, e T.J. saltellava su e giù per l'eccitazione. «Sarah, prima ho chiamato il papà e la mamma, ma il numero non era più attivo. Hanno venduto la casa?»

«È stata venduta, sì.»

«Qual è il loro numero?» Mi guardai intorno in cerca di una penna o della carta su cui scrivere, ma non trovai niente. «Chiamali tu, Sarah, chiamali appena abbiamo riagganciato. Diglielo, che ho provato a chiamare loro per primi. Poi ti richiamo e mi dai il numero, appena trovo qualcosa per scrivere. Digli di aspettare vicino al telefono.»

«Come farai per tornare a casa?» domandò lei.

«Non lo so. Senti, T.J. non ha ancora chiamato i suoi. Ora come ora non so niente, ma darò ai suoi genitori il tuo numero di telefono, in modo da mettervi in contatto. Tu aspetta una loro telefonata, d'accordo?»

«D'accordo. Oh, Anna, non ho parole… Abbiamo fatto il tuo funerale.»

«Be', sono viva. E non vedo l'ora di tornare a casa.»

40.
T.J.

Anna mi passò il cellulare. Digitai il numero di casa e aspettai che rispondessero.

Rispondi, rispondi, rispondi.

«Pronto?» Era la mamma. A sentire la sua voce fui travolto da un'ondata di emozioni. Fino a quel momento non mi ero reso conto di quanto mi fosse mancata. Mi sforzai di ricacciare indietro le lacrime. Anna mi mise un braccio intorno alla spalla. «Mamma, sono T.J. Non riattaccare.» All'altro capo del filo c'era silenzio, perciò continuai a parlare. «Io e Anna non siamo morti nell'incidente aereo. Abbiamo vissuto su un'isola. C'è stato uno tsunami, e la Guardia costiera ci ha portato in salvo, e adesso siamo all'ospedale di Malé.»

«T.J.?» Aveva una voce strana, come se fosse in trance. Scoppiò a piangere.

«Mamma, passami il papà!»

«Ma chi parla?» tuonò lui nel microfono.

Al suono della sua voce arrivò una seconda ondata di emozioni. Avrei voluto viverle fino in fondo, ma vinse il desiderio di spiegare cos'era successo, di dire dove eravamo in quel momento.

La mia voce era ferma quando dissi: «Papà, sono T.J. Non mettere giù, ascoltami. Io e Anna siamo approdati su un'isola dopo l'incidente. La Guardia costiera ci ha soccorso in mare, dopo lo tsunami, e adesso siamo all'ospedale di Malé. E stiamo bene tutti e due». Ancora silenzio all'altro capo del filo. «Papà?»

«Oh santo cielo», gridò lui. «Sei tu? Sei veramente tu?»

«Sì, sono io.»
«Eri vivo in tutti questi anni? E come...?»
«Non è stato facile.»
«Stai bene? Sei ferito?»
«Sto bene. Stanco, indolenzito. Affamato.»
«Anna sta bene?»
«Sì. È qui, seduta vicino a me.»
«Non so cosa dire... Sono sconvolto, ho bisogno di un attimo... Devo pensare a un modo per portarti via di lì.»

Per la prima volta dopo tanto tempo, non avrei portato nessun peso sulle spalle. Sarebbe intervenuto mio padre, avrebbe pensato lui a farci tornare a casa. «Papà, Anna vuole che chiami sua sorella per tenerla informata sugli sviluppi.»

Anna mi dettò il numero di telefono, che ripetei a mio padre.

«L'ultima cosa che vorrei fare è riattaccare, T.J., ma qui sono già le otto di sera e voglio cominciare a organizzarmi prima che diventi troppo tardi. Farti imbarcare su un aereo potrebbe essere difficile, a causa dell'11 settembre. Se non riesco a trovare un volo di linea noleggerò un charter. Probabilmente riuscirò a farvi partire soltanto domani. Siete tutti e due in condizione di lasciare l'ospedale?»

«Sì, direi di sì.»
«C'è lì qualcuno che può portarvi in un hotel?»
«Controllerò. Magari qualcuno ci accompagnerà in macchina.»
«Appena sei in un hotel chiamami, così gli do il numero della mia carta di credito.»
«Okay. La mamma sta bene?»
«Sì, è qui. Vuole parlare con te.»

Mia mamma proprio non la capivo. Come sentì la mia voce ricominciò a piangere.

«È tutto a posto, mamma, tra poco sarò a casa, non piangere. Ripassami il papà, per favore.»

Quando tornò al telefono, gli dissi che dovevamo parlare con la polizia locale, poi saremmo andati in un hotel e lo avrei contattato da lì.

«Va bene, T.J. Aspetto la tua chiamata.»

«Farà un giro di telefonate», dissi ad Anna dopo aver messo giù. «Dice che sarà difficile metterci su un volo di linea a causa dell'11 settembre.»

«Cos'è l'11 settembre?»

«Non ne ho idea. Ha detto che forse dovrà noleggiare un charter. Se qualcuno ci porta in un hotel lo richiamiamo direttamente da lì, in modo che possa fornire i dati della sua carta di credito all'albergo. Però è probabile che non riusciremo a partire prima di domani.»

Anna sorrise. «Abbiamo aspettato talmente tanto tempo che un giorno di più non fa differenza.»

Mi avvicinai e la strinsi in un abbraccio. «Si torna a casa.»

Usciti dal ripostiglio, trovammo il dottor Reynolds che ci aspettava nel corridoio insieme a due poliziotti e a un altro uomo, che aveva il nome della compagnia di noleggio degli idrovolanti ricamato sul taschino della camicia kaki.

Il dottore mi porse con un sorriso un sacchetto di carta marrone con una grossa macchia d'unto su un lato. Guardai dentro: tacos. Ne presi uno, che diedi ad Anna, e un altro per me.

La tortilla era farcita con cipolle e carne di manzo tagliata a fettine sottili. Sul polso mi colò un rivolo di salsina piccante. Non ero più abituato a tanti sapori diversi tutti in una volta. Affamato com'ero, divorai tutto in meno di un minuto.

Seguimmo i poliziotti e il funzionario della compagnia in un angolo appartato dell'atrio per parlare con più tranquillità. Infilai la mano nel sacchetto e tirai su un altro taco per me e uno per Anna.

I tre parlavano inglese, ma a causa del forte accento si faceva fatica a capire quello che dicevano. Rispondemmo alle loro domande, raccontando di Mick e dell'infarto, dell'idrovolante precipitato e dell'approdo sull'isola.

«La squadra dei soccorritori ha trovato parti dell'aereo, ma nessun corpo», disse uno dei poliziotti. «Abbiamo dato per certo che foste annegati.»

«Mick aveva capito che l'ammaraggio poteva andare male, perciò ci aveva fatto infilare i giubbotti di salvataggio. Altrimenti sì, saremmo annegati», disse Anna.

«La ricerca dei corpi c'è stata», intervenne l'altro poliziotto, «ma nessuno si aspettava di trovarli. Ci sono i pescecani.»

Io e Anna ci scambiammo un'occhiata.

«Alcuni relitti dell'aereo si sono spiaggiati. Il mio zaino, una valigia di Anna e il canotto di salvataggio. Anche il corpo di Mick è venuto a riva», spiegai. «Lo abbiamo sepolto sull'isola.»

Anche l'uomo della compagnia di noleggio degli idrovolanti aveva delle domande per noi.

«Se è venuto a riva il canotto di salvataggio, perché non avete lanciato il razzo di segnalazione?»

«Perché non c'era», risposi.

«Tutti i canotti di salvataggio ne hanno uno in dotazione. La Guardia costiera li ha resi obbligatori sugli idrovolanti.»

«Be', nel nostro non c'era», replicai. «E mi creda, abbiamo guardato bene.»

L'uomo prese i nostri dati e mi porse un biglietto da visita.

«Per favore, fatemi chiamare dal vostro avvocato quando sarete tornati negli Stati Uniti.»

Misi il biglietto nella tasca dei calzoncini. «C'è un'altra cosa», dissi rivolto ai due poliziotti. «Prima di noi c'era qualcun altro che abitava sull'isola.» Io e Anna raccontammo del capanno e dello scheletro che avevamo trovato. «Se cercavate una persona scomparsa, forse l'abbiamo trovata.»

Finito di parlare con loro, chiedemmo al dottor Reynolds se qualcuno ci poteva accompagnare in un hotel.

«Vi accompagno io», si offrì.

Aveva una Honda Civic tutta scassata. Siccome non c'era l'aria condizionata, abbassammo i finestrini. Usciti dal parcheggio le strade, le macchine, gli edifici – tutte cose che non vedevo da una vita – mi fecero un'impressione tremenda. Nell'aria si respirava l'odore dei gas di scarico delle automobili, così diverso dagli odori dell'isola. Alla vista dell'insegna dell'hotel sorrisi, improvvisamente consapevole che ad aspettare me e Anna c'erano una stanza, una doccia e un letto.

«Grazie per tutto quello che ha fatto per noi», dicemmo al dottor Reynolds lasciandolo.

«Vi auguro buona fortuna», disse lui, salutando me con una stretta di mano e Anna con un abbraccio.

L'hotel non aveva subito particolari danni. Quando entrammo dalla porta girevole, stavano spazzando via dei detriti dal marciapiede davanti all'entrata. I clienti dell'hotel si erano radunati nell'atrio, qualcuno era in piedi vicino a una pila di bagagli.

Tutti gli occhi erano fissi su di noi. Se esistevano regole sull'abbigliamento degli ospiti, io le stavo palesemente violando. Colsi la nostra immagine riflessa in un grande specchio appeso alla parete. Non eravamo un bello spettacolo.

Ci avvicinammo alla reception. Dietro il banco, una donna batteva sui tasti di un computer.

«Desiderate?» chiese.

«Una stanza», risposi.

«Siamo quasi al completo, abbiamo solo una suite disponibile. Vi andrebbe bene?»

Sorrisi e risposi: «Più che bene. Posso usare il telefono?».

Lei girò l'apparecchio verso di me e io chiamai mio padre, con addebito al destinatario. «Siamo all'hotel», dissi.

«Prendete due stanze e fatele mettere sul conto», disse mio padre.

«Ce ne serve una sola, papà.»

«Ah. Va bene», disse dopo qualche momento di esitazione.

Passai il telefono all'incaricata della reception e aspettai che mio padre le fornisse i dati della sua carta di credito. Alla fine lei mi passò di nuovo il ricevitore.

«L'hotel ha un negozio di articoli da regalo?» domandò mio padre.

«Sì, lo vedo da qui.» Era proprio di fronte alla reception, e sembrava una boutique di lusso.

«Comprate tutto quello che vi serve. Intanto io mi sono dato da fare per organizzare il vostro rientro. L'aeroporto di Malé ha subito dei danni, però pare che non abbiano dovuto cancellare troppi voli e, dato che quelli di linea sono da escludere, sto cercando di noleggiare un charter. Tua mamma voleva saltare sul primo aereo per venirti a prendere, ma l'ho convinta che così avrebbe solo allungato i tempi. Ti chiamo in camera appena ho delle informazioni precise, però voi state pronti a partire già domani mattina.»

«D'accordo, papà. Ci puoi contare.»

«Non so proprio cosa dire, T.J. Io e tua madre siamo ancora sotto shock. Le tue sorelle non la smettono di piangere e il telefono suona in continuazione. Be', per adesso la cosa principale è riportare a casa te e Anna. Ho già parlato con Sarah, e non mancherò di comunicarle tutte le notizie, man mano che arrivano.»

Ci salutammo, dopodiché restituii il telefono alla donna dietro il banco.

Entrammo nel negozio di articoli da regalo e ci guardammo intorno, non sapendo da dove cominciare. Era diviso in due: in un reparto c'erano gli articoli di abbigliamento – di tutto, dalle T-shirt da comprare come souvenir fino agli abiti eleganti –, nell'altro solo generi alimentari. Gli scaffali traboccavano di sacchetti di patatine fritte, cracker e caramelle.

«Oddio», fece Anna, e si lanciò dentro.

Afferrai al volo due cestelli dalla pila vicino alla porta d'ingresso e la seguii.

Gliene diedi uno, e scoppiai a ridere vedendo che lo riempiva di caramelle. Io aggiunsi un sacchetto di Doritos, seguito da tre snack salati.

«Sul serio?» disse lei stupita.

«Oh, sì», risposi facendole un sorriso.

Dopo avere riempito l'intero cestello di porcherie simili, ci spostammo al reparto dei prodotti per l'igiene personale.

«È probabile che nella stanza ci siano il bagnoschiuma e lo shampoo, però non voglio correre rischi», disse Anna prendendoli dallo scaffale, oltre a spazzolini da denti e dentifricio, deodorante, rasoi, crema da barba, e per finire un pettine e una spazzola.

Poi prendemmo una maglietta e dei calzoncini corti per me. Mentre pescavo un paio di infradito nere da uno scatolone pieno di ciabatte di plastica da uomo, Anna sventolò una confezione di boxer per attirare la mia attenzione. Scossi la testa, ma lei fece segno di sì ridendo e la buttò nel cestello.

Da un appendiabiti pieno di prendisole ne scelsi uno azzurro per Anna, che trovò subito un paio di sandali da abbinare.

Dopo che ebbe preso un po' di biancheria intima, un paio di shorts e una maglietta, portammo i cestelli alla cassa, facendo mettere tutto sul conto della nostra stanza.

Salimmo in ascensore al terzo piano. Infilai la tessera magnetica, e la prima cosa che notai appena entrato fu il letto matrimoniale, enorme e ricoperto di cuscini. Appeso alla parete di fronte c'era un grande televisore a schermo piatto; un tavolo con quattro sedie era sistemato vicino a una scrivania e a un piccolo frigorifero. Nell'area living c'erano un divano, un tavolino basso e due poltrone di fronte a un altro televisore. I condizionatori sparavano aria gelida in tutte e due le stanze. Su un secondo tavolino basso vicino alla porta c'era un vassoio con quattro bicchieri avvolti nel cellophane. Ne scartai due e, dopo averli riempiti d'acqua del rubinetto in bagno, ne porsi uno ad Anna, che rimase a contemplarlo per qualche istante prima di portarlo alle labbra.

Ispezionammo la stanza da bagno. Un angolo era occupato da una gigantesca cabina doccia con le ante di cristallo, affiancata da una profonda vasca idromassaggio. In mezzo, c'era una base di marmo con due lavandini e un cesto pieno di saponette e shampoo. Due accappatoi bianchi erano appesi a un gancio sulla porta.

«Ora chiamo Sarah, così mi faccio dare il numero dei miei genitori. Le ho chiesto di avvertirli che avrei telefonato. Quante ore in meno ci sono qui, rispetto a Chicago?»

«Mi sembra undici. Quando ho parlato con mio padre, ha detto che lì erano le otto di sera.»

Anna si sedette sul letto e prese dal comodino carta e penna. Alzò il ricevitore e compose il numero. «È occupato. Provo sul cellulare.» Fece il numero, ma poco dopo riattaccò, accigliata. «Suona a vuoto. Perché non risponde?»

«Probabilmente perché sta telefonando a tutti i vostri conoscenti e la gente continua a richiamarla. Mi sa che il suo telefono resterà occupato per un bel po' di giorni. Adesso andiamo a farci una doccia, riprovi quando abbiamo finito.»

Restammo sotto la doccia per quasi un'ora, strigliandoci a dovere tra mille risate. Anna non la finiva più di lavarsi, anche dopo che le avevo detto che più pulita di così non poteva essere.

«Giuro che non farò mai più il bagno nella vasca. Dichiaro solennemente che d'ora in poi farò soltanto docce», disse.

«Anch'io.»

Dopo esserci asciugati indossammo l'accappatoio. Anna spremette del dentifricio su due spazzolini e me ne passò uno. In piedi davanti ai lavandini ci lavammo i denti, ci sciacquammo la bocca e sputammo.

«Dammi un bacio, T.J. Adesso, subito», ordinò.

La sollevai per metterla a sedere sulla base di marmo e le presi il viso tra le mani. Ci baciammo a lungo.

«Che buon sapore hai», le dissi. «E sei anche tutta profumata. Non che mi importasse, quando non lo eri.»

Lei appoggiò la fronte contro la mia. «Però così è meglio.»

«Sì.»

Usciti dal bagno, mi sdraiai sul letto con il menu del servizio in camera in una mano e il telecomando nell'altra.

«Guarda un po' qui, Anna.»

Lei lasciò perdere le caramelle e mi raggiunse per guardare il menu, passandomi il sacchetto di Doritos. Lo aprii e me ne ficcai in bocca una manciata: i nachos al formaggio non mi erano mai sembrati così buoni.

Decidere cosa ordinare fu un'impresa, avremmo voluto prendere tutto. Alla fine restringemmo la scelta a bistecca con patatine fritte, spaghetti con polpette, pane all'aglio e torta al cioccolato.

«Ah, e anche due Coca-Cola giganti», disse Anna.

Chiamai il servizio in camera per ordinare. Anna prese la tessera magnetica e qualcos'altro dal tavolino basso, dicendo che sarebbe tornata subito.

«Sei nuda sotto l'accappatoio», le ricordai.

«Non ci metterò molto.»

Mi misi a fare un po' di zapping. Tutti i programmi parlavano dello tsunami. Anna tornò con un secchiello in mano.

«È il ghiaccio?» le domandai.

«Sì», rispose mettendosene un cubetto in bocca.

La guardai mentre lo succhiava, sdraiata accanto a me nel letto. A un certo punto si tirò su a sedere e mi slacciò la cintura dell'accappatoio. Aprendolo, mi fece scorrere delicatamente la mano sul fianco. Malgrado il dolore, il mio corpo rispose immediatamente al tocco della sua mano.

«Qui ti sono venuti dei lividi spettacolari», disse. «Che cosa te li ha provocati?»

«Un enorme tronco d'albero nell'acqua.»

«Tu e gli alberi non andate molto d'accordo», commentò.

«Questo qui mi è piombato addosso.»

Si mise un altro cubetto di ghiaccio in bocca, poi cominciò a baciarmi sul collo e sul petto.

«Quanto ci metteranno a portarci il pranzo?» domandò.

«Non l'hanno detto.»

Mi baciò sulla pancia, poi scese ancora più giù. Quando sentii la sua bocca premuta su di me ansimai, perché non era mai stata fredda prima di allora. Chiusi gli occhi e le posai le mani sulla testa.

Poco dopo il ragazzo del servizio in camera bussò alla porta; mi allacciai la cintura dell'accappatoio e andai ad aprire. Posò tutto sul tavolo e, subito dopo avere firmato la ricevuta, con l'aggiunta di una mancia, scoperchiammo i vari contenitori.

«Oh oh, abbiamo le posate d'argento», commentò Anna. Contemplò la forchetta che aveva in mano per qualche secondo, prima di infilzare una polpetta.

«E abbiamo anche le sedie», dissi io scostandone una dal tavolo per sedermi vicino a lei.

Passai ad Anna qualche fetta di pane all'aglio, e con un gemito di piacere provai la bistecca. Tra scambi di assaggi e Coca-Cola, lo stomaco si riempì in fretta a tutti e due: non eravamo abituati a cibi così pesanti e a una simile abbondanza. Alla fine Anna raccolse meticolosamente gli avanzi e li mise nel frigorifero.

Dopo mangiato ci stendemmo sul letto. Giocherellando

con una ciocca dei miei capelli, Anna mi posò la testa sulla spalla, intrecciando le sue gambe alle mie.

«Non mi sono mai sentita così appagata», disse.

Tolsi il volume alla TV. Mentre mangiavamo avevamo guardato i servizi sullo tsunami, ed eravamo sconvolti dalla gravità delle devastazioni che aveva provocato. A quanto sembrava, l'Indonesia era la zona più colpita e le vittime si contavano già a decine di migliaia.

«Mi sento un verme a dirlo con tutti questi morti, ma se non fosse stato per lo tsunami noi saremmo ancora su quell'isola. E non so per quanto tempo ancora saremmo andati avanti», commentò Anna.

«Chi lo sa.»

Allungai la mano verso il comodino per accendere la radiosveglia, e armeggiai finché non trovai un stazione americana che trasmetteva musica. Il brano in onda in quel momento era *More Than a Feeling* dei Boston, e mi venne da sorridere.

Lei sospirò. «Quanto mi piace questa canzone.»

Si rannicchiò più vicina a me e io la strinsi forte.

«Ma ti rendi conto, T.J.? Siamo sani e salvi, e tra poco rivedremo i nostri familiari!»

«Comincio adesso a rendermene conto.»

«Che ora è?»

Guardai l'orologio della radiosveglia. «Le due passate.»

«Quindi a Chicago è l'una del mattino. Ma non m'importa, adesso riprovo a telefonare a Sarah. Tanto è sicuro che né lei né i miei genitori stanno dormendo.»

Si mise seduta sul letto e prese il telefono, con il filo che passava sopra di me. «Provo a casa.» Fece il numero e attese. «È occupato», disse riagganciando. Compose il numero del cellulare. «È scattata subito la segreteria telefonica, le lascio un messaggio... No, è piena.»

«Riprova tra un po', vedrai che riuscirai a parlarle.» Lei mi passò il telefono, e io lo sistemai sul comodino. «Anna?»

Si rifugiò di nuovo tra le mie braccia. «Sì?»

«E John? Sarah lo avrà chiamato, non pensi?»

«Lo ha chiamato di sicuro.»

«Secondo te cosa farà, quando saprà che sei viva?»

«Sarà contento per i miei familiari, ovviamente, ma a parte questo non ne ho proprio idea. Probabilmente adesso vive in qualche quartiere residenziale con moglie e figli.» Dopo una pausa aggiunse: «Spero che abbia dato tutta la mia roba alla mia famiglia».

«E allora tu dove andrai ad abitare?»

«Dai miei genitori. Ovunque si siano trasferiti. Vorranno che stia con loro almeno per un po', e poi mi troverò un posto per conto mio. Mi sembra impossibile che abbiano venduto la casa. Dicevano sempre che un giorno o l'altro ne avrebbero comprata una più piccola, magari un appartamento in un condominio, ma non ho mai creduto che potessero farlo davvero. Io in quella casa sono cresciuta, mi deprime sapere che non è più nostra.»

La baciai, poi slacciai la cintura del suo accappatoio e glielo abbassai sulle spalle. Dopo avere fatto l'amore ci addormentammo. Mi svegliai alle cinque del pomeriggio. Al mio fianco, Anna dormiva ancora. Con gli occhi fissi sul soffitto ripensai alla nostra conversazione. Le avevo chiesto di John, ma non le avevo fatto l'unica domanda di cui mi interessava davvero la risposta.

E noi due?

41.
ANNA

Aprii gli occhi e mi stiracchiai. T.J., seduto sul letto con la schiena contro la spalliera, guardava la TV a bassissimo volume sgranocchiando delle patatine.

«Che bel sonnellino.» Gli diedi un bacio e buttai le gambe giù dal letto. «Vado a fare pipì. Sai qual è la cosa che mi piace di più, in questo bagno?» dissi voltando appena la testa mentre andavo verso la porta.

«La carta igienica?»

«Esatto.»

Tornata dal bagno, T.J. mi fece assaggiare le Doritos.

«Ammettilo, non sono niente male», disse.

«Sì, ma devo dire che in quanto a gusti sono diventata molto meno difficile di una volta. Dove ho lasciato le caramelle?»

Le trovai sul ripiano del cassettone. Non essendo abituata all'aria condizionata, mi strinsi nell'accappatoio prima di infilarmi di nuovo sotto le lenzuola, vicino a T.J. Con i muscoli così irrigiditi e doloranti, più ancora di quando mi avevano tirato fuori dall'acqua, fui grata di quel letto morbido.

Alle dieci di sera in punto riprovai a telefonare a Sarah. A Chicago erano le nove del mattino, eppure il cellulare di mia sorella suonava occupato.

«Non riesco a prendere la linea», dissi. La chiamai al numero di casa, ma suonava libero e nessuno rispondeva. «Non scatta nemmeno la segreteria telefonica.»

«Chiamo mio padre, magari ha parlato con lei.» T.J. compose il numero di casa e attese. Poi scosse la testa. «Anche qui dà occupato. Magari stanno ricevendo un sacco di telefonate. Meglio riprovare più tardi.»

Mise a posto il telefono e mi accarezzò la testa. «Non so come farò ad abituarmi a non dividere il letto con te ogni notte.»

«Allora cerchiamo di non farci l'abitudine», risposi. Mi girai a guardarlo. Per quanto mi sentissi un'egoista, non ero ancora pronta a staccarmi da lui.

T.J. si tirò su a sedere. «Dici sul serio?»

«Sì.» Il cuore mi batteva all'impazzata, il cervello mi urlava che era una pessima idea, ma non m'importava. «Ci separeremo per un po' di tempo. Tu devi stare con i tuoi, e lo stesso vale per me. Ma se vuoi tornare da me, dopo quel periodo, io ti aspetterò.»

T.J. sospirò, con un'espressione di sollievo dipinta in volto. Mi prese tra le braccia e mi diede un bacio sulla fronte. «Ma certo che voglio.»

«Non sarà facile, T.J. La gente non capirà. Ci faranno un sacco di domande.» Al solo pensiero mi si contrasse lo stomaco. «E forse dovrai chiarire che avevi quasi diciannove anni quando tra noi è successo quello che è successo.»

«Credi che qualcuno me lo chiederà?»

«Credo che te lo chiederanno tutti.»

Mi svegliai a notte fonda per andare in bagno. Ci eravamo addormentati con la TV accesa, e quando mi infilai di nuovo nel letto presi il telecomando e cambiai canale, per dare un'occhiata ai notiziari.

Mi drizzai di scatto quando la CNN diede le ultime notizie e sullo schermo, sotto la scritta NAUFRAGHI RITROVATI DOPO TRE ANNI E MEZZO, comparvero la mia foto e quella di T.J., congelati rispettivamente all'età di trenta e sedici anni.

Allungai il braccio e scossi delicatamente la spalla di T.J.

«Che cosa c'è?» chiese tutto insonnolito.

«Guarda la TV.»

Si tirò su battendo le palpebre e guardò lo schermo.

Alzai il volume appena in tempo per sentire Larry King

che diceva: «Credo di parlare a nome di tutti, quando dico che qui c'è una storia tutta da raccontare».

«Maledizione», fece T.J.

Ecco, ci siamo.

42.
T.J.

Mi svegliai prima di Anna e ordinai uova, pancake, salsiccia, bacon, toast, frittelle di patate, succo d'arancia e caffè. Appena arrivò la colazione, la baciai fino a svegliarla.

Aprì gli occhi. «Che profumino di caffè.»

Ne bevve un sorso e fece un sospiro. «Che buono!»

Dopo la colazione a letto, Anna andò a fare la doccia mentre io presidiavo il telefono, in caso chiamasse mio padre. Quando ebbe finito, ci demmo il cambio. Poi uscii dal bagno, asciugandomi con una salvietta, e vidi che mi guardava stupita.

«Ti sei fatto la barba.»

Passò il dorso della mano sulla pelle del mio viso.

Scoppiai a ridere. «L'hai detto tu che avrei dovuto farmela da solo, il giorno che ci avessero trovato.»

«Ma non lo pensavo veramente.»

Il telefono squillò verso le undici. Mio padre aveva noleggiato un aereo. Disse che dovevamo essere all'aeroporto entro un'ora.

«Farete un volo diretto, a parte le soste per il carburante. Vi aspettiamo all'O'Hare.»

«Papà, Anna non è riuscita a mettersi in contatto con sua sorella. Tu hai parlato con lei?»

«L'ho sentita due volte. Il suo telefono era sempre occupato, ma se è per questo anche il nostro. La notizia si è sparsa in fretta. In via del tutto eccezionale, all'aeroporto ci daranno il permesso di aspettare direttamente al gate l'atterraggio del vostro aereo, solo che ci saranno anche i giornalisti e i fotografi. Farò quello che posso per tenerli a bada.»

«Va bene. Ora ti lascio, altrimenti non arriviamo in tempo all'aeroporto.»

«Ti voglio bene, T.J.»

«Anch'io ti voglio bene.»

Indossai la maglietta e i pantaloncini corti che avevamo comprato al negozio dell'hotel. Anna si vestì con il prendisole azzurro. Ripescai dalla tasca dei vecchi calzoncini il biglietto da visita del funzionario della compagnia di noleggio degli idrovolanti, e poi buttai nel cestino della carta straccia i nostri indumenti sporchi. Tutto il resto lo ficcammo alla rinfusa in due sacchetti di plastica trovati nella stanza.

Sistemati i conti alla reception, salimmo sulla navetta che faceva servizio dall'hotel all'aeroporto. Anna non riusciva a star ferma.

Ridendo, la presi tra le braccia.

«Sei tesa come una corda di violino.»

«Lo so. Sono elettrizzata e ho bevuto un sacco di caffè.»

Quando la navetta si fermò davanti all'entrata dell'aeroporto, ci alzammo.

«Sei pronta ad andartene da qui?» le domandai, prendendola per mano.

«Prontissima», mi rispose lei sorridendo.

L'equipaggio – pilota, secondo pilota e una hostess – ci accolse con un applauso mentre salivamo sull'aereo con la testa chinata per passare dal portello. Ci furono strette di mano, presentazioni e grandi sorrisi.

Diedi un'occhiata in giro. Da un lato c'erano sette posti: cinque sedili singoli separati da uno stretto corridoio e due sedili uniti. La coda dell'aereo era occupata per tutta la lunghezza da un divano. Quel volo doveva essere costato un occhio della testa a mio padre.

«Che tipo di aereo è?» domandai.

«Un Lear 55», rispose il pilota. «È un jet di media grandezza. Bisognerà atterrare un paio di volte per il rifornimento di carburante, ma dovremmo atterrare a Chicago tra diciotto ore circa.»

Sistemati i due sacchetti di plastica nel vano per i bagagli, io e Anna andammo a sederci sul sedile biposto, che era di pelle e reclinabile. Davanti a noi avevamo un tavolino di design.

Avevamo appena finito di allacciare le cinture quando venne da noi la hostess.

«Ciao, io sono Susan. Cosa desiderate bere? Ci sono bibite, birra, vino, cocktail, acqua in bottiglia, succhi di frutta e champagne.»

«Scegli prima tu, Anna.»

«Io prenderei l'acqua, e poi lo champagne e un succo», disse.

«Vuole che le prepari un mimosa? Abbiamo anche la spremuta d'arancia.»

Anna le sorrise. «Un mimosa sarebbe perfetto, grazie.»

«Io invece prenderei dell'acqua e una birra. Grazie.»

«Bene, sarò subito da voi.»

Siccome non eravamo più abituati all'alcol, ci sbronzammo nel giro di un'ora. Anna bevve due mimosa, io quattro birre. Lei non la smetteva di ridere, io non la smettevo di baciarla; tra l'altro facevamo un bel baccano, e Susan fu bravissima a fare come se niente fosse. A un certo punto ci portò un vassoio enorme di formaggio, cracker e frutta, probabilmente sperando che ci facesse passare la sbronza. Respirammo il profumo di quel ben di Dio, e lanciai un bel po' di chicchi d'uva nella bocca aperta di Anna. Mancavo regolarmente il bersaglio, e a ogni tiro ridevamo più forte.

Quando scese il buio, Susan ci portò coperte e cuscini.

«Oh, bene», disse Anna con un singhiozzo. «Ho un po' sonno.»

Stesi la coperta sopra di noi e infilai una mano sotto il suo vestito.

«Piantala», fece lei cercando di allontanare la mia mano. «C'è Susan, lì davanti.»

«Cosa vuoi che interessi, a Susan», ribattei, tirando le coperte fin sopra la nostra testa, in modo da avere un tantino di privacy. Parole inutili, perché cinque minuti dopo dormivo come un sasso.

Mi svegliai con l'emicrania. Anna dormiva ancora, con la testa posata sulla mia spalla. Quando si svegliò anche lei, andammo a turno alla toilette a lavarci i denti. Susan posò sul tavolino un vassoio di sandwich con carne di tacchino, e altri con fette di roastbeef, patate fritte di contorno e due Coca-Cola. Subito dopo mi portò anche due confezioni di aspirine e due bottiglie d'acqua.

«Grazie.»

«Prego», disse lei dandomi un colpetto sul braccio.

Ingoiammo le pillole con una sorsata d'acqua.

«Che giorno è oggi?»

Anna ci pensò un momento prima di rispondere. «Il 28 dicembre?»

«Voglio passare il Capodanno con te. Per quel giorno mi mancherai già da morire.»

Anna mi diede un bacio rapidissimo. «Ci sto.»

Dopo aver spazzolato tutto il cibo passammo il resto del tempo a chiacchierare.

«Ho aspettato talmente tanto questo giorno... Mi sembra già di vederli, i miei genitori e Sarah e David e i bambini, che mi aspettano mentre corro verso di loro, a braccia aperte.»

«Anch'io pensavo sempre a questo giorno. Avevo paura che non sarebbe mai arrivato.»

«E invece...» disse Anna sorridendomi.

Il cielo si rischiarò e dal finestrino guardai i campi gelati del Midwest.

Durante la discesa per l'atterraggio a Chicago, Anna puntò il dito verso il finestrino. «Guarda, T.J., nevica.»

Atterrammo all'O'Hare poco prima delle otto del mattino. Anna si slacciò la cintura di sicurezza e si alzò in piedi prima ancora che l'aereo si fosse completamente fermato.

Prendemmo le nostre borse di plastica e ci affrettammo lungo il corridoio. Il pilota e il copilota uscirono dalla cabina.

«È stato un piacere riportarvi a casa», disse il primo. «Vi auguro buona fortuna.»

Ci girammo verso Susan.

«Grazie di tutto», le disse Anna.

«Grazie a voi», rispose salutandoci con un abbraccio.

Qualcuno aprì il portello dell'aereo.

«Eccoci, T.J.», fece Anna. «Scendiamo.»

43.
ANNA

Tenendoci per mano, io e T.J. scendemmo di corsa la scaletta dell'aereo. Quando arrivammo al gate, dalla folla si levò un boato. Accecata dai flash di centinaia di macchine fotografiche, strizzai gli occhi cercando di vedere qualcosa. I giornalisti cominciarono immediatamente a tempestarci di domande. E poi Sarah corse verso di me e mi strinse tra le braccia piangendo.

Jane Callahan sembrava quasi isterica mentre si avvinghiava a T.J. A loro due si unirono Tom Callahan e due ragazze – che immaginai fossero le sorelle di T.J. – in un unico, grande abbraccio di famiglia. David, in piedi al fianco di Sarah, mi abbracciò subito dopo di lei. Lo strinsi forte, poi cercai con lo sguardo i miei genitori tra la folla.

C'era John, là in mezzo.

Mi venne incontro di slancio, ma subito dopo averlo abbracciato meccanicamente mi ritrassi, non volevo che mi fosse d'intralcio. Ero frastornata. Con il cuore che accelerava i battiti cercai mia madre tra la folla dietro il cordone di sicurezza, ma di lei non c'era traccia.

E nemmeno di mio padre.

Continuai a cercarli, febbrilmente, e poi, all'improvviso, capii perché il loro numero di telefono era disattivato. Sentii le ginocchia cedere, e Sarah e David mi sorressero appena in tempo.

«Tutti e due?»

Sarah annuì, mentre le lacrime le rigavano le guance.

«No!» gridai. «Perché non me l'hai detto?»

«Mi dispiace», rispose. «La tua telefonata mi ha sconvolta, e poi tu eri così felice... non me la sono sentita, Anna.»

Mi guidarono verso una poltroncina. Prima ancora che mi fossi seduta, lì accanto comparve T.J.

Si sedette e mi prese sulle sue ginocchia, cullandomi dolcemente mentre singhiozzavo. Sollevai la testa dal suo petto.

«Sono morti tutti e due.»

«Lo so, mia madre me l'ha appena detto.»

Mi baciò sulla fronte e mi asciugò le lacrime mentre i giornalisti immortalavano la scena. In quel momento non potevo saperlo, ma meno di ventiquattr'ore più tardi le foto di T.J. che mi abbracciava e mi baciava sarebbero state sulle prime pagine di tutti i giornali.

Posai la testa sulla sua spalla e chiusi gli occhi. Sarah mi accarezzò la schiena. Alla fine feci un respiro profondo e mi tirai su.

«Mi dispiace tanto», disse T.J. scostando la ciocca di capelli che mi copriva gli occhi.

Annuii. «Lo so.»

C'era silenzio, a parte gli scatti e i flash delle macchine fotografiche.

Mi girai verso Sarah: «Voglio andare a casa». Mia sorella scrisse su un pezzetto di carta il suo numero di cellulare. Lo passai a T.J., che se lo infilò nella tasca dei calzoncini.

«Ti chiamo presto.» Mi cinse le spalle e sussurrò: «Ti amo».

«Ti amo», gli sussurrai a mia volta.

Ci alzammo mentre Tom e Jane Callahan venivano verso di noi, seguiti a ruota dalle sorelline di T.J.

«Sono desolata, Anna», disse Jane. «Sarah mi ha detto dei vostri genitori. Stavo male, sapendo quale notizia ti aspettava al tuo ritorno.» Mi strinse in un abbraccio e, quando ci staccammo l'una dall'altra, per qualche istante trattenne la mia mano nelle sue. «Ti chiameremo tra qualche giorno. Abbiamo tante cose da dirci.» Sorrise e mi schioccò un rapido bacio sulla guancia.

Tom Callahan sorrise e mi diede un colpetto affettuoso sulla spalla.

«Grazie per avere noleggiato l'aereo», gli dissi.

«Non c'è di che, Anna.»

Sarah mandò David dai giornalisti per informarli che non avevo nessuna dichiarazione da fare.

John mi si avvicinò, fece per prendermi la mano ma poi cambiò idea.

«Mi dispiace per i tuoi genitori.»

«Ti ringrazio.»

Stavamo l'uno davanti all'altra, impacciati come due estranei. Alla fine lui disse: «Ero così felice quando ho ricevuto la telefonata di Sarah. Non credevo alle mie orecchie».

Inspirai a fondo e cominciai a dire: «John...».

«Non dire niente. Prenditi tutto il tempo che vuoi, parleremo quando ti sentirai pronta. Immagino che avrai una voglia matta di uscire da qui.» Diede un'occhiata a T.J., che era ancora lì vicino con i suoi familiari. «Ho dato tutta la tua roba a Sarah circa un anno fa. Non sono riuscito a farlo prima.» Con gli occhi fissi nei miei aggiunse: «Sono felicissimo che tu sia tornata, Anna».

Se ne andò con un ultimo abbraccio, e io seguii Sarah e David fuori dal gate.

44.
T.J.

Avevo tutta la famiglia intorno a me. Alexis mi teneva per una mano, Grace per l'altra. Mia madre, incerta se ridere o piangere, per non sbagliare faceva tutte e due le cose.

«È incredibile quanto sei diventato alto», disse mio padre.

Erano tutti sconvolti dalla mia coda di cavallo.

«Niente forbici», spiegai.

Con la coda dell'occhio vidi che un tizio alto e biondo si avvicinava ad Anna.

Non parlare con lei. Lei non ti ama più.

Rimasi a guardarli finché mia madre, a un certo punto, mi diede un colpetto sul braccio.

«Su, andiamo a casa, T.J.»

Diedi un'altra occhiata ad Anna. John se ne andò dopo averla abbracciata. Tirai un sospiro di sollievo. «Eccomi, mamma.»

Prima di uscire dall'aeroporto lei mi diede un giaccone, delle calze e delle scarpe da tennis. Mi cambiai e ficcai le infradito nel sacchetto di plastica con il resto della mia roba e seguii i miei alla macchina.

Arrivato a casa, dopo la doccia mi avvolsi un asciugamano intorno ai fianchi ed entrai nella mia vecchia stanza. Era rimasta tale e quale. Sul letto a due piazze c'era lo stesso copriletto blu scuro e la mia collezione di CD era ancora al suo posto, nell'angolo vicino alla scrivania. Sul cassettone c'era una pila di indumenti nuovi, accuratamente piegati. Mia madre era stata brava ad azzeccare la mia taglia, considerando quanto ero cresciuto.

In cucina trovai la mamma che preparava la colazione.

Mi allungò un piatto di pancake e bacon, e quando ebbi finito di mangiare andammo tutti in salotto. Grace, che ormai aveva quattordici anni, volle sedersi vicino a me. Alexis, che ne aveva appena compiuti dodici, si accovacciò ai miei piedi.

Raccontai tutto – Mick, l'aereo che precipitava, l'acqua contaminata dello stagno, la fame e la sete, e poi lo squalo e la mia malattia e lo tsunami – e risposi a tutte le loro domande. La mamma si mise di nuovo a piangere quando sentì che ero stato molto malato.

La sera, quando le mie sorelle andarono a letto, io e i miei genitori restammo soli.

«Non puoi immaginare cosa vuol dire», disse la mamma, «credere che tuo figlio sia morto e poi sentire la sua voce al telefono. Se non è un miracolo questo, non so cosa possa esserlo.»

«Non dirlo a me. Anna sognava il giorno in cui avremmo finalmente fatto quelle telefonate. Non vedeva l'ora di far sapere a tutti che eravamo vivi.»

Per la prima volta da quando ci eravamo riuniti, calò il silenzio. Poi la mamma si schiarì la voce. «Cosa c'è stato tra te e Anna?»

«Esattamente quello che pensi tu.»

«Quanti anni avevi?»

«Quasi diciannove», risposi. «E... mamma?»

«Sì?»

«Sono stato io a prendere l'iniziativa.»

45.
ANNA

Ci fermammo alla toilette perché avevo un disperato bisogno di soffiarmi il naso e calmarmi. Sarah mi diede dei fazzolettini di carta.

«Avrei dovuto capire che c'era qualcosa che non andava, quando ho sentito che il loro numero di telefono era disabilitato. Hai detto che avevano venduto la casa.»

«Ho detto che la casa era stata venduta. Io e David l'abbiamo messa in vendita appena concluse le pratiche per la successione.»

«Come è successo?»

«Il papà ha avuto un altro infarto.»

«Quando?»

Sarah esitò. «Due settimane dopo l'incidente aereo.»

Ripresi a piangere. «E la mamma?»

«Cancro alle ovaie. È morta un anno fa.»

David ci stava chiamando a gran voce. Sarah uscì un attimo dal bagno e tornò subito dopo.

«I giornalisti stanno venendo da questa parte. Dobbiamo sbrigarci, a meno che tu non voglia parlare con loro.»

Scossi la testa. Sarah mi aveva portato un cappotto e degli stivali foderati di pelo sintetico. Me li infilai di corsa e andammo al parcheggio coperto, con i reporter che ci seguivano. Respirai l'odore della neve e dei gas di scarico.

«Dove sono i ragazzi?» domandai entrando nell'appartamento di Sarah e David. Avevo una voglia matta di stringere tra le braccia Joe e Chloe.

«Li abbiamo portati dai genitori di David. Andrò a prenderli domani, sono emozionatissimi all'idea di rivederti.»

«Cosa ti andrebbe di mangiare?» mi domandò David.

Avevo lo stomaco in subbuglio. Mi ero immaginata un vero e proprio banchetto, ma in quel momento non avevo appetito.

«E se facessi una volata a comprare un paio di bagel, così li mangi quando ne hai voglia?» propose David come leggendomi nel pensiero.

«Ottima idea. Grazie, David.»

Mi tolsi il cappotto e gli stivali.

«I tuoi vestiti sono tutti qui», disse Sarah. «Quando John me li ha dati, li ho messi nell'armadio della camera degli ospiti. Ci sono anche i tuoi gioielli, le scarpe e varie altre cose. Non me la sono sentita di buttare via niente.»

Aprì l'armadio della camera degli ospiti e io contemplai i miei vestiti, per la maggior parte appesi, per il resto ordinatamente piegati sul ripiano più in alto. Mi cadde lo sguardo su un golfino di cachemire azzurro. Toccai una manica, incantata dalla sua morbidezza.

«Vuoi farti una doccia?» chiese Sarah.

«Sì», risposi prendendo i pantaloni grigi da yoga, una maglietta bianca a maniche lunghe e il golfino azzurro. Nel cassettone in un angolo della stanza c'erano le mie calze e la biancheria intima. Andai in bagno e rimasi a lungo sotto la doccia.

I vestiti mi ballavano addosso, però erano caldi e familiari.

«Tra non molto arriverà Stefani», annunciò Sarah porgendomi una tazza di caffè non appena mi fui comodamente sistemata sul divano del soggiorno.

A sentire il nome della mia migliore amica, sorrisi.

«Muoio dalla voglia di vederla.» Bevvi un sorso di caffè. Sarah lo aveva corretto. «È whisky?»

«Ho pensato che un po' di alcol ti avrebbe fatto piacere.»

«Sì, ma solo un poco. Sono una mezza calzetta, ultimamente.» Stringevo tra le mani la tazza calda. «Come ha reagito la mamma alla morte del papà?»

«Bene. Non ha voluto vendere la casa, così del giardino si

è occupato David, e quando nevicava chiamavamo qualcuno per spalare il vialetto e i marciapiedi. Abbiamo fatto in modo che non si sentisse sola.»

«Ha sofferto molto per il cancro?»

«Molto. Ma ha combattuto con tutte le sue forze, fino alla fine.»

«È andata in una casa di cura?»

«No. È morta a casa sua, com'era nei suoi desideri.»

Finimmo di bere il caffè. David tornò e Sarah mi esortò a mangiare.

«Sei così magra», disse spalmando del formaggio fresco su un bagel prima di mettermelo in mano.

Più tardi, tornammo a sederci sul divano. Sarah accese la radio e si sintonizzò su un programma di musica rock classica. Mi diede un'altra tazza di caffè, questa volta senza correzione. Dopo un po' David si unì a noi, e lui e Sarah mi chiesero della vita sull'isola.

Raccontai tutto. Sarah pianse quando le dissi che io e T.J. stavamo per morire disidratati, e pianse ancora di più a sentire che due aerei erano passati a bassa quota sopra l'isola. Rimasero scioccati entrambi quando gli parlai dello squalo, di Ossicini e dello tsunami.

«Dev'essere stata una tortura...», commentò Sarah.

«Ci siamo adattati. Verso la fine ce la siamo vista brutta, però. Non so per quanto tempo ancora avremmo resistito.»

Sarah mi diede uno scialle di lana, che stesi sulle gambe.

«È stata una sorpresa vedere John all'aeroporto», dissi.

«L'ho chiamato io. La notizia del tuo incidente l'aveva distrutto, e quando gli ho detto che eri viva ha fatto i salti di gioia.»

«Pensavo che si fosse trovato qualcun'altra. O che si fosse sposato.»

«No. Per un certo periodo è uscito con una ragazza, ma a quanto ne so è ancora single.»

«Oh.»

«Cosa hai deciso riguardo a lui?»

«Non è la persona adatta a me, Sarah. Non so come sarebbero andate le cose se l'aereo non fosse precipitato, però ho avuto tanto, tanto tempo per capire cosa volevo.» Scossi la testa. «Non è lui quello che voglio.»

«Tu e T.J. state insieme, vero?» domandò Sarah.

«Sì. Ti stupisce?»

«Viste le circostanze no. Quanti anni ha lui?»

«Venti.»

«Quanti ne aveva quando avete incominciato?»

«Quasi diciannove.»

«Lo ami?»

«Sì.»

«Ho visto come ti guardava. E come si è precipitato a consolarti, lì all'aeroporto. Anche lui ti ama.»

Posai la tazza vuota sul tavolino e feci un cenno di assenso. «Sì, è vero.»

Suonarono alla porta e Sarah andò ad aprire. La seguii trattenendo il fiato mentre guardava dallo spioncino prima di aprire la porta. Sulla soglia c'era Stefani con i lacrimoni che le scivolavano sulle guance. Le buttai le braccia al collo, perché non c'erano parole capaci di esprimere l'emozione di rivederla.

«Oh, Anna», disse singhiozzando e stringendomi forte. «Sei tornata a casa, finalmente.»

46.
T.J.

Quella sera, dalla mia stanza, telefonai ad Anna.
«Ehi», dissi quando rispose. «Come va?»
«Sono sfinita. Troppe novità da digerire.»
«Vorrei poterti aiutare.»
«Ci vorrà un po' di tempo, tutto qui», rispose.
«In questo momento sono sdraiato sul mio vecchio letto. Mia madre non aveva buttato via niente.»
«Nemmeno Sarah. Credevo che si dessero via, le cose dei morti.»
«Mia madre sa di noi.»
«Oh Dio, e cosa ha detto?»
«Mi ha chiesto quanti anni avevo quando è cominciato. Nient'altro.»
«Può darsi che cambi idea.»
«Può darsi. Allora era John, quello all'aeroporto?»
«Sì.»
«Cosa gli hai detto?»
«Niente, mi ha fermato prima che potessi parlare. In teoria dovrei telefonargli.»
«Pensi di farlo?»
«Tra un po'. Non me la sento di affrontarlo subito. Solo qualche giorno fa noi due camminavamo sulla spiaggia, e adesso siamo a casa. È tutto così irreale.»
«Già.»
«Sei stanco?»
«Esausto.»
«Vai a dormire.»
«Ti amo, Anna.»
«Anch'io ti amo.»

47.
ANNA

Sarah entrò in camera con una tazza in una mano e un giornale nell'altra.

«Sei sveglia?»

Battendo le palpebre, mi tirai a sedere sul letto. La luce del giorno filtrava attraverso le tende leggere. «Che ora è?»

«Quasi le dieci.» Mi porse caffè e giornale. «I giornalisti non accettano un no come risposta. Ho dovuto togliere la suoneria al telefono.»

Presi il suo cellulare dal ripiano del comodino, che avevo spento dopo aver parlato con T.J., e lo accesi. Un SMS mi informò delle chiamate ricevute durante la notte: undici.

«Ti stanno chiamando anche sul cellulare, Sarah. Me ne procurerò uno appena possibile.»

Mia sorella liquidò l'idea con un gesto della mano. «Non c'è fretta. Magari mandiamo David a comprartene uno.»

Posai la tazza e aprii il giornale. In prima pagina c'erano diverse fotografie di me e T.J. In parte erano le stesse che avevo visto al notiziario della CNN, e in parte erano fotografie nuove, scattate all'aeroporto. La più grande, in cui T.J. mi baciava sulla fronte, era circondata da fotografie più piccole che mostravano noi due mano nella mano, noi due abbracciati, T.J. che mi asciugava le lacrime. Chi si era interrogato riguardo la natura del nostro rapporto avrebbe trovato risposta alle domande più scottanti con una sola occhiata a quelle immagini.

Allungai il giornale a Sarah. «Se per caso qualche giornalista riesce a contattarti, digli che non me la sento ancora di parlare, d'accordo?» Ripresi la tazza di caffè e la strinsi forte. D'improvviso mi assalirono mille ricordi del papà e della mamma e scoppiai in lacrime. Sarah si sedette sul bordo del letto, mi circondò con un braccio e mi mise in mano una scatola di fazzoletti.

«Sfogati, Anna. Anch'io ho pianto tanto quando sono morti. Ci vorrà del tempo perché smetta di fare così male.»

Annuii. «Lo so, lo so.»

«Hai fame? David è andato a comprare qualcosa per la colazione.»

Quella tempesta di emozioni mi aveva tolto l'appetito, ma lo stomaco vuoto protestava. «Un pochino.»

«Cosa vuoi fare oggi?»

«Dovrei prendere un po' di appuntamenti. Medico, dentista, parrucchiere...»

Sarah uscì dalla stanza e tornò poco dopo con l'elenco telefonico in mano. «Dimmi chi devo chiamare.»

48.
T.J.

Ben fece irruzione nella mia stanza con il giornale in mano. «Una domanda», disse avvicinandosi al mio letto con il dito puntato. «Quanti anni avevi quando hai cominciato a fartela? Perché te la fai di sicuro, a giudicare da queste foto.»

Se non fosse stato occupato a guardare la fotografia in cui baciavo Anna, avrebbe visto arrivare il mio pugno prima che gli centrasse l'occhio sinistro.

«Santo cielo! Perché l'hai fatto?» chiese guardandomi dal pavimento su cui era finito lungo disteso.

«È questa la prima cosa che hai da dirmi dopo tre anni e mezzo?»

Si tirò a sedere, mentre l'occhio cominciava già a gonfiarsi.

«Vaffanculo, Callahan. Mi hai fatto male.»

Mi alzai dal letto, gli tesi la mano e lui l'afferrò. Aiutandolo ad alzarsi gli intimai: «Non parlare mai più così di lei».

«T.J.?» Mia madre si era affacciata sulla porta e aveva notato che Ben teneva la mano premuta sull'occhio. «Tutto a posto?»

«Sì, mamma.»

«Sì, sì, alla grande, Jane.»

Mia madre ci guardò ma non chiese cosa fosse successo. «Cosa vuoi da mangiare, T.J.?»

«Va bene tutto, mamma.»

Non appena mia madre se ne fu andata, Ben chiese: «Quindi tu sei, ecco... innamorato di lei o roba del genere?».

«Sì.»

«E lei ama te?»

«Così dice.»
«Tua madre lo sa?»
«Sì.»
«E non ha dato fuori di matto?»
«Ancora no.»
«Be', sono contento che sei tornato, amico», disse Ben abbracciandomi in modo un po' goffo. «È stata dura quando mi hanno detto che eri morto.» Abbassò lo sguardo. «Ho fatto un discorso al tuo funerale.»
«Davvero?»
Fece segno di sì con la testa.
Non riuscivo a immaginare Ben che parlava al mio funerale, lui che in prima superiore si vergognava anche solo a chiedere il permesso per andare in bagno. Forse avevo fatto male a tirargli un pugno.
«Che figo sei stato, Ben.»
«Già, be', a tua mamma ha fatto piacere. Comunque ti taglierai quei capelli, vero? Sembri una ragazza, cavolo.»
«Sììì.»
Mia madre mi preparò un cheeseburger con le patatine fritte, e Ben mi fece compagnia mentre mangiavo. I miei genitori mi abbracciarono un paio di volte e mia madre mi diede anche un bacio. Probabilmente Ben aveva pronto qualche commento sarcastico, ma con quel ghiaccio premuto sull'occhio preferì tenere la bocca chiusa. Grace e Alexis ci raggiunsero e raccontarono della scuola e dei loro amici.
«Non sono riuscita a farmi dare un appuntamento dal dottor Sanderson prima di domani», disse mia madre. «Pensavo che sarebbero riusciti a trovare un buco, ma a quanto pare sono stracarichi di appuntamenti.»
«Non importa. Ho aspettato fino adesso, cosa vuoi che sia un giorno in più?»
Lei si asciugò le mani sullo strofinaccio e mi sorrise. «Vuoi mangiare qualcos'altro?»
«No grazie, sono pieno.»
«Ti prenoto anche parrucchiere e dentista», disse. Spense il fornello e andò a fare quelle telefonate.

«Allora, ce l'hai un lavoro o no? È mezzogiorno», domandai a Ben.

«Vado al college, adesso ci sono le vacanze invernali.»

«Ti sei iscritto al college? Dove?»

«All'Università dello Iowa, sono al secondo anno. Devi venire a trovarmi. E tu? Cosa pensi di fare?»

«Ho promesso ad Anna che prenderò il GED. Dopo, non ne ho idea.»

«Continuerai a vederla?»

«Sì, e mi manca già. Mi sono svegliato con lei al mio fianco per tre anni e mezzo.»

«Amico, se ti faccio un'altra domanda mi fai il favore di non darmi un pugno?»

«Dipende.»

«Com'è... andare a letto con lei? È vero quello che dicono sulle ragazze più vecchie?»

«Non è mica tanto più vecchia.»

«Sì, okay, ma com'è?»

«È incredibile.»

«In che senso?»

«In tutti i sensi, Ben.»

49.
ANNA

Joanne, la mia parrucchiera, entrò nel soggiorno di Sarah. «Ci sono i giornalisti giù», annunciò. «Credo che mi abbiano fotografata.» Si tolse il cappotto e mi abbracciò. «Bentornata a casa, Anna. Sono le storie come la tua a farmi credere nei miracoli.»

«La penso anch'io così, Joanne.»

«Dove vuoi metterti per tagliarle i capelli?» le domandò Sarah.

Siccome mi ero appena fatta una doccia e avevo i capelli ancora bagnati, Joanne mi fece sedere su uno sgabello in cucina.

«E qui cos'è successo?» chiese Joanne esaminandomi le punte.

«T.J. ha dovuto bruciarmeli perché erano diventati troppo lunghi.»

«Stai scherzando?»

«No, affatto. Figurati che aveva paura che mi prendesse fuoco tutta la testa.»

«Quanto te li devo tagliare?»

I capelli mi arrivavano a metà schiena. «Hmm... tre dita. E magari mi lasci qualche ciocca più lunga davanti?»

«Va bene.»

Mentre lavorava, Joanne mi chiese dell'isola. Raccontai a lei e a Sarah della volta in cui il pipistrello mi aveva aggredito.

«Ti ha morso?» Mia sorella era inorridita. «E T.J. l'ha ucciso?»

«Sì, però alla fine mi è andata bene, il pipistrello non aveva la rabbia.»

Dopo l'asciugatura, Joanne usò la piastra, e alla fine mi mise davanti uno specchio perché ammirassi la mia immagine riflessa. Finalmente le punte erano lisce e i capelli avevano un aspetto sano.

«Wow, un miglioramento incredibile!» esclamai.

Sarah fece per pagare, ma Joanne non volle accettare i soldi. La ringraziai per essere venuta a domicilio.

«Era il minimo che potessi fare, Anna», rispose abbracciandomi e dandomi un bacio.

Dopo che Joanne se ne fu andata, dissi a Sarah: «C'è un posto dove vorrei andare, sempre che si riesca a uscire di casa senza che ci assaltino».

«Benissimo, chiamo un taxi.» Appena io e Sarah aprimmo il portone, i reporter che bivaccavano sui gradini si misero a gridare il mio nome. Passammo oltre senza rispondere e ci infilammo nel taxi in attesa.

«Come vorrei che il tuo palazzo avesse un'uscita sul retro», dissi.

«Probabilmente sarebbero anche lì, quei dannati avvoltoi», borbottò lei.

Diede l'indirizzo al tassista, e poco dopo entrammo nel Graceland, il cimitero di Chicago.

«Può aspettarci qui, per favore?» gli chiese. Da un cielo bigio cadevano radi fiocchi di neve. Io tremavo, mentre Sarah sembrava immune al freddo. Non si preoccupò nemmeno di abbottonarsi il cappotto mentre mi conduceva alla tomba dove i nostri genitori, Josephine e George Emerson, giacevano uno di fianco all'altra.

Mi inginocchiai davanti alla lapide e con il dito sfiorai, lettera per lettera, i loro nomi in rilievo sulla pietra. «Ce l'ho fatta, sono tornata», sussurrai.

Sarah mi allungò un fazzoletto per asciugare le lacrime che sgorgavano a fiotti.

Affiorò il ricordo di mio padre che mi insegnava a pescare, con quel suo buffo cappello da pescatore bardato di esche artificiali. Di mio padre che riempiva la vaschetta d'acqua per i colibrì e della sua gioia nel vedere quelle piccole creature che si avvicinavano per bere, librandosi nell'aria.

Pensai alla passione di mia madre per il suo giardino, per la sua casa e per i suoi nipotini. Non avrei più potuto raccontarle, durante il pranzo della domenica, tutte le avventure che vivevo con la mia classe. Lei non mi avrebbe mai più dato i suoi consigli, non avrei mai più sentito né la sua voce né la voce di mio padre. Scossa dai singhiozzi piansi tutto il mio dolore. Sarah attese con pazienza, concedendo tutto il tempo necessario a quella catarsi di cui avevo disperatamente bisogno. Alla fine, quando le lacrime cominciarono a diradarsi, mi rialzai.

«Ora possiamo andare.»

Sarah mi mise un braccio intorno alle spalle e tornammo al taxi. Diede al tassista l'indirizzo di casa dei genitori di David e andammo a prendere i bambini.

Quando ci videro, Joe e Chloe smisero di colpo di giocare. Ai loro occhi dovevo sembrare un fantasma: Sarah aveva mantenuto viva la mia memoria, ma ora la zia che credevano morta era apparsa all'improvviso in salotto.

Mi inginocchiai vicino a loro e mormorai: «Accidenti se mi siete mancati, ragazzi».

Joe si avvicinò per primo. Lo strinsi forte al petto, poi lo allontanai quel tanto che bastava per vederlo meglio. «Fatti un po' guardare.»

«Mi stanno cadendo tutti i denti», disse lui aprendo la bocca.

«Mi sa che dai parecchio da fare alla fata dei dentini.»

Chloe, che si stava pian piano abituando alla zia perduta tanto tempo prima, fece un passo verso di me. A bassa voce disse: «Anche a me sono caduti». Spalancò la bocca perché vedessi i suoi vuoti.

«Caspita, la vostra mamma dovrà frullare tutto, per sfamare due sdentati come voi!»

«Zia Anna, abiterai a casa nostra adesso?» mi domandò Chloe.

«Per un po'.»

«Mi metti tu a letto stasera?»

«No, stasera mette a letto me», protestò Joe.

«Che ne dite se vi metto a letto tutti e due?» Me li strinsi entrambi al petto, facendo uno sforzo per non piangere.
«Ragazzi, siete pronti per andare a casa?» chiese Sarah.
«Sì!»
«Allora date un bacio alla nonna e andiamo.»

Più tardi, quella sera, dopo che avevo messo a letto i bambini, Sarah versò due bicchieri di vino rosso per noi. Quando suonò il suo cellulare lo passò a me.
«Ehi, come stai?» domandò T.J.
«Bene. Oggi io e Sarah siamo andate al cimitero.»
«È stata dura?»
«Sì, però volevo proprio andarci, e infatti adesso, dopo essere stata sulla loro tomba, va un po' meglio. Ci tornerò. Tu cosa hai fatto oggi?»
«Sono andato a farmi tagliare i capelli. Non mi riconoscerai.»
«Rimpiangerò la tua coda di cavallo.»
T.J. si fece una risata. «Io no.»
«Ho appena messo a letto i bambini, ci sono volute due ore perché hanno voluto che leggessi tutti i loro libriccini. Sarah è appena arrivata con due bicchieri di vino e tra poco verrà qui Stefani. E tu che programmi hai?»
«Esco con Ben, se riusciamo a seminare i reporter.»
«Come sta Ben?»
«Sempre a sparare cavolate.»
«Sei già stato dal dottore?»
«Ci vado domani.»
«Spero che vada tutto bene.»
«Andrà bene. Tu ci sei già andata?»
«Domani mattina. E domani pomeriggio dal dentista.»
«Ci vado anch'io. Ti ricordi che mi ero tolto l'apparecchio?»
«Me n'ero dimenticata.»
«Ci vediamo a Capodanno. Ti amo.»
«Anch'io. Divertiti stasera.»

50.
T.J.

Bussarono alla porta. Era Ben, con l'occhio bluastro e talmente gonfio da non poterlo aprire.

«Merda, mi dispiace», gli dissi.

«Eh, niente di grave. Sei fortunato, non sono uno che se la prende», rispose.

«In effetti è la tua qualità migliore.»

«Un po' dei ragazzi che erano a scuola con noi sono tornati a casa per le vacanze di Natale. Ci stai a venire alla festa?»

«Certo. A casa di chi?»

«Di Coop. I suoi sono partiti per le Bahamas stamattina.»

Presi il giaccone. «Ok, andiamo.»

Alla festa c'erano almeno venti miei ex compagni di classe pigiati come sardine nel salotto di Nate Cooper. Lo stereo sparava musica rock a tutto volume. Il nostro ingresso fu salutato con un coro di evviva e in parecchi vennero a stringermi la mano e a darmi pacche sulla spalla. Non vedevo alcuni di loro da prima che iniziassi la terapia per l'Hodgkin, perché quell'anno avevo saltato un sacco di giorni di scuola. Provai una strana sensazione quando mi resi conto che tutti si erano diplomati tranne me.

Qualcuno mi lanciò una lattina di birra. Tutti volevano sapere dell'isola, e io risposi a tutte le loro domande. Ben doveva avere raccontato di come si era procurato l'occhio nero, perché nessuno mi chiese di Anna.

Ero alla seconda birra quando una ragazza venne a sedersi sul divano vicino a me. Aveva i capelli lunghi, biondo platino, e una tonnellata di trucco sulla faccia.

«Ti ricordi di me?» mi domandò.

«Sì, ma... scusami, non mi ricordo come ti chiami.»
«Alex.»
«Eri in classe con me, giusto?»
«Sì.» Prese un lungo sorso della sua birra. «Sei parecchio cambiato dai tempi della scuola.»
«Già. Be', del resto sono passati quattro anni.» Finii la birra e mi guardai attorno in cerca di Ben.
«Ti trovo bene. Non riesco a credere che tu abbia vissuto su quell'isola.»
«Non è certo stata una mia scelta.» Mi alzai. «Ora devo andare. Ciao, ci vediamo in giro.»
«Ci conto.»
Trovai Ben in cucina. «Ehi, io me ne vado.»
«Non puoi già andartene, amico, è solo mezzanotte.»
«Sono stanco, me ne vado a letto.»
«Sei una lagna, però d'accordo. Ti capisco.» Ben mi diede un cinque e via, infilai la porta.
Camminando verso la metropolitana pensai ad Anna, e il sorriso mi rimase sulle labbra per tutto il viaggio fino a casa.

51.
ANNA

Svegliai Joe e Chloe per fare colazione insieme a loro. Avevamo quasi finito i waffle e il succo quando Sarah entrò in cucina.

«Buongiorno», ci salutò. «Grazie per aver preparato la colazione ai ragazzi.»

«La zia Anna fa i waffle più buoni del mondo», disse Chloe.

«Il ragazzo della zia Anna viene qui domani sera», annunciò Joe.

«Chi te l'ha detto?» gli domandò Sarah.

«Ho sentito che lo dicevate tu e la zia Anna.»

«Sì, il ragazzo della zia verrà qui per Capodanno, e mi aspetto che voi due vi comportiate da bravi bambini, non come due teppisti.»

«Adesso la zia Anna deve farsi una doccia», dissi ai bambini. «L'aspetta una giornata piena di impegni.»

«Vai dalla dottoressa?» domandò Sarah.

«E dal dentista. Vedrai, ci sarà da ridere.»

Nello studio medico aspettai il mio turno leggendo una rivista. Un'infermiera mi portò nell'ambulatorio e mi fece salire sulla bilancia; quando vidi che segnava poco più di quarantasei chili rimasi scioccata, anche perché ormai avevo alle spalle i lauti pasti degli ultimi giorni. Con il mio metro e settanta di altezza, avrei dovuto pesare dai sette ai nove chili in più. Probabilmente sull'isola non arrivavo nemmeno a quarantasei chili.

Mi sedetti sul lettino dopo avere indossato il camice di

carta. Entrò la dottoressa, che mi abbracciò dicendo: «Bentornata, Anna. Di sicuro te l'avranno già detto un mucchio di volte, ma faccio ancora fatica a credere che tu sia viva».

«Non mi secca affatto sentirmelo dire.»

La dottoressa aprì la mia cartella clinica. «Sei sottopeso, ma questo lo saprai già. Come ti senti nel complesso? C'è qualcosa in particolare che ti preoccupa?»

«Mi sento già meglio, adesso che mangio di più. La cosa che mi preoccupa è che non ho più il ciclo da tanto tempo.»

«Bene, ora diamo un'occhiata.» Mi aiutò a infilare i piedi nelle staffe del lettino. «Con un peso così scarso, mi stupirebbe il contrario. Altri problemi?»

«No, nessuno.»

«Ti prescriverò tutte le analisi di routine», disse, «però il ciclo mestruale dovrebbe tornare alla normalità da solo appena avrai preso qualche chilo in più. Che tu sia denutrita è evidente, ma a questo è relativamente facile rimediare: dovrai fare una dieta bilanciata, e in più ti darò un multivitaminico da prendere ogni giorno.»

«In futuro avrò difficoltà a restare incinta?»

«No. Una volta tornato il ciclo, non dovresti avere problemi.» Si sfilò i guanti e li buttò nel cestino. «Rivestiti pure.»

Mi sedetti sul lettino. La dottoressa si fermò sulla porta e disse: «Ti preparo una ricetta per la pillola anticoncezionale».

«Va bene.»

Pensai che fosse più facile accettare la ricetta, invece di spiegare che non avevo bisogno della pillola perché il mio fidanzatino ventenne era sterile.

Dopo la dottoressa fu la vota del dentista, dove rimasi a soffrire sulla poltrona per più di un'ora mentre l'igienista mi faceva le radiografie e poi la pulizia e la lucidatura dei denti. Dovevo ritenermi fortunata a non avere delle carie.

Con i soldi che Sarah mi aveva lasciato, dopo la seduta dal dentista presi un taxi per andare al centro estetico. Come mi vide, Lucy saltò giù dalla sedia e si catapultò verso di me.

«Oh, tesoro», disse stringendomi in un abbraccio. Aveva le lacrime agli occhi.

«Non piangere Lucy, altrimenti farai piangere anche me.»

«Anna a casa», mormorò sorridendomi.

«Sì, sono tornata a casa.»

Mi fece la manicure e la pedicure, parlando con tanta foga che faticavo ancora più del solito a capire quello che diceva. Accennò a John un paio di volte, ma io feci finta di niente. Terminato il trattamento, mi abbracciò di nuovo.

«Ti ringrazio, Lucy. Tornerò presto», promisi.

Lasciai il centro e diedi un'occhiata alle mani: senza guanti si sarebbero congelate, però non volevo rovinare lo smalto. I denti, passandoci la lingua sopra, li sentivo puliti e lisci. Respirai il profumo degli hot-dog venduti alle bancarelle mentre guardavo le vetrine spiando le tendenze del momento. Decisi di tornare il giorno seguente per comprare dei capi della mia taglia.

Sperando di non essere riconosciuta grazie agli occhiali scuri e al berretto di lana presi in prestito da Sarah, camminavo sul marciapiede tutta sorridente, con la sensazione di avere le molle sotto le scarpe. All'angolo della strada fermai un taxi e diedi all'autista l'indirizzo di Sarah.

Arrivata a casa, nemmeno la calca dei giornalisti riuscì a incrinare quel mio stato di grazia. Mi feci strada in mezzo alla folla, aprii il portone e lo richiusi in fretta dietro di me.

In serata mi chiamò T.J.

«Com'è andata dall'oncologo?» gli chiesi.

«I risultati delle ecografie e degli esami del sangue arriveranno tra qualche giorno, comunque il medico ha detto che è ottimista, visto che non è comparso nessun sintomo. Poi sono stato anche dal mio dottore.»

«E lui cosa dice?»

«Che devo ingrassare, ma che a parte questo sto bene. Gli ho raccontato di quando sono stato male sull'isola, e lui è quasi sicuro di sapere cosa ho avuto. Avevi ragione tu, era davvero una malattia virale.»

«Quale?»

«Febbre emorragica o dengue, trasmessa dalle zanzare.»

«Eri sempre pieno di punture. È simile alla malaria?»

«Immagino di sì. La chiamano "febbre spaccaossa", e hanno ragione.»

«È una malattia grave?»

«Il tasso di mortalità è del cinquanta per cento circa. Il dottore ha detto che sono stato fortunato a non arrivare allo shock circolatorio, perché in quel caso sarei morto dissanguato.»

«Incredibile a quante cose sei sopravvissuto, T.J.»

«Già. E la tua visita dal medico com'è andata?»

«Come te, devo solo mettere su qualche chilo. La dottoressa ha detto che non sarà difficile curare la denutrizione, basterà prendere delle vitamine ogni giorno.»

«Non vedo l'ora che arrivi domani, così ci vediamo.»

«Anch'io non vedo l'ora.»

La sera di Capodanno mi feci la doccia, la messa in piega ai capelli e mi truccai con i prodotti che avevo comprato durante il mio giro di acquisti. Il rossetto indelebile non sarebbe venuto via baciando T.J., cosa che avevo intenzione di fare, eccome. Strappai cartellini del prezzo ed etichette ai miei nuovi acquisti – un golfino con lo scollo a V e jeans – e li indossai sopra un reggiseno push-up nero e mutandine coordinate di pizzo.

Quando T.J. bussò alla porta, corsi ad aprirgli.

«I tuoi capelli!» esclamai. Passai le dita fra i capelli castani tagliati corti, che gli incorniciavano il viso. Fresco di rasatura, indossava un paio di jeans e un golf grigio. Annusai la sua acqua di colonia. «Che buon profumo.»

«Sei bellissima», disse lui chinandosi a baciarmi sulle labbra. Mentre rinnovavo le presentazioni, sebbene avesse già incontrato brevemente Sarah e David all'aeroporto, i bambini gli lanciavano occhiate furtive nascosti dietro Sarah.

«Voi dovete essere Joe e Chloe, ho sentito molto parlare di voi.»

«Ciao», disse Joe.

«Ciao», gli fece eco Chloe nascondendosi di nuovo dietro la mamma e lanciandogli subito un'altra occhiata furtiva.

«Faremmo meglio a sbrigarci, David, se non vogliamo perdere la prenotazione», disse Sarah.

«Uscite?» domandai.

«Per un paio d'ore. Abbiamo pensato di portare fuori i bambini, almeno per un po'.» Prese il cappotto, e ci scambiammo un sorriso.

«Okay, ci vediamo dopo.»

Appena la porta si chiuse, saltai in braccio a T.J. mettendogli le gambe intorno ai fianchi. Lui mi portò così nel corridoio, mentre io gli baciavo il collo.

«Dove?» chiese.

Quando arrivammo davanti alla camera da letto degli ospiti, misi la mano sulla porta. «Qui.»

Lui chiuse la porta con il piede e mi depositò sul letto.

«Dio, come mi sei mancata.» Mi baciò, fece scorrere le mani sotto il mio maglione e sussurrò: «Vediamo cos'hai qui sotto». Avevamo appena fatto in tempo a uscire dalla stanza e a metterci sul divano quando Sarah, David e i bambini rincasarono, due ore più tardi.

«Ti stai divertendo con il tuo fidanzato, zia Anna?» domandò Chloe.

Scambiai uno sguardo con Sarah, che inarcò le sopracciglia e poi sparì in cucina.

«Sì, mi sto divertendo un sacco. Ti è piaciuta la cena?»

«Sì, sì, ho preso le crocchette di pollo con le patatine fritte e la mamma mi ha lasciato bere l'aranciata!»

Joe si sedette vicino a T.J. «E tu cosa hai mangiato?»

«Una bistecca. Io non prendo la roba del menu dei bambini.»

«Wow, una bistecca», fece T.J. «Davvero?»

«Sì.»

Sarah tornò con un bicchiere di vino per me e una birra per T.J. «Vi abbiamo portato la cena, è sul ripiano della cucina.»

La ringraziammo e andammo a scaldare il cibo: bistecca, patate al forno e broccoli con salsa di formaggio.

T.J. addentò la carne. «Mitica, tua sorella.»

Sarah mise a letto i bambini alle otto e mezza, dopodiché ci sedemmo tutti e quattro a chiacchierare, con lo stereo a basso volume.

«Avevate una gallina chiamata Gallina?» chiese David.

«Sì, e si appollaiava sempre in grembo ad Anna», rispose T.J.

«Incredibile», fece David.

Più tardi, quando andai in cucina a riempire i bicchieri, Sarah mi seguì.

«T.J. si ferma qui stanotte?»

«Non lo so. Può?»

«Per me non è un problema, ma domani mattina preparati a rispondere alle domande della signorina Chloe, perché ti garantisco che ne farà.»

«Okay. Ti ringrazio, Sarah.»

Quando tornammo in salotto., T.J. mi fece sedere sulle sue ginocchia e David accese la TV. A Times Square la grande sfera luminosa stava per scendere; anche noi iniziammo il conto alla rovescia e alla fine gridammo: «Buon anno!».

T.J. mi baciò, e pensai che non avrei potuto essere più felice di così.

52.
T.J.

Il primo dell'anno nuovo rincasai alle nove di mattina e trovai mia madre che beveva il caffè seduta in soggiorno.

«Ehi, mamma, buon anno.» L'abbracciai e mi sedetti con lei. «Ho dormito da Anna stanotte.»

«L'avevo immaginato.»

«Avrei dovuto avvisare?»

Da quando ero tornato a casa passavo ogni minuto della giornata con i miei, tranne quando uscivo con Ben o andavo agli appuntamenti che mia madre mi aveva fissato. Ero certo che avrebbero capito il mio desiderio di vedere Anna, ma non mi era proprio venuto in mente di avvisare che avrei passato la notte fuori.

«Sarebbe stato carino, almeno non mi sarei preoccupata.»

Merda. Pensando a quante notti insonni doveva aver passato in quei tre anni e mezzo, mi diedi doppiamente dell'idiota. «Scusa mamma, non ci ho pensato. La prossima volta lo farò.»

«Vuoi il caffè? Se vuoi ti preparo la colazione.»

«No grazie, l'ho già fatta da Anna.» Per un po' restammo seduti in silenzio. «Non hai detto neanche una parola su noi due. Cosa ne pensi, mamma?»

Scosse la testa. «Non è quello che avrei voluto per te, T.J., nessuna madre lo vorrebbe. Però capisco come possa essere andata tra voi due, sull'isola. In una situazione come quella, sarebbe strano se non si fosse instaurato un legame molto forte.»

«È una ragazza straordinaria.»

«Lo so bene. Non l'avremmo assunta, se non ne fossimo

stati convinti.» Posò la tazza di caffè sul tavolo e aggiunse: «Quando quell'aereo è caduto una parte di me è morta, T.J. Mi sentivo in colpa. Sapevo che eri arrabbiato per il fatto di dover trascorrere l'estate con noi, ma non me n'ero minimamente preoccupata. Avevo detto a tuo padre che era meglio fare le vacanze lontano da qui, in modo che tu potessi concentrarti sullo studio, senza distrazioni, ma questo era vero solo in parte. Il fatto è che sapevo che qui a casa avresti dedicato tutto il tuo tempo agli amici, perché finalmente stavi bene e non vedevi l'ora di riprendere la vita che facevi prima di ammalarti. Sono stata egoista. Volevo passare l'estate con mio figlio.» I suoi occhi si riempirono di lacrime. «Adesso sei adulto, T.J. A vent'anni ne hai passate più tu di tanti altri nell'arco di una vita intera. No, non ho intenzione di ostacolare la tua relazione con Anna. Ora che ti ho di nuovo qui desidero solo la tua felicità.»

Per la prima volta notai quanto fosse sciupata mia madre. Aveva quarantacinque anni, ma un estraneo probabilmente gliene avrebbe dati dieci di più.

«Grazie per essere così aperta, mamma. Lei è importante per me.»

«Lo so, ma siete in due fasi della vita molto diverse. Non voglio vederti soffrire.»

«Non succederà.»

Le diedi un bacio sulla guancia e andai in camera mia. Sdraiato sul letto, pensai ad Anna sgombrando la mente da ciò che aveva detto mia madre a proposito delle fasi della vita diverse.

53.
ANNA

T.J. e io salimmo in ascensore fino all'appartamento dei suoi genitori, al dodicesimo piano.

«Non toccarmi e non provare nemmeno a guardarmi in modo sconveniente», lo ammonii.

«Qualche pensierino ultra sconcio su di te lo posso fare?»

Scossi la testa. «Così non mi aiuti. Oddio, mi sento male.»

«Mia mamma è una in gamba. Ti ho raccontato cosa ha detto di noi, perciò rilassati, dài.»

Tom Callahan aveva telefonato a Sarah sul cellulare il primo dell'anno. Alla vista del nome sul display avevo pensato che fosse T.J., ma quando avevo risposto avevo sentito la voce di suo padre, che mi invitava a cena da loro per l'indomani.

«Jane e io vorremmo parlarti di alcune cose.»

Per favore, fa' che tra queste non ci sia il fatto che sono andata a letto con vostro figlio.

«Volentieri, Tom. A che ora?»

«T.J. ha detto che passerebbe a prenderti alle sei.»

«Benissimo, allora ci vediamo domani.»

Trascorsi le ventiquattro ore successive a quella telefonata in preda alla nausea. Inoltre non riuscivo a decidere se portare a Jane dei fiori o una candela profumata, e alla fine li presi entrambi. In ascensore, in preda all'ansia, passai il mazzo di fiori e il pacchetto a T.J. e mi asciugai sulla gonna le mani sudate.

Quando le porte si aprirono, T.J. mi diede un bacio e disse: «Andrà tutto bene».

Feci un respiro profondo e lo seguii.

L'appartamento dei Callahan in Lake Shore Drive era arredato con gusto nelle sfumature del beige e del bianco panna. In un angolo del salone c'era un pianoforte a mezza coda, alle pareti erano appesi grandi quadri. Due divani rivestiti di un morbido tessuto e una coppia di poltrone coordinate – sormontate da una pila di cuscini infiocchettati – facevano da cornice a un ampio tavolo basso di elaborata fattura.

Tom servì l'aperitivo in biblioteca. Con un bicchiere di vino rosso in mano, mi sedetti su una poltrona di pelle, mentre T.J. occupò quella di fianco. I suoi genitori si accomodarono sul divanetto a due posti di fronte a noi, Jane sorseggiando un vino bianco e Tom qualcosa che aveva tutta l'aria di essere uno scotch.

«Grazie per avermi invitato», esordii. «Avete una casa bellissima.»

«Grazie a te per essere venuta», ribatté Jane.

Ci concentrammo sui nostri drink, e il silenzio riempì la stanza.

T.J. – l'unico a essere rilassato tra tutti noi – bevve un sorso della birra che si era servito da solo e posò un braccio sullo schienale della mia poltrona.

«I media hanno chiesto se tu e T.J. sareste disposti a fare una conferenza stampa», disse Tom. «In cambio, loro smetterebbero di importunarvi.»

«Cosa ne pensi, Anna?» mi domandò T.J.

L'idea mi terrorizzava, però ero stanca di farmi strada a forza tra i reporter accalcati sotto casa di Sarah. Forse, se avessimo risposto alle loro domande, ci avrebbero lasciati in pace.

«Sarebbe trasmessa in televisione?» chiesi.

«No, ho già specificato che si tratterebbe di un incontro a porte chiuse. Si svolgerà nella sede di una rete televisiva, però non verrà mandata in onda.»

«Se i reporter accettano di lasciarci in pace, sono disposta a farla.»

«Anch'io», concordò T.J.

«Me ne occuperò io», disse Tom. «C'è un'altra cosa, Anna,

di cui ho già messo al corrente T.J. Ho parlato al telefono con l'avvocato della compagnia di noleggio degli idrovolanti. È vero che la causa dell'incidente è stata la morte del pilota, ma siccome il produttore del gommone di salvataggio non lo aveva dotato del radiofaro per le segnalazioni d'emergenza, obbligatorio in base al regolamento della Guardia costiera, siamo di fronte a un concorso di colpa. Sia la compagnia di noleggio sia il produttore sono accusati di negligenza. Le controversie legali in cui è implicata l'Aviazione sono procedimenti molto complessi: in questo caso specifico, i tribunali dovranno arrivare a stabilire la percentuale di responsabilità, e cause del genere di solito si trascinano per anni. Tuttavia, la compagnia di noleggio degli idrovolanti vorrebbe giungere a un accordo con voi due, per poi rivalersi surrogatoriamente sulla controparte; in cambio voi dovreste acconsentire a non intentare causa.»

Mi girava la testa. Non avevo mai pensato a cose come negligenza o cause legali. «Non so che dire... io non avrei fatto causa comunque.»

«In tal caso ti consiglio l'accordo. Non ci sarà alcun processo. Può darsi che ti chiedano di firmare una deposizione, ma questo potrai farlo anche qui a Chicago. E, dal momento che eri alle mie dipendenze quando si è verificato l'incidente, il mio avvocato potrebbe rappresentare anche te nelle trattative.»

«Sì, va bene.»

«Probabilmente passeranno dei mesi, forse anche di più, prima che si giunga a una conclusione.»

«Okay, Tom.»

Alexis e Grace si unirono a noi per la cena. Al momento di sederci al tavolo della sala da pranzo, eravamo decisamente più rilassati, grazie anche a un secondo giro di aperitivi, che tutti avevamo bevuto pur avendo detto di non volerli. Jane portò in tavola filetto di manzo, verdure al forno e patate al gratin. Alexis e Grace mi lanciavano occhiate furtive di tanto in tanto e sorridevano. Aiutai Jane a sparecchiare e a servire una torta di mele ancora calda e il gelato come dessert.

Al momento di congedarci, Tom mi porse una busta.
«Cos'è?»
«Un assegno. Siamo ancora in debito con te per le lezioni private.»
«Non mi dovete niente, non ho svolto il mio lavoro.» Cercai di restituirgli la busta.
Respinse la mia mano, gentile ma fermo. «Jane e io insistiamo.»
«Tom, per piacere.»
«Prendilo, Anna, ci farai felici.»
«Okay.» Feci scivolare la busta nella mia borsa.
«Grazie di tutto», dissi rivolta a Jane.
La guardai negli occhi e lei sostenne il mio sguardo. Sapevamo entrambe che ben poche madri avrebbero accolto così cordialmente una nuora tanto più grande del loro figlio. «Di niente, Anna. E torna a trovarci, qualche volta.»
T.J. mi prese tra le braccia appena si chiusero le porte dell'ascensore. Buttai fuori il fiato e appoggiai la testa contro il suo petto. «I tuoi genitori sono meravigliosi.»
«Te l'avevo detto che erano in gamba.»
Erano anche generosi. Perché quella sera, quando aprii la busta che mi avevano dato, mi trovai in mano un assegno da venticinquemila dollari.

L'inizio della conferenza stampa era fissato per le due. Tom e Jane Callahan si misero di lato, in piedi. Tom aveva in mano una piccola videocamera, la sola autorizzata a riprendere.
«So già cosa ci chiederanno», dissi.
«Non sei tenuta a rispondere se non ti va di farlo», mi ricordò T.J.
Eravamo seduti a un lungo tavolo di fronte a una marea di giornalisti. Siccome continuavo a battere il piede per terra, T.J. mi posò la mano sulla coscia, facendo una leggera pressione. Ovviamente si guardò bene dal tenerla lì a lungo.
Su una parete avevano appeso una grande fotografia aerea dei ventisei atolli delle Maldive. Un'addetta alle pubbli-

che relazioni della rete televisiva, a cui era stato affidato il ruolo di moderatrice dell'incontro, esordì spiegando ai giornalisti che l'isola in cui avevamo vissuto io e T.J. era disabitata, e che probabilmente aveva subito considerevoli danni a causa dello tsunami. Poi, servendosi di un puntatore laser, indicò sulla fotografia l'isola di Malé come il nostro punto di partenza.

«E questa era la loro destinazione», disse puntando il laser su un'altra isola. «Il pilota ha avuto un infarto, e ha tentato un atterraggio di fortuna in un punto imprecisato tra queste due isole.»

La prima domanda venne da un giornalista seduto nell'ultima fila, che dovette gridare per farsi sentire.

«Quali sono state le vostre prime reazioni, quando vi siete resi conto che il pilota era stato colto da un malore?»

Mi protesi in avanti per parlare al microfono. «Il terrore che morisse, e la paura che non fosse in grado di fare l'ammaraggio.»

«Non avete cercato di aiutarlo?» domandò un altro giornalista.

«Ci ha provato Anna», rispose T.J. «Il pilota ci aveva detto di tornare ai nostri posti dopo avere indossato i giubbotti di salvataggio, e di allacciare le cinture di sicurezza. Quando si è accasciato sul quadro dei comandi, Anna si è slacciata la cintura ed è corsa nella cabina per eseguire la procedura di rianimazione.»

«Quanto tempo siete rimasti nell'oceano prima di approdare all'isola?»

Rispose ancora T.J. «Non saprei dirlo con certezza. Il sole è tramontato circa un'ora dopo l'incidente, e quando è sorto eravamo già sulla riva.»

Le domande proseguirono per un'ora. Volevano sapere tutto, da come ci procuravamo il cibo al genere di riparo che ci eravamo costruiti. Raccontammo della clavicola rotta di T.J. e della malattia che lo aveva quasi ucciso; descrivemmo le tempeste tropicali e spiegammo in che modo i delfini avevano salvato T.J. dallo squalo. Parlammo dello tsunami e del nostro ricongiungimento all'ospedale di Malé. I giornalisti sembravano sinceramente impressionati dalla durezza delle prove che avevamo affrontato, e mi rilassai un poco.

E poi una giornalista seduta in prima fila, una donna di mezza età dall'aria arcigna, domandò: «Sull'isola che rapporto c'era tra voi due? Sul piano fisico, intendo».

«Questo è irrilevante», risposi io.

«Lei sa qual è l'età minima consentita per avere rapporti sessuali, nello stato dell'Illinois?» insistette la giornalista.

Non le feci notare che l'isola non si trovava nello stato dell'Illinois.

«Certamente», risposi.

In caso che non tutti lo sapessero, la giornalista decise di illuminarli.

«L'età minima consentita è di diciassette anni, a meno che il rapporto non avvenga con una persona in posizione di autorità, come per esempio un insegnante, nel qual caso l'età sale a diciotto anni.»

«Non c'è stata nessuna violazione della legge», intervenne T.J.

«A volte le vittime vengono indotte a mentire, specialmente se l'abuso si è verificato tempo prima», ribatté prontamente la giornalista.

«Non c'è stato nessun abuso», dichiarò T.J.

La domanda successiva venne rivolta a me.

«Come pensa che si sentiranno i contribuenti di Chicago, a pagare lo stipendio di un'insegnante sospettata di condotta sessuale scorretta nei confronti di uno studente?»

«Non c'è stata nessuna condotta scorretta», le urlò T.J. «Proprio non vuole capirlo?»

Pur sapendo che ci avrebbero chiesto del nostro rapporto, non avevo mai preso in considerazione la possibilità che ci accusassero di mentire in proposito, o che pensassero che io avessi commesso un abuso ai danni di T.J. Alimentato da pettegolezzi e congetture, il seme del dubbio piantato dalla giornalista avrebbe certamente dato i suoi frutti. Leggendo la nostra storia, chiunque avrebbe dubitato della mia correttezza e della mia integrità morale. Come minimo, sarebbe stato difficile trovare un distretto scolastico disposto ad assumermi, e questo avrebbe posto fine alla mia carriera di insegnante.

Quando il mio cervello finì di elaborare le conseguenze di quelle domande, ebbi appena il tempo di buttare indietro la sedia e correre al bagno delle donne. Spalancai la porta e mi piegai sul water. Non ero riuscita a mettere in bocca niente prima della conferenza, e lo stomaco era sottosopra ma vuoto. Qualcuno aprì la porta del bagno.

«Sto bene, T.J., esco tra un attimo.»

«Sono io, Anna», disse una voce femminile.

Uscii e mi trovai davanti Jane Callahan. Spalancò le braccia in un gesto così simile a quello che avrebbe fatto mia madre che mi strinsi a lei e scoppiai in lacrime.

Quando smisi di piangere, Jane mi porse un fazzoletto e disse: «I media tendono a esagerare ogni notizia, ma credo che buona parte del pubblico capirà come stanno veramente le cose.»

«Speriamo», dissi asciugandomi le lacrime.

T.J. e Tom ci stavano aspettando fuori dal bagno. T.J. mi guidò verso una poltroncina e si sedette di fianco a me.

«Come stai?» Mi abbracciò e io appoggiai la testa sulla sua spalla.

«Adesso va meglio.»

«Si aggiusterà tutto, Anna.»

«Forse», dissi. *O forse no.*

Il mattino seguente lessi sul giornale l'articolo che parlava della conferenza stampa. Non era negativo come mi aspettavo, ma nemmeno positivo. Non metteva in discussione la mia professionalità come insegnante, ma parlava delle probabilità che avevo di trovare un posto in qualche distretto scolastico. Quando Sarah entrò nella stanza le passai il giornale. A commento dell'articolo fece un'esclamazione di disgusto.

«Cos'hai intenzione di fare?» mi chiese.

«Parlerò con Ken.»

Ken Tomlinson, un veterano del sistema scolastico pubblico dell'Illinois, era stato il mio preside per sei anni. La sua dedizione pedagogica e il suo sostegno ai docenti l'avevano reso uno degli uomini più rispettati nel distretto. Non era solito sprecare il suo tempo su questioni di poca importanza e raccontava le barzellette sporche più divertenti che avessi mai sentito.

Feci capolino nel suo ufficio un mattino verso le sette, qualche giorno dopo la conferenza stampa. Ken si alzò dalla sedia e mi venne incontro sulla porta.

«Ragazza mia, non sai quanto sono felice di vederti.» Mi abbracciò e aggiunse: «Bentornata a casa».

«Ho sentito il messaggio che hai lasciato sulla segreteria di Sarah. Grazie per avermi chiamato.»

«Volevo farti sapere che tutti noi ti eravamo vicini. Immaginavo che sarebbe passato un po' di tempo, prima che tu riuscissi a venire qui.» Tornò dietro la scrivania e io mi sedetti di fronte a lui. «Credo di conoscere il motivo della tua visita.»

«Hai ricevuto delle telefonate?»

Annuì. «Qualcuna, sì, da parte di genitori che volevano sapere se saresti tornata a scuola. Avrei voluto dire chiaro e tondo quello che pensavo dei loro assurdi timori, ma non era possibile.»

«Lo so, Ken.»

«Sarei ben felice di ridarti il tuo vecchio posto, ma ho assunto una persona due mesi dopo che era caduto il tuo aereo, quando ormai avevamo perso la speranza che ti trovassero.»

«Capisco. E in ogni caso non me la sarei sentita di tornare subito al lavoro.»

Ken si protese in avanti e appoggiò i gomiti sulla scrivania. «Spesso la gente trasforma le cose in ciò che non sono, fa parte della natura umana. Stai defilata per un po', lascia sbollire.»

«Non avrei mai fatto niente che potesse nuocere a uno studente, Ken.»

«Lo so, Anna, e non ho mai dubitato di te, nemmeno per un secondo.» Si alzò e mi venne vicino. «Tu sei una brava insegnante. Non permettere a nessuno di affermare il contrario.»

In breve, i corridoi si sarebbero riempiti di insegnanti e studenti, e io volevo svignarmela senza che nessuno mi vedesse. «Ti ringrazio, Ken. Significa molto per me», mi congedai.

«Torna a farci visita, Anna. Tutti noi avremmo piacere di stare un po' con te.»

«Senz'altro.»

Le informazioni emerse dalla conferenza stampa si propagarono come un incendio, e non ci volle molto perché la nostra storia facesse il giro del mondo. Sfortunatamente le nostre dichiarazioni e i fatti erano stati quasi tutti travisati o deformati, con il risultato di essere ben lontani dal vero.

Tutti avevano la loro opinione sul mio comportamento, e della mia relazione con T.J. si parlava e si discuteva nelle chat room e nei forum. Fornivo materiale ai monologhi di tanti ospiti dei talk show in seconda serata, ed ero oggetto di talmente tante barzellette che avevo smesso di guardare la televisione, preferendole la solitudine e il conforto della musica e dei libri che tanto mi erano mancati sull'isola.

Nemmeno T.J. fu risparmiato dal ridicolo: la gente rideva del suo livello d'istruzione fermo al secondo anno di liceo, anche se in fondo non era poi così importante, considerando le altre cosette che aveva sicuramente imparato da me.

Non volevo più uscire, per paura di avere tutti gli occhi addosso.

«Lo sai che su Internet puoi comprare praticamente tutto quello che ti serve?» Stavo scrivendo sul computer portatile di Sarah, seduta sul divano vicino a T.J. «E ti consegnano tutto a domicilio. Potrei anche non uscire mai più di casa.»

«Non puoi nasconderti in eterno, Anna», disse T.J.

Digitai "mobili per camera da letto" su Google e premetti INVIO. «Vuoi scommettere?»

L'insonnia cominciò qualche settimana più tardi. Con il benestare di Sarah, T.J. si fermava spesso a dormire da noi, ma pur avendo vicino il suo respiro regolare non riuscivo a rilassarmi, e avevo difficoltà a prendere sonno. E poi, anche quando riuscivo a addormentarmi, alle due o alle tre di notte mi svegliavo, e restavo a letto a fissare il soffitto fino all'alba. Facevo molti incubi, di solito sognavo di annegare e mi svegliavo in un bagno di sudore. T.J. mi disse che spesso gridavo nel sonno.

«Forse dovresti tornare dal medico, Anna.»

Esausta e con i nervi a pezzi, acconsentii.

«Disturbo acuto da stress», diagnosticò la mia dottoressa qualche giorno più tardi. «In realtà è molto comune, specialmente tra le donne. Gli eventi traumatici possono essere causa di insonnia e ansia ad azione ritardata.»

«Come si cura?»

«Generalmente con una combinazione di psicoterapia cognitivo-comportamentale e farmaci. Alcuni pazienti trovano sollievo in un antidepressivo a basso dosaggio. Posso prescriverti qualcosa che ti aiuti a dormire.»

Avevo degli amici che avevano preso antidepressivi e sonniferi e si erano lamentati degli effetti collaterali.

«Preferirei non prendere niente, se non è assolutamente necessario.»

«Saresti disposta ad andare da un terapista?»

Ero pronta a tutto pur di farmi una notte filata di sonno. «Perché no?»

Presi appuntamento con una psicoterapeuta che avevo trovato sulle Pagine Gialle. Il suo studio era in un vecchio edificio di mattoni con i gradini del portone traballanti. La terapista aprì la porta della sala d'aspetto e chiamò il mio nome cinque minuti dopo che avevo lasciato i miei dati alla segretaria. Doveva essere sulla cinquantina, e aveva un sorriso caloroso e una stretta di mano energica.

«Rosemary Miller», si presentò.

«Piacere, Anna Emerson.»

«Prego, si accomodi.»

Mi indicò un divano e si sedette sulla poltroncina di fronte, porgendomi il suo biglietto da visita. Accanto al divano, su un tavolino basso, una lampada mandava una luce vivida. Vicino alla finestra c'era un ficus in vaso, e confezioni di Kleenex erano sparse praticamente su ogni superficie libera.

«Ho seguito la sua storia sui giornali. Non sono sorpresa di vederla qui.»

«Soffro di insonnia e di ansia, e la mia dottoressa mi ha consigliato di provare con la terapia.»

«Quello che sta passando è comprensibile, visto il trauma che ha subito. È mai stata in terapia prima d'ora?»

«No.»

«Vorrei cominciare con la sua anamnesi completa.»

«Va bene.»

Andò avanti per tre quarti d'ora, tra domande sui miei genitori, su Sarah e sul mio rapporto con loro. Mi chiese anche dei miei precedenti rapporti sentimentali e, quando le raccontai lo stretto necessario su John, mi chiese di scendere nei dettagli per sondare più in profondità. Cominciavo ad agitarmi, e mi domandavo quando saremmo arrivate alla questione dell'insonnia e alla sua cura.

«Può darsi che nelle prossime settimane torneremo su alcuni dei punti che sono emersi dall'anamnesi. Adesso, però, vorrei parlare dei suoi problemi riguardo al sonno.»

Era ora.

«Fatico a addormentarmi, non riesco a fare una notte intera di sonno e ho gli incubi.»

«Che genere di incubi?»

«Sogno di annegare. Gli squali, a volte lo tsunami. Generalmente c'è di mezzo l'acqua.»

Bussarono alla porta. La dottoressa diede un'occhiata all'orologio.

«Mi spiace, la sessione è conclusa.»

Sta scherzando, vero?

«La prossima settimana cominceremo a fare degli esercizi di terapia cognitiva.»

Se i tempi del trattamento erano quelli, mi aspettavano mesi e mesi di insonnia. La terapeuta mi accompagnò alla porta e mi salutò con una stretta di mano. Buttai il suo biglietto da visita nel bidone della spazzatura appena fui in strada.

Al mio rientro, trovai T.J. e Sarah seduti sul divano. Mi lasciai cadere in braccio a T.J.

«Com'è andata?» domandò lui.

«Non credo di essere adatta alla psicoterapia.»
«A volte ci vuole un po' di tempo per trovare la persona giusta», osservò Sarah.
«Non credo che lei non sia brava come terapista, è che vorrei provare un'altra cosa. Se non funziona, tornerò da lei.»
Uscii dalla stanza. Tornai qualche minuto dopo, con indosso pantaloni da jogging, maglietta a maniche lunghe, giacchetta della tuta e giacca a vento di nylon. Infilai un berretto in testa e mi sedetti sul divano per allacciare le stringhe delle Nike.
«Cosa fai?» domandò T.J.
«Vado fuori. A correre.»

54.
T.J.

Portai su per le scale l'ultimo scatolone nel nuovo appartamento di Anna, un piccolo bilocale a un quarto d'ora di strada dalla casa di Sarah e David.

Entrai scrollandomi la pioggia dai capelli. «Questo dove lo metto?»

«Appoggialo pure per terra, dove ti pare.» Mi diede una salvietta, che usai per asciugarmi dopo avere tolto la maglietta bagnata.

«Sto cercando le lenzuola», disse. «Hanno consegnato il letto mentre non c'eri.» Le cercammo insieme, e quando saltarono fuori l'aiutai a fare il letto.

«Torno subito», disse Anna. Rientrò in camera poco dopo con un piccolo oggetto che posò sul comodino, dopo averlo collegato a una presa elettrica.

«Cos'è?» le domandai sdraiandomi sul letto.

Anna premette un bottone e la stanza si riempì del suono delle onde dell'oceano, coprendo quasi completamente il rumore della pioggia che batteva contro i vetri.

«È un diffusore ambientale di suoni. L'ho ordinato su Internet.»

Venne a stendersi al mio fianco. Le presi la mano e gliela baciai, poi l'attirai verso di me e sentii che piano piano si rilassava, mentre il suo corpo si fondeva con il mio.

«Sono felice. E tu, Anna?»

«Sì», sussurrò lei.

Mentre la tenevo stretta tra le braccia pensai che ascoltando la pioggia e quel fragore delle onde potevo illudermi di essere ancora sull'isola e che niente fosse cambiato.

Anna non mi chiese di andare a vivere con lei; semplicemente, rimasi sempre lì. Qualche volta andavo a dormire a casa dei miei perché a loro faceva piacere, e comunque passavamo spesso da loro, per un saluto o per fermarci a cena. Un paio di volte Anna portò Grace e Alexis a fare shopping, con loro grande gioia.

Siccome non voleva che contribuissi all'affitto, io mi occupavo di tutto il resto, cosa che lei tollerava appena. Avevo del denaro mio, perché quando ero piccolo i miei genitori avevano istituito un fondo al quale avrei avuto accesso una volta raggiunta la maggiore età. La somma sul conto poteva coprire tranquillamente le spese varie, l'acquisto di una macchina e la retta del college. I miei volevano sapere che progetti avevo per il futuro – me lo domandavano in continuazione –, ma io non ero sicuro di quello che volevo fare. Anna non diceva niente, ma avrebbe voluto che cominciassi a studiare per il GED.

La gente qualche volta ci riconosceva, soprattutto quando eravamo insieme, ma poco a poco lei smise di sentirsi a disagio in pubblico. Andavamo sempre fuori, al parco o a fare lunghe passeggiate, nonostante la primavera fosse ancora lontana. Andavamo al cinema e a volte a pranzo o a cena fuori, anche se Anna preferiva mangiare in casa. Mi cucinava tutto quello che volevo, e col tempo io misi su qualche chilo, e anche lei. Quando facevo scorrere le mani sul suo corpo non sentivo più le ossa. Sentivo delle morbide curve.

La sera Anna si metteva le scarpe da ginnastica e andava a correre fino a sfinirsi o quasi, poi tornava a casa, si toglieva i vestiti fradici di sudore e dopo una lunga doccia calda mi raggiungeva a letto. Aveva appena le energie per fare l'amore prima di cadere in un sonno profondo. Di tanto in tanto aveva ancora dei problemi di sonno o di incubi, ma niente a che vedere con quello che le succedeva prima.

Quella nostra routine mi piaceva. Non avevo nessuna voglia di cambiarla.

«Ben mi ha invitato da lui per il week-end», le annunciai mentre facevamo colazione, qualche settimana più tardi.

«Lui è all'Università dello Iowa, vero?»

«Sì.»

«Adoro quel campus, vi divertirete un sacco.»

«Parto venerdì, vado in macchina con un suo amico.»

«Fatti un giro nell'università, non solo nei bar. Potresti pensare di iscriverti lì, dopo aver preso il GED.»

Non le avevo detto che un college in un altro stato, lontano da lei, non mi interessava. A dire il vero, nessun college mi interessava.

In un angolo della stanza di Ben, lì al college, c'era una piramide traballante di lattine di birra alta quasi due metri. Si camminava su cartoni di pizza vuoti e mucchi di indumenti sporchi. Tra manuali, scarpe da ginnastica e bottiglie di Mountain Dew, sul pavimento non c'era un centimetro libero.

«Gesù, ma come fai a vivere in questo casino?» dissi. «Tra l'altro, per caso qualcuno ha pisciato nell'ascensore?»

«Probabile», rispose Ben. «Ecco il tuo documento d'identità.»

Diedi una sbirciata alla patente di guida. «Da quando sono biondo, alto un metro e settantasette, e ho ventisette anni?»

«Da adesso. Sei pronto per un giro al bar?»

«Certo. Dove la metto la mia roba?»

«Dove ti pare, amico.»

Visto che il suo compagno di stanza era tornato a casa per il week-end, buttai il mio borsone di tela sul suo letto e seguii Ben fuori dalla porta.

«Usiamo le scale», dissi.

Alle nove eravamo già parecchio su di giri. Controllai il cellulare, ma non c'era nessun messaggio di Anna. Pensai di chiamarla ma, sapendo che Ben mi avrebbe preso in giro, rimisi il telefono in tasca.

Ben invitò un po' di gente a farsi un chupito al nostro tavolo. Nessuno mi riconobbe; in mezzo a tutta quella gente io ero come un qualunque altro studente del college, e questo era esattamente ciò che volevo.

Ero seduto tra due ragazze ubriache fradicie. Una si fece un chupito di vodka mentre l'altra si riposava un attimo, con il bicchierino già pronto alle labbra.

Si girò verso di me e guardandomi con sguardo vitreo disse: «Che figo che sei». Poi mise giù il bicchierino e vomitò sul tavolo. Balzai in piedi rovesciando indietro la sedia.

Ben mi fece segno di seguirlo e uscimmo dal bar. Inspirai a fondo l'aria fredda per togliermi la puzza dal naso.

«Ti va di mangiare qualcosa?» mi propose.

«Sempre.»

«Pizza?»

«Sicuro.»

Ci sedemmo a un tavolo in fondo.

«Anna mi ha detto di guardare un po' il campus, dice che dovrei valutare se venire qui dopo il GED.»

«Wow, sarebbe grandioso. Potremmo prenderci un appartamento tutto per noi. Ci vieni?»

«No.»

«Perché no?»

Ero abbastanza sbronzo per essere sincero. «Io voglio stare con lei.»

«Con Anna?»

«Sì, cretino. Con chi, se no?»

«E lei cosa vuole?»

Arrivò la cameriera, che piazzò in mezzo al tavolo una grande pizza al salame. Ne misi due fette sul mio piatto e dissi: «Non so bene».

«Mi stai dicendo che, tipo, te la sposeresti e faresti un bambino con lei?»

«Lei la sposerei anche domani.» Diedi un morso alla pizza. «Magari per il bambino si potrebbe aspettare un po'.»

«E lei ci starebbe ad aspettare?»

«Non lo so.»

55.
ANNA

Io e Stefani ordinammo un bicchiere di vino al bancone mentre aspettavamo che si liberasse un tavolo.

«Allora T.J. è andato dal suo amico per il week-end?» mi domandò lei.

«Sì.» Diedi un'occhiata all'ora: le venti appena passate. «Immagino che a quest'ora saranno sulla buona strada per una sbronza coi fiocchi. Almeno, lo spero.»

«Non ti dà fastidio?»

«Non ti ricordi cosa facevamo noi al college?»

Stefani sorrise. «Com'è che non ci hanno mai arrestate?»

«Gonne corte e una fortuna sfacciata.» Bevvi un sorso di vino e aggiunsi: «Mi va bene che T.J. faccia cose del genere, non vorrei che un giorno rimpiangesse di essersele perse».

«Stai cercando di convincere me o te stessa?»

«Non sto tentando di convincere nessuno, è solo che non voglio togliergli niente.»

«Rob e io dobbiamo proprio conoscerlo. Ci farebbe piacere, se lui è così importante per te.»

«Ti ringrazio. È molto carino da parte tua, Stef.»

Il barista ci mise davanti altri due bicchieri di vino. «Questi sono da parte dei ragazzi seduti al tavolo nell'angolo.»

Stefani aspettò un minuto, poi si voltò per prendere la borsa appesa allo schienale dello sgabello. Rovistò nella borsa, tirò fuori uno specchietto e il rossetto e si girò di nuovo.

«Quindi?»

«Sono carini.»

«Sei sposata!»

«Mica ho intenzione di portarmene uno a casa. Del resto, quando mi ha sposato, Rob sapeva che amo flirtare.» Si passò il rossetto sulle labbra, poi tolse le sbavature con un tovagliolino di carta. «E nessuno sconosciuto mi ha più offerto un drink dalla metà degli anni Novanta, perciò chiudi il becco.»

«Dobbiamo andare a ringraziarli o possiamo ignorarli?» chiesi.

«Non hai voglia di fare due chiacchiere con loro?»

«No.»

«Troppo tardi, eccoli che arrivano.»

Guardai da tutt'altra parte mentre quelli si avvicinavano.

«Ciao», fece uno di loro.

«Ciao, grazie per il vino.»

Il suo amico attaccò a parlare con Stefani. Quando la vidi gettare indietro i capelli e ridere come un'oca, alzai gli occhi al cielo.

«Mi chiamo Drew.» Capelli castani, giacca e cravatta, doveva essere vicino alla quarantina. Attraente, per le amanti del genere banchiere.

«Anna.» Ci scambiammo una stretta di mano.

«Ti ho riconosciuto dalla foto sul giornale. Che esperienza traumatica. Immagino che ti sarai stancata di parlarne.»

«Infatti.»

La conversazione era a un punto morto, così sorseggiai il mio vino.

«State aspettando un tavolo?»

«Sì, dovrebbe liberarsene uno tra poco.»

«Possiamo unirci a voi?»

«Mi dispiace, stasera no. Ho voglia di stare un po' con la mia amica.»

«Certo, capisco. Magari mi dai il tuo numero di telefono?»

«Non penso.»

«Oh, dài.» Mi sorrise sfoderando tutto il suo charme. «Sono un bravo ragazzo.»

«Sto con qualcuno.»

«Hai fatto in fretta.» Mi lanciò un'occhiata strana. «Aspetta un attimo, non starai parlando di quel ragazzino, vero?»

«Non è un ragazzino.»
«Sì che lo è.»
Stefani mi batté un colpetto sulla spalla. «Il nostro tavolo è pronto.»
«Grazie ancora per il vino. Scusami.» Afferrai borsetta e cappotto e scivolai giù dallo sgabello per seguire Stefani.
«Cosa ti ha detto?» mi domandò Stefani quando sedemmo al tavolo. «Non sembravi entusiasta di parlare con lui.»
«Ha scoperto che non sono single, e poi ha dato del ragazzino a T.J.»
«Probabilmente hai ferito il suo ego.»
«T.J. è giovane, Stefani. Quando gli altri lo guardano non vedono quello che vedo io. Vedono un ragazzino.»
«Tu cosa vedi?
«Vedo T.J. e basta.»

T.J. tornò domenica sera, stanco e con un terribile mal di testa da sbronza. Posò il borsone per terra e mi strinse tra le braccia. Gli diedi un lungo bacio.
«Wow», fece lui. Mi restituì il bacio prendendomi il viso tra le mani.
«Mi sei mancato.»
«Anche tu.»
«Com'è andata?»
«La stanza di Ben è un porcile, una ragazza mi ha praticamente vomitato addosso e qualcuno aveva pisciato nell'ascensore.»
Arricciai il naso. «Davvero?»
«Devo dire che quel college non mi ha fatto una bella impressione.»
«Magari ti saresti fatto un'idea diversa se ti fossi iscritto subito dopo le superiori.»
«Ma non è andata così, Anna. E con la scuola sono ancora indietro.»

56.

T.J.

«Non devo mettere la cravatta, vero?»

Avevo i pantaloni beige e una camicia bianca piuttosto elegante. Sul letto era pronto il giaccone sportivo blu scuro. Dovevamo andare a cena fuori con Stefani e suo marito, ed ero già troppo in tiro per i miei gusti.

«Forse sarebbe il caso», disse Anna entrando in camera da letto.

«Ce l'ho una cravatta?»

«Te ne ho comprata una io, quando Stefani mi ha detto dove aveva intenzione di andare a mangiare.»

Prese la cravatta dall'armadio, la infilò sotto il colletto della camicia e fece il nodo.

«Non ricordo l'ultima volta che ne ho messa una», dissi allentandola un po'. Avevo conosciuto Stefani e Rob la settimana prima, quando ci avevano invitato a casa loro. Mi erano piaciuti, erano persone molto alla mano, e quindi avevo accettato subito di uscire, quando Anna me l'aveva proposto.

«Sarò pronta tra un attimo, devo solo decidere cosa mettermi.»

Anna era in piedi davanti all'armadio in reggiseno e mutandine, così mi stravaccai sul letto a godermi la vista.

«Mi pareva che avessi detto che il tanga è scomodo.»

«Infatti, ma temo che stasera sia un male necessario.» Tirò fuori un vestito nero, lungo e smanicato, dall'armadio. «Questo?»

«È carino.»

«Cosa ne dici di questo?» L'altro vestito era blu scuro, corto, con le maniche lunghe e una scollatura vertiginosa.

«Questo qui è sexy.»

«Allora direi che vince questo», disse lei indossandolo. Era molto attillato. Poi si infilò un paio di scarpe con il tacco alto. Non l'avevo mai vista vestita così bene. Di solito girava in jeans con sopra una maglietta oppure un golfino. A volte metteva la gonna, ma niente a che vedere con quel vestito. Ora che era più in carne aveva anche più seno; quello che si scorgeva nella profonda scollatura a v faceva venire voglia di vedere di più.

Anna si tirò i capelli indietro, li fermò sulla nuca e poi si mise gli orecchini, lo stesso tipo a pendente che sull'isola usavo come amo. Passò sulle labbra un rossetto rosso fuoco. Guardando la sua bocca, sentii il desiderio di baciarla.

«Sei uno schianto.»

Sorrise. «Dici?»

«Sì.» Era bellissima, e aveva l'eleganza di una donna di classe. Di una donna che sa il fatto suo.

«Andiamo», disse.

Avevo tra i dieci e i vent'anni in meno rispetto agli altri clienti del ristorante. Siccome eravamo arrivati con qualche minuto d'anticipo, andammo con Stefani e Rob al bar, illuminato da una luce soffusa, ad aspettare che il nostro tavolo fosse pronto. Più di una testa si girò a guardare Anna.

Stefani prese a parlare con un tizio. Rob ed io stavamo valutando se fosse il caso di aprirci un varco a gomitate per ordinare da bere, quando si avvicinò una donna con una pila di menu in mano.

«Il vostro tavolo è pronto», annunciò.

Stefani si girò di nuovo verso il tipo con cui stava parlando. Era vestito con un completo, ma si era allentato la cravatta e sbottonato la camicia. In mano aveva quello che doveva essere un whisky ed era da solo. Mi chiesi se fosse venuto al ristorante direttamente dall'ufficio.

«Perché non ti siedi al tavolo con noi?» gli propose Stefani. Poi, rivolta a noi, chiese: «Vi dispiace?».

«No, va benissimo», rispose Anna.

Stringendomi nelle spalle dissi: «Certo che no».

Una volta seduti al tavolo, Stefani ce lo presentò. «Lui è Spence, l'anno scorso abbiamo lavorato insieme a un progetto.»

Stefani e Rob si erano seduti al suo fianco, io e Anna di fronte. Stringendogli la mano notai gli occhi iniettati di sangue e capii che era ubriaco.

Arrivò una cameriera con le due bottiglie di vino ordinate da Rob. Riempì il bicchiere a tutti dopo il palloso rituale del tappo da annusare, del vino da agitare nel bicchiere e così via.

Ne bevvi un sorso: era talmente secco che dovetti controllarmi per non sputarlo.

Spence cominciò subito a puntare Anna. La guardò mentre lei sorseggiava il vino, con gli occhi che si spostavano dagli occhi alla bocca, e dalla bocca al seno.

«Hai un'aria vagamente familiare», le disse.

Lei scosse la testa. «Non ci siamo mai visti prima.»

Se c'era una cosa che Anna non sopportava era quello sforzo di inquadrarla da parte delle persone appena conosciute, che alla fine si ricordavano di averla vista sui giornali. A quel punto cominciava inevitabilmente la raffica di domande, prima sull'isola e poi su noi due.

Anna si rilassò, perché per fortuna Spence era abbastanza ubriaco da non fare il collegamento. Che l'avesse riconosciuta o meno, non aveva ancora finito con lei.

«Magari una volta siamo usciti insieme.»

Anna sollevò il bicchiere e bevve un altro sorso. «No.»

«Magari qualche volta potremmo uscire insieme?»

«Ehi», sbottai. «Io sono seduto qui, non lo vedi?»

Anna mi mise una mano sulla gamba, facendo pressione. «Lascia perdere», disse a bassa voce.

«Aspetta un attimo, lei sta con te?» saltò su Spence. «Credevo che tu fossi il fratello minore o roba del genere.» Si mise a ridere. «No, è uno scherzo.» Guardò prima me, poi Anna, e all'improvviso cambiò espressione: aveva capito. «Ah, ma lo so chi siete, ho visto le vostre foto sul giornale.» Fece un grugnito di disapprovazione. «Il naufragio spiega come sei riuscito a fartela, ma non perché lei stia ancora con te.»

Rob scambiò uno sguardo con Stefani, poi si rivolse a Spence. «Falla finita.»

«Sì, sto con lui.» Il modo in cui Anna lo disse, così sicura di sé e guardando Spence come se fosse un povero imbecille, mi confortò più ancora delle sue parole.

Fummo interrotti dalla cameriera. «Mi scusi», disse rivolta a me, «ma devo chiederle di mostrarmi un documento d'identità.»

Alzai le spalle. «Sono sotto il limite di età, ma a ogni modo questo vino non mi piace. Lo porti pure via.»

La donna sorrise e dopo essersi scusata portò via il mio bicchiere. Spence non riuscì a trattenersi.

«Non hai nemmeno ventun anni?» La sua domanda e la sua risata soffocata a stento ruppero il silenzio calato sulla nostra tavola, mentre tutti gli altri cercavano di ignorare l'umiliazione che avevo appena subito.

Abbassammo gli occhi sui menu. Io e Anna avevamo ancora dei problemi a decidere cosa mangiare al ristorante: troppa scelta.

«Cosa prendi?» le chiesi.

«La bistecca. E tu?» Mi prese la mano e intrecciò le sue dita alle mie.

«Non lo so, forse la pasta. A te piacciono i ravioli, vero?»

«Sì.»

«Okay. Prendo quelli, così ce li dividiamo.»

Stefani fece qualche tentativo per rianimare la conversazione, e poco dopo la cameriera tornò a prendere le ordinazioni. Con un sorrisino compiaciuto, Spence non staccava gli occhi dalla scollatura di Anna, e nemmeno si preoccupava di nasconderlo. Sapevo benissimo a cosa stava pensando e mi costò uno sforzo sovrumano non mettergli le mani addosso.

Quando Spence si alzò per andare alla toilette, Stefani disse: «Mi dispiace, avevo sentito dire che la moglie lo ha lasciato, così ho pensato di fare una cosa carina invitandolo al nostro tavolo».

«Non ti preoccupare, ignoralo e basta, come faccio io», replicò Anna.

Nessuno rabboccò il bicchiere di Spence, che alla fine del pasto pareva un po' meno ubriaco.

La cameriera ci propose un dessert ma, poiché nessuno lo voleva, chiedemmo il conto.

«Io e Stefani andiamo alla toilette», disse Anna. «Vi aspettiamo all'uscita.»

Io e Rob facemmo a gara per prendere il conto, e alla fine decidemmo di fare a metà. Spence buttò una manciata di banconote sul tavolo. Io mi infilai in tasca il portafoglio e mi alzai, seguito a ruota da Rob che, dopo avere salutato Spence senza dargli la mano, si diresse verso l'uscita.

Spence rimase seduto al tavolo. «Mi dispiace per te, che non sei abbastanza grande da poter bere con i grandi», mi disse stravaccandosi sulla sedia.

«A me dispiace per te, che non puoi toccare neanche con un dito quella gran figa della mia ragazza. E sappi che il vino, a me, proprio non piace.»

Scoppiai a ridere vedendo la sua espressione, e raggiunsi Anna, Stefani e Rob all'uscita.

«Cosa gli hai detto?» mi domandò Anna.

«Che è stato un piacere conoscerlo.»

«Mi dispiace per stasera», disse in taxi.

«Non è stata colpa tua.» Le misi un braccio intorno alle spalle.

Non poter bere al ristorante non mi aveva disturbato, ma il modo in cui Spence guardava Anna sì. Sapevo che Spence non le interessava, era il prossimo incontro a preoccuparmi. Con un tipo che non fosse un cretino ubriaco. Che avesse una laurea, amasse il vino e non avesse problemi a mettersi la cravatta. Temevo che un giorno, forse non lontano, lei avrebbe dato peso al fatto che a me non interessava nessuna di quelle cose. E il pensiero di Anna insieme a un altro mi era insopportabile.

Non appena fummo nel suo appartamento la baciai con foga, prendendole il viso tra le mani e premendo forte le labbra contro le sue. Anna non apparteneva a nessuno –

sapevo anche questo –, ma in quel momento lei era mia. In camera da letto le sfilai il vestito dalla testa, poi le tolsi il reggiseno e le spinsi gli slip giù lungo i fianchi, finché non caddero in terra. A strattoni mi levai la cravatta e poi tutto quello che avevo addosso. Distesi Anna sul letto, abbassai la testa sul punto che Spence aveva guardato per tutta la sera e succhiai, lasciando un segno che avrebbe impiegato giorni ad andare via. La toccai e la baciai finché non fu pronta, e una volta dentro di lei mi imposi di muovermi lentamente, come piaceva a lei. Quando Anna venne e gridò il mio nome pensai: *Sono io a farle questo, sono io quello che la fa stare così.*

Dopo, andai in cucina a prendere una birra dal frigo. Me la portai a letto e accesi la TV, tenendo il volume basso. Anna dormiva con le lenzuola aggrovigliate intorno ai fianchi. Con una mano le tirai su, rimboccandole delicatamente sotto le spalle, e con l'altra aprii la lattina di birra.

57.
ANNA

In aprile le piogge primaverili si riversarono su Chicago per due giorni di fila, costringendoci in casa.

Mentre T.J. faceva zapping, io leggevo un libro sdraiata sul divano con i piedi appoggiati sul suo grembo.

«Ti va di andare al cinema?» mi chiese, spegnendo la televisione.

«Certo. Che film ti andrebbe di vedere?»

«Non lo so. Facciamo una passeggiata fino al cinema, e una volta lì ne scegliamo uno.»

Mi misi una giacca, uscimmo dall'appartamento e camminammo sotto la pioggia battente. T.J. teneva l'ombrello aperto sopra la nostra testa e con la mano libera prese la mia. La strinsi forte e sorrisi quando lui ricambiò il gesto.

Decidemmo di vedere *Sin City*, ed eravamo in coda per comprare i popcorn quando a un certo punto qualcuno batté un colpetto sulla spalla di T.J.

Ci voltammo: dietro di noi c'era un ragazzo alto, con in testa un berretto da baseball, insieme a una ragazza minuta, con una felpa rosa con il cappuccio e i capelli raccolti in una coda di cavallo.

T.J. sorrise. «Ehi, Coop, come butta?»

«Cerchiamo qualcosa da fare finché non la smette di piovere.»

«A chi lo dici. Lei è Anna», mi presentò T.J. cingendomi le spalle con un braccio.

«Ciao», fece Coop. «Lei è Brooke, la mia ragazza.»

«Piacere di conoscervi», risposi.

«Mi dimentico sempre che sei qui in città», disse T.J.

«Rimarrò incastrato in eterno all'università pubblica se non prendo dei voti migliori.»

«Vediamoci qualche volta.»

«I miei vanno fuori città il mese prossimo. Farò una festa, siete ufficialmente invitati.» Coop mi sorrise e io sentii che l'invito era sincero.

«Sì, non sarebbe niente male.»

Mentre T.J. e Coop parlavano, lanciai un'occhiata a Brooke e vidi che mi stava guardando a bocca aperta. Probabilmente ai suoi occhi dovevo sembrare una vecchietta.

Il suo viso senza una ruga, con quel colorito roseo, era uno splendore. Brooke non aveva idea, esattamente come me a vent'anni, di quanto fosse bella la pelle giovane. Sull'isola mettevo spesso il berretto da baseball di T.J. e gli occhiali da sole, ma non sempre. Pensando a tutto il sole preso in quegli anni, c'era da aspettarsi che una mattina, al risveglio, mi sarei accorta che la mia faccia era diventata di cuoio mentre dormivo. Passavo più tempo di quanto fossi disposta ad ammettere cercando di rimediare ai danni causati dal sole dell'isola, e il mobiletto del bagno traboccava di lozioni e di creme raccomandate dal dermatologo. La mia pelle era sana, ma non c'era confronto tra quella di una ventenne e quella di una donna di trentatré anni. T.J. mi riteneva bella; così diceva, almeno. Ma cos'avrebbe detto cinque anni più tardi, o dieci?

Entrati in sala, prendemmo posto. T.J. si sistemò il bicchiere dei popcorn tra le gambe e mi posò una mano sulla coscia. Non riuscivo a concentrarmi sul film: nella mente si affollavano immagini di me e T.J. nel salotto di Coop, a bere birra alla spina nei bicchieri di plastica mentre tutti mi fissavano inebetiti.

T.J. era stato bravissimo con i miei amici. Aveva sopportato l'odioso comportamento di Spence e la richiesta di provare la propria età per quel vino che non aveva nemmeno voglia di bere. Mettere la cravatta non era da lui, però l'aveva messa lo stesso. Aveva sostenuto una conversazione con Rob e Stefani dando l'impressione che non gli costasse il minimo sforzo.

Dimostrare più della propria età era facile, se si era disposti a vestirsi bene e a emulare il comportamento delle persone più mature. Se io avessi cercato di inserirmi tra i suoi amici ventenni, vestendomi e comportandomi come loro, sarei stata ridicola.

Quando uscimmo dal cinema non pioveva più. Seguimmo la fiumana di gente e ci avviammo a piedi. Sul marciapiede mi fermai.

«Cosa c'è?» mi chiese T.J.

«Non sarò sempre come sono adesso.»

«In che senso?»

«Ho tredici anni più di te, invecchio ogni giorno che passa e non sarò sempre come adesso.»

T.J. mi passò un braccio intorno alla vita e mi attirò a sé.

«Lo so, Anna. Ma se pensi che a me importi solo il tuo aspetto vuol dire che mi conosci meno di quel che credevo.»

Sola, mi aggiravo tra gli scaffali di Trader Joe's con in mano un cestello pieno di cose che avevano attirato il mio sguardo: fino a quel momento, due bottiglie di cabernet, pasta integrale, un vasetto di salsa alla marinara, e poi lattuga romana, carote e peperoni per l'insalata.

T.J. era andato a farsi tagliare i capelli. Di solito facevamo la spesa insieme, un po' perché lui insisteva a voler pagare, un po' perché subivamo ancora il fascino dei supermercati. La prima volta che eravamo andati a fare la spesa, dopo che mi ero trasferita nel nuovo appartamento, eravamo rimasti impalati nel bel mezzo del negozio, a guardare con tanto d'occhi tutto quel cibo.

In un'altra corsia presi le birre per T.J., poi trovai gli ingredienti per preparargli la torta al cioccolato. Stavo decidendo che tipo di pane prendere per cena, quando mi sentii tirare per i jeans.

Era una bambina sui quattro anni, con le guance rigate da lacrimoni silenziosi.

«Tu sei una mamma?» mi domandò.

Mi accucciai in modo da guardarla negli occhi. «Be', no. Dov'è la tua mamma?»

La bambina stringeva disperatamente una copertina rosa tutta logora. «Non lo so. Non la trovo, e la mia mamma ha detto che se mi perdevo dovevo cercare un'altra mamma e lei mi avrebbe aiutato.»

«Non preoccuparti piccolina, posso aiutarti lo stesso. Come ti chiami?»

«Claire.»

«Okay, Claire, andiamo a chiedere di fare un annuncio all'altoparlante, così tua mamma saprà che sei al sicuro.»

Lei mi guardò con i suoi occhioni castani pieni di lacrime, poi fece scivolare la sua manina nella mia.

Mentre andavamo verso l'ingresso del negozio, da dietro un angolo spuntò una donna che correva gridando il nome della bambina. In mano aveva un cestello, e nella fascia porta bebè di traverso sul petto dormiva un neonato.

«Claire! Oddio, eccola!» La donna ci corse incontro, lasciò cadere il cestello e con qualche difficoltà prese in braccio Claire, cercando di non sballottare il neonato. Lo spavento che aveva dipinto sul volto si dissolse mentre teneva la bambina stretta a sé.

«Grazie per averla trovata», disse. «Le ho lasciato la mano solo un attimo per prendere una cosa, e poi, quando ho guardato giù, era sparita. Sono così stanca a causa del piccolino, e al momento non riesco a muovermi tanto in fretta.»

Doveva avere la mia età, anno più anno meno. Aveva l'aria davvero stanca e gli occhi cerchiati; raccolsi da terra il suo cestello.

«Deve andare alle casse? Posso portarglielo io?»

«La ringrazio, mi farebbe un piacere. Due mani non mi bastano, sa com'è.»

A dire il vero non lo sapevo.

«Abita qui vicino?» mi domandò.

«Sì», risposi.

«Ha figli?»

«No. Non ancora.»

«Grazie infinite per l'aiuto.»
«Si immagini.» Mi chinai. «Ciao, Claire.»
«Ciao.»
A casa appoggiai la spesa, andai a sedermi sul divano e mi feci un bel pianto.

58.
T.J.

In piedi al tavolo della cucina, Anna mi stava preparando la torta al cioccolato. La baciai e le diedi le rose rosa che avevo preso per lei sulla strada del ritorno dal barbiere.

«Sono bellissime, grazie», disse sorridendomi. Prese un vaso da sotto il lavandino e lo riempì d'acqua. Si era fatta la coda di cavallo, e abbracciandola da dietro le diedi un bacio sulla nuca.

«Hai bisogno di aiuto?» chiesi.

«No, ho quasi finito.»

«Tutto bene?»

«Sì, benissimo.»

Non andava benissimo: che avesse pianto l'avevo capito appena messo piede in casa, alla vista dei suoi occhi gonfi e arrossati. Ma non potevo aiutarla se lei non mi diceva cosa la preoccupava, e una parte di me preferiva non saperlo, in caso io c'entrassi in qualche modo.

Anna si girò verso di me e mi rivolse un altro sorriso, un po' troppo raggiante.

«Avresti voglia di andare al parco, appena ho finito?» mi domandò.

Dalla coda era sfuggita una ciocca di capelli; gliela misi dietro l'orecchio.

«Sicuro. Vado a prendere una coperta, così possiamo sederci. Scommetto che ci saranno quasi venti gradi.» Le diedi un bacio sulla fronte. «Mi piace stare fuori con te.»

«Anche a me.»

Arrivati al parco, stendemmo sul prato la coperta e ci sedemmo. Anna scalciò via le scarpe.

«Tra poco sarà il tuo compleanno», dissi. «Come vuoi festeggiare?»

«Non so, ci devo pensare.»

«Io so già che regalo ti farò, solo che non l'ho ancora trovato. È già un po' che lo cerco.»

«Hmm... sono curiosa.»

«È una cosa che ti sarebbe piaciuto avere, me lo hai detto tu una volta.»

«A parte i libri e la musica?»

«Sì.»

Le avevo già preso un iPod su cui avevo caricato tutte le sue canzoni preferite, perché ascoltava la musica quando andava a correre. E un paio di volte alla settimana andava in biblioteca e tornava a casa con una pila di libri. Leggeva più veloce lei di tutti quelli che conoscevo.

«Hai ancora due settimane di tempo, vedrai che lo troverai.» Sorrise e mi baciò, e sembrava così felice che pensai che forse andava tutto bene, in fin dei conti.

59.
ANNA

Spedii il curriculum a un sacco di scuole. Trovare un lavoro verso la fine dell'anno scolastico era praticamente impossibile, ma speravo che mi offrissero un posto per l'autunno, anche se si fosse trattato di una semplice supplenza.

Sarah mi aveva dato metà del denaro ricavato dalla vendita della casa dei nostri genitori, e in più mi restava ancora una buona parte della somma che mi avevano pagato i Callahan. L'accordo con la società di noleggio di idrovolanti avrebbe comportato un'ulteriore entrata, perciò lavorare era un mio bisogno personale, più che una necessità. Volevo guadagnarmi da vivere, ma soprattutto mi mancava il lavoro di insegnante.

Una settimana prima del mio compleanno andai a pranzo fuori con Sarah. I germogli sui rami degli alberi erano diventati foglie verdi e nei vasi che fiancheggiavano i marciapiedi le piante erano in piena fioritura primaverile. Fino a quel giorno il mese di maggio era stato insolitamente caldo. Ci sedemmo all'aperto, nella terrazza del ristorante, e ordinammo un tè freddo con ghiaccio.

«Cosa pensi di fare per il tuo compleanno?» mi domandò mia sorella aprendo il suo menu.

«Non so, me l'ha chiesto anche T.J. Starei volentieri a casa.» Le raccontai di come avevamo festeggiato il mio compleanno sull'isola, di come T.J. aveva fatto finta di regalarmi dei libri e della musica. «Questa volta mi regalerà una cosa di cui gli ho parlato tanto tempo fa, dicendogli che era un mio desiderio. Non ho idea di cosa possa essere.»

La cameriera arrivò a servirci dell'altro tè e a prendere le ordinazioni.

«Come va la ricerca di lavoro?» chiese Sarah.

«Non bene. O non ci sono posti liberi, o semplicemente non vogliono assumere me.»

«Cerca di non demoralizzarti, Anna.»

«Magari fosse così facile...» Sorseggiai il tè freddo. «Sai, quando sono salita su quell'aereo, quattro anni fa, avevo una relazione senza prospettive per il futuro e ancor meno probabilità di riuscire a mettere su famiglia, ma perlomeno avevo un lavoro che amavo.»

«Vedrai che prima o poi qualche scuola ti chiamerà.»

«Speriamo.»

Sarah si protese verso di me con uno sguardo indagatore. «C'è altro che ti preoccupa?»

«No.» Le raccontai cosa era successo da Trader Joe's. «Le cose che voglio io sono sempre le stesse, Sarah.»

«E T.J. cosa vuole?»

«Non sono sicura che lo sappia. Quando eravamo partiti da Chicago, lui voleva solo stare con gli amici e tornare alla vita che faceva prima del cancro. Solo che adesso i suoi amici sono andati avanti per la loro strada, e credo che lui non abbia ancora capito cosa vorrebbe fare.» Quando accennai al fondo fiduciario di T.J., Sarah inarcò un sopracciglio.

«In sua difesa, bisogna dire che non è viziato. Ma di certo non è nemmeno motivato.»

«Capisco cosa intendi», rispose lei.

«Sto ancora aspettando, Sarah. Sono passati quattro anni ma, anche se sto con un uomo diverso e ci sono motivi diversi, sto ancora aspettando.»

60.

T.J.

Il cane entrò correndo nell'appartamento di Anna, le saltò addosso e per poco non la fece cadere. Lei si chinò su di lui, che le leccò la faccia.

«Buon compleanno. Te l'avrei messo volentieri in un pacco regalo, ma dubito che ci sarei riuscito», dissi appoggiando il guinzaglio sul tavolino.

Anna si raddrizzò per darmi un bacio. «Mi ero proprio dimenticata di averti detto che avrei tanto voluto un cane.»

«Un golden retriever. Già adulto. Preso da un canile. L'ho cercato dappertutto. Quando l'hanno trovato, vagabondava per le strade, senza collare e senza medaglietta. Era ridotto pelle e ossa.»

A quelle parole, Anna si inginocchiò per abbracciare il cane e accarezzare il suo pelo morbido. Lui le leccò di nuovo la faccia scodinzolando, poi prese a girarle attorno in cerchio.

«Adesso mi sembra in ottima forma», commentò lei.

«Non avrai mica intenzione di chiamarlo Cane, eh?».

«No, sarebbe ridicolo. Lo chiamerò Bo. È un nome che avevo scelto già tanto tempo fa.»

«Allora è una fortuna che sia un maschio.»

«È il regalo più bello che potessi farmi, T.J. Grazie mille.»

«Ma ti pare. Sono contento che ti piaccia.»

A metà giugno Anna non aveva ancora trovato un lavoro come insegnante. Aveva fatto un colloquio in una scuola superiore di periferia, ed era andato bene. Quando seppe che non l'avrebbero assunta disse che non le importava, però quella notte non riuscì a dormire. Alle tre del mattino la trovai in soggiorno che leggeva un libro, con il muso di Bo in grembo.

«Vieni a letto.»

«Arrivo tra un minuto», rispose.

Ma più tardi, quando mi svegliai, il suo lato del letto era ancora vuoto.

Riempiva le sue giornate facendo da baby-sitter a Joe e Chloe, leggendo e andando a correre. Insieme passavamo ore e ore fuori, nel suo terrazzino oppure in giro con Bo. Andammo a vedere una partita dei Cubs al Wrigley Field e a sentire i concerti nel parco.

Ma, qualunque cosa facessimo, Anna era perennemente tesa e scontenta. Certe volte aveva lo sguardo perso nel vuoto tanto era assorta nei suoi pensieri, ma io non ebbi mai il fegato di chiederle a cosa stesse pensando.

61.
ANNA

«Guarda cos'è arrivato con la posta», dissi appena entrata in casa, posando le chiavi sul tavolo.

T.J. era sul divano a guardare la televisione, mentre Bo dormiva al suo fianco.

«Cosa?»

«È il modulo per l'iscrizione ai corsi di preparazione al GED. Ho telefonato l'altro giorno per richiedere i documenti necessari. Pensavo che potresti iscriverti, così intanto io potrei aiutarti a studiare.»

«Posso cominciare in autunno.»

«Ma hanno anche le sessioni estive. Se incominci adesso alla fine di agosto avrai finito e a settembre potrai iscriverti in qualche università pubblica. Se io riesco a trovare un posto da insegnante, saremo entrambi a scuola tutto il giorno.»

T.J. spense il televisore. Andai a sedermi vicino a lui, e diedi una grattatina dietro le orecchie a Bo. Per un minuto buono nessuno dei due parlò.

«Almeno uno di noi due dovrebbe combinare qualcosa, nella vita», dissi alla fine.

«Sarebbe a dire?» domandò T.J.

«Che io non ho la possibilità di lavorare nella scuola, mentre tu a scuola hai la possibilità di andare.»

«Non ho voglia di stare chiuso tra quattro mura tutto il giorno.»

«In questo momento sei tra quattro mura.»

«Solo perché aspettavo che tu tornassi a casa, per portare Bo a fare una passeggiata insieme. Cosa stai cercando di dirmi veramente, Anna?»

Il cuore prese a battermi forte. «Non possiamo continuare così, cercando di ricreare l'isola in questo appartamento.»

«Cosa c'entra questo appartamento con l'isola? Qui abbiamo tutto quello che vogliamo.»

«No, tu hai tutto quello che vuoi. Io no.»

«Io ti amo, Anna. Voglio passare tutta la vita con te.» Il significato implicito di quelle parole era: *Ti sposerò. Avremo la nostra famiglia.*

Scossi la testa. «Non puoi saperlo.»

«Certo che no», ribatté lui in tono sarcastico. «Come faccio, io, a sapere cosa voglio? Ho solo vent'anni.»

«Non ti ho mai trattato con sufficienza per la tua età.»

T.J. sollevò tutte e due le mani. «L'hai appena fatto.»

«Tu hai delle cose da finire e ancora tantissime da iniziare, visto che finora non ne hai avuto la possibilità. E io non ho il diritto di privarti di tutto questo.»

«E se tutte quelle cose io non le volessi? Se fossi tu quello che voglio?»

«Per quanto tempo, T.J.?»

Capì cosa volevo dire e cambiò espressione. «Hai paura che un giorno io possa andarmene?»

«Sì», mormorai. «È proprio di questo che ho paura.»

E se T.J. si fosse stancato di giocare alla famiglia, e avesse deciso che un impegno del genere non era ciò che voleva veramente?

«Dopo tutto quello che abbiamo passato insieme non ti fidi abbastanza di me da credermi, quando ti dico che starò sempre con te?» Nei suoi occhi l'amarezza si tramutò in collera. «Che stronzata, Anna.» Si avvicinò alla finestra e guardò fuori. Girandosi di nuovo verso di me, aggiunse: «Perché non dici semplicemente quello che pensi? Che sei tu che vuoi cercarti qualcuno della tua età».

«Cosa?» Da dove saltava fuori quell'idea?

«Tu preferiresti uno più vecchio di me. Uno che la gente non tratta come un ragazzino.»

«Non è vero, T.J.»

«Ci sarà sempre qualche stronzo convinto di poterti fare il filo davanti a me, che non mi prende sul serio. Per gente del genere tu sei quella che sta con me così, tanto per ammazzare il tempo. Ti è mai passato per la testa che potrei essere io quello che ha paura di essere lasciato?»

Un silenzio carico di tensione calò nella stanza. I minuti passavano lenti come ore mentre entrambi aspettavamo che fosse l'altro a dire che tutte quelle paure erano ingiustificate. Ma nessuno dei due lo fece.

Pensai che togliere il cerotto con uno strappo, tutto d'un colpo, sarebbe stato meno doloroso. «Credo che tu debba stare per conto tuo per un po' e capire com'è, prima di dire che sei sicuro di voler vivere con un'altra persona.»

L'espressione sul suo viso tradiva angoscia, angoscia pura. Attraversò la stanza e poi si fermò, esitante, a pochi passi da me, guardandomi negli occhi. Poi mi voltò le spalle e uscì sbattendo la porta.

Quella notte non riuscii a dormire. Seduta sul divano al buio, piansi con la faccia affondata nel mantello di Bo. Il giorno dopo uscii di casa al mattino presto: avevo promesso a Sarah che avrei badato ai ragazzi mentre lei e David erano fuori per il brunch domenicale. Al mio rientro scoprii che anche T.J. aveva strappato un cerotto, perché le sue cose non c'erano più e la chiave di casa era sul tavolo della cucina.

Mi fece un male atroce.

62.
T.J.

Per l'estate io e Ben prendemmo in affitto un appartamento con due camere da letto, al terzo piano di un vecchio edificio a quattro isolati dal Wrigley Field. I suoi genitori si erano trasferiti in Florida dopo avergli annunciato che erano stufi del freddo e della neve. Ben l'aveva presa bene, anche perché lui e suo fratello frequentavano un college in un altro stato, però aveva bisogno di un posto dove stare fino all'autunno, quando sarebbero ricominciate le lezioni.

«Ci stai a prendere una casa con me, Callahan?» mi aveva chiesto. «Potremo fare tutte le feste che vogliamo.»

«Perché no?» Visto che Anna era così decisa a non farmi perdere nessuna esperienza, dividere un appartamento con il mio migliore amico probabilmente era un passo nella giusta direzione.

Ben stava per laurearsi in contabilità e finanza ed era riuscito, chissà come, a trovarsi un posto in una banca del centro con un contratto di formazione. Gli toccava mettersi la cravatta tutti i giorni.

Io invece avevo convinto un impresario edile ad assumermi, e ogni mattina alle sette ero già in cantiere, in uno dei quartieri suburbani della città, a tirare su la struttura in legno di una casa. Mi dava un passaggio un operaio dell'impresa che, oltre a evitarmi di fare figure da idiota, mi insegnava tutto quello che avevo bisogno di sapere. Non era poi così diverso dal lavoro fatto per costruire la casa sull'isola, a parte che ora usavo la pistola sparachiodi, e di travi e assi pronte da usare ce n'erano molte di più.

Gli operai non erano particolarmente chiacchieroni, per cui non ero obbligato a fare conversazione con nessuno se non ne avevo voglia. Certe volte l'unico suono che si sentiva era quello dei nostri attrezzi, oppure il rock classico di uno stereo portatile. Non c'era bisogno di indossare la camicia, e ben presto mi abbronzai come sull'isola.

Alla sera bevevo birra in compagnia di Ben. Sentivo la mancanza di Anna, pensavo a lei in continuazione. Senza di lei al mio fianco dormivo da cani. Ben si guardava bene dal nominarla, ma si vedeva che era preoccupato per me.

Che cazzo, ero io quello preoccupato per me.

63.
ANNA

Alle due di pomeriggio la temperatura era arrivata a trenta gradi. Il caldo mi scivolava via di dosso, esattamente come il sudore che mi colava sulla faccia mentre i miei piedi battevano cadenzati sul marciapiede.

Non mi dava fastidio. Il caldo era una cosa che potevo sopportare.

Dalla fine di giugno alla fine di luglio non feci altro che correre: prima sei, poi otto e infine dieci chilometri ogni giorno, a volte anche di più.

Quando correvo, non piangevo. Non pensavo, e non tentavo di analizzare il mio stato d'animo. Inspiravo ed espiravo a fondo, mettevo un piede davanti all'altro.

Ai primi di agosto mi arrivò una telefonata di Tom Callahan. Alla vista del cognome sul display il cuore mi balzò nel petto solo per sprofondare un attimo dopo, quando risposi e mi resi conto che non si trattava di T.J.

«La compagnia di noleggio degli idrovolanti ha siglato l'accordo stamattina. T.J. ha già firmato le carte, e appena avrai firmato anche tu la faccenda sarà del tutto chiusa.»

«Va bene.» Presi una penna e annotai l'indirizzo che mi diede.

«Tu come stai, Anna?»

«Bene, grazie. T.J. come sta?»

«Si tiene occupato.»

Non gli domandai cosa volesse dire. «Grazie per avermi avvertito. Firmerò le carte al più presto.»

Dopo un silenzio all'altro capo del filo, aggiunsi: «Saluta Jane e le ragazze da parte mia, per favore».

«Senz'altro. Abbi cura di te, Anna.»

Quella sera mi raggomitolai sul divano con Bo, a leggere un libro. Dopo due pagine bussarono alla porta.

Un'eccitazione carica di speranza si impadronì di me, e sentii le farfalle nello stomaco. Era tutto il giorno che mi chiedevo se T.J., dopo che avevo parlato al telefono con suo padre, sarebbe venuto a cercarmi. Bo sembrava impazzito, abbaiava e continuava a correre in cerchio come se sapesse che dietro la porta c'era lui. Corsi ad aprire, ma la persona che mi trovai davanti non era T.J.

Era John.

Sul volto aveva dipinta un'espressione guardinga. I capelli biondo chiaro erano più corti del solito e intorno agli occhi erano comparse delle piccole rughe, ma a parte questo era lo stesso di sempre. Aveva in mano una scatola. Bo si strofinò contro le sue gambe, annusandolo e girandogli intorno.

«Sarah mi ha dato il tuo indirizzo. Ho trovato delle altre cose tue e ho pensato che ti avrebbe fatto piacere riaverle.» Diede uno sguardo alle mie spalle, cercando di capire se ero sola.

«Entra.» John entrò e io chiusi la porta.

«Scusami se non ti ho mai chiamato. Non è stato gentile da parte mia.»

«Non fa niente, non ti preoccupare.»

Posò la scatola sul tavolino.

«Ti va di bere qualcosa?» gli domandai.

«Perché no?»

In cucina aprii una bottiglia di vino e riempii due bicchieri. La scelta di offrirgli del vino rispondeva al mio improvviso bisogno di alcol, prima ancora che al desiderio di essere ospitale.

«Grazie», disse quando gli porsi il bicchiere.

«Prego. Siediti.»

Starnutì due volte. «Wow, un cane. Avevi sempre desiderato averne uno.»

«Si chiama Bo.»

Mentre John si accomodava sulla poltrona di fronte al

divano, posai il bicchiere sul tavolino e aprii la scatola. La vista di quegli oggetti mi fece lo stesso effetto dei miei vestiti appesi nell'armadio della camera degli ospiti di Sarah: cose che avevo quasi dimenticato di possedere, che però riconoscevo all'istante appena le avevo davanti agli occhi.

Tolsi l'elastico a un mazzetto di fotografie. Quella in cima mostrava me e John al Navy Pier con la ruota panoramica sullo sfondo: lui mi teneva un braccio sulla spalla e mi dava un bacio sulla guancia. Gliela mostrai. «Guarda com'eravamo giovani.»

«Ventidue anni», disse.

C'erano fotografie scattate durante le vacanze e alcune di gruppo, noi due in mezzo ai nostri amici. Una fotografia di mia madre e John in piedi davanti all'albero di Natale. Una di John con Chloe in braccio, scattata all'ospedale poche ore dopo che Sarah aveva partorito.

Guardare quelle fotografie mi riportò alla mente il passato che io e John ci eravamo lasciati alle spalle, e il fatto che gran parte di quel passato era stato bello. Dopo l'inizio pieno di promesse, con il passare del tempo il nostro rapporto si era arenato, schiacciato dal peso di due progetti di vita tra loro incompatibili. Richiusi il mazzetto con l'elastico e lo misi sul tavolino.

Tirai fuori un vecchio paio di scarpe da corsa. «Queste ne hanno macinati, di chilometri.»

L'oggetto che pescai subito dopo – un CD degli Hootie & the Blowfish – mi fece sorridere.

«Lo ascoltavi in continuazione», disse John.

«Non si scherza sugli Hootie.»

C'erano anche dei libri in edizione tascabile. Una spazzola e un fermaglio per capelli. Una bottiglietta mezza vuota di CK One, il mio profumo per quasi tutti gli anni Novanta.

Le mie dita toccarono qualcosa sul fondo. Una camicia da notte. Alla vista di quella stoffa nera semitrasparente, affiorò un vago ricordo di John che me la sfilava, una notte poco prima della mia partenza da Chicago.

«L'ho trovata quando ho cambiato le lenzuola. Non l'ho mai lavata», disse lui sommessamente.

Frugando ancora nella scatola, mi trovai tra le mani un piccolo cofanetto azzurro rivestito di velluto. Mi bloccai.

«Aprilo», disse John.

Sollevai il coperchio. L'anello di diamanti sfavillava sul cuscinetto di raso. Rimasta senza parole, feci un respiro profondo.

«Dopo averti accompagnato all'aeroporto ero andato in gioielleria. Sapevo che se non ti avessi sposata ti avrei perduto, e io non volevo perderti, Anna. Quando Sarah mi ha telefonato per dirmi che il tuo aereo si era schiantato, ho pregato che ti trovassero tenendo quell'anello in mano. Poi Sarah mi ha telefonato di nuovo, per dirmi che ti credevano morta. Quella notizia mi ha distrutto. Ma tu sei viva, Anna, e io ti amo ancora. Ti ho sempre amato e ti amerò sempre.»

Chiusi di scatto il coperchio e tirai il cofanetto in testa a John. Con una stupefacente prontezza di riflessi, lui parò il tiro e la scatolina rimbalzò contro le sue braccia incrociate e cadde sul pavimento di legno.

«Io ti amavo! Per otto anni ti ho aspettato mentre tu ti divertivi a tenermi sulla corda, finché alla fine non mi è rimasta altra scelta se non quella di dimenticarti!»

Si alzò dalla poltrona. «Gesù, Anna, credevo che l'anello fosse quello che volevi.»

«Non è mai stata una questione di anello.»

Attraversò la stanza. Giunto alla porta, si fermò.

«Quindi è per via di quel ragazzino, eh?»

Quell'accenno a T.J. mi fece sussultare. Balzai in piedi, e a passo di marcia andai a raccogliere da terra il cofanetto.

Porgendolo a John, dissi: «No. È perché non sposerei mai un uomo che me lo chiede solo perché si sente in dovere di farlo».

Il mattino dopo andai nello studio dell'avvocato, firmai le carte in cui mi impegnavo a non intentare causa alla compagnia di noleggio di idrovolanti e ritirai l'assegno.

Sulla strada del ritorno mi fermai in banca per versarlo sul conto. Un'ora dopo Sarah mi chiamò sul cellulare.

«Hai firmato i documenti?» mi domandò.

«Sì. Quei soldi sono troppi, Sarah.»

«Se vuoi la mia opinione, un milione e mezzo non è abbastanza.»

64.
T.J.

Quel sabato tornai che erano già le nove e mezza di sera. Appena misi piede in casa capii che il party era cominciato senza di me. Tra cucina e soggiorno, c'erano almeno quindici persone che bevevano birra o roba più forte.

Io e gli altri dell'impresa edile stavamo cercando di finire in fretta e furia la struttura di una casa a Schaumburg. Era un lavoro urgente, perciò ci davamo dentro quattordici ore al giorno sei giorni su sette e staccavamo che era già buio. Avrei voluto che tutta quella gente nel nostro appartamento scomparisse all'istante.

Ben sbucò dalla sua stanza con una tipa al seguito.

«Ehi, fatti una doccia e poi torna qui con noi.»

«Vediamo. Sono stanco.»

«Non fare la lagna. Tra poco andiamo tutti al bar. Stai con noi finché non usciamo, e poi se sei ancora stanco buttati a letto, ma dopo che noi avremo sgomberato.»

«Okay.»

Dopo la doccia mi infilai un paio di jeans e una T-shirt puliti, restando però a piedi nudi. Passando in mezzo alla gente in cucina salutai quelli che conoscevo, chiedendomi da dove cavolo fossero sbucati tutti gli altri. Presi dal frigorifero una Coca-Cola e della pizza, che mangiai appoggiato al bancone.

Una ragazza venne verso di me. «Ciao, T.J.», disse.

«Ehi.» Il viso aveva qualcosa di familiare, ma non riuscivo a ricordarmi il nome.

«Alex», disse lei.

«Ah, già, ora mi ricordo.» Era la ragazza seduta al mio fianco sul divano alla festa di Coop, quando ero appena tornato dall'isola. Quella con i capelli biondi lunghi e troppo trucco. Continuai a mangiare la mia pizza.

Lei si protese in avanti per aprire il frigorifero, strusciandosi contro di me. Quando si curvò per prendere una birra, aveva le tette quasi completamente fuori dal top.

«Ne vuoi una?» mi chiese tenendo in mano una lattina.

Scolai quello che restava della Coca-Cola. «Ma sì, dài.»

Prese un'altra lattina e me la passò. Finita la pizza, la aprii e feci una lunga sorsata prima di appoggiarla sul ripiano del mobile.

Arrivò Ben e mi allungò una canna già accesa. Feci un tiro, trattenendo il fumo nei polmoni.

La passai ad Alex, che tirò una lunga boccata e me la restituì; continuammo così finché non fu finita. Forse così sarei riuscito a farmi una notte filata di sonno, invece di svegliarmi ogni ora.

Alex mi diede un'altra birra. Quando andai a sedermi sul divano del soggiorno mi venne dietro e da quel momento in poi mi rimase sempre appiccicata.

Tra birre e canne, a un certo punto cominciai a vederci doppio. Quando gli altri levarono le tende per andare al bar con Ben, in casa restammo solo io e Alex. Stavo per dirle di andare con gli altri perché avevo voglia di fiondarmi a letto, ma prima che aprissi bocca lei si alzò barcollando e mi trascinò in camera mia. Quando mi mise una mano tra le gambe smisi di usare il cervello, lasciando il controllo a un'altra parte del mio corpo.

Il mattino dopo mi svegliò il martellare delle tempie. Alex era al mio fianco, nuda, con la faccia impiastricciata di trucco sfatto.

Scalciai via le coperte e corsi in bagno, afferrando al volo i miei vestiti. Avevo qualcosa appiccicato alla pianta del piede. Mi chinai e staccai l'involucro del preservativo che avevo calpestato.

Grazie a Dio.

Entrato in bagno, lo buttai nel cestino. Aprii l'acqua calda, e il vapore riempì la stanza. Lavai via ogni traccia di

Alex sotto la doccia. Dopo essermi vestito e lavato i denti, andai in cucina a scolarmi tre bicchieri di acqua ghiacciata.

Stavo guardando la TV quando, mezz'ora dopo, Alex entrò nel soggiorno per recuperare borsa e giacca. L'accompagnai alla porta.

«Prendi un taxi», le dissi ficcandole in mano una banconota da dieci tutta stropicciata.

«Chiamami. Ben ha il mio numero.»

«Mi dispiace, ma non ti chiamerò.»

Lei annuì, evitando i miei occhi. «Be', almeno sei sincero.»

A mezzogiorno Ben uscì dalla sua stanza barcollando.

«Che rottura di palle, Callahan. Ho un mal di testa epico.» Si grattò la testa e crollò sul divano accanto a me. «C'è una tizia nel mio letto, ma non è quella che ho raccattato al bar ieri sera. La ragazza che mi sono portato a casa era molto più figa di questa qui.»

«Credo che siano la stessa persona, Ben.»

«Già, è probabile. Come è andata con... com'è che si chiama? Insomma, te la sei fatta?»

«Sì.»

«Callahan è tornato in pista!» fece lui alzando il braccio per darmi il cinque.

«Non ci tengo a tornare in pista.»

Ben abbassò la mano con l'aria perplessa. «Perché? Non era un granché? Mi sembrava che avesse un corpicino niente male.»

«Già, e ieri sera se la sarebbe potuta fare il primo che passava, bastava volerlo.»

«Bah, non so cosa dirti. So che sei giù di corda perché le cose con Anna non hanno funzionato, però non capisco cosa vuoi.»

Lo so io cosa voglio.

In luglio cominciai a darmi da fare per il GED. Dopo una giornata passata a sgobbare in cantiere tornavo a casa, mi facevo una doccia rapida e via, a fare due ore di corso ogni sera in una sede nel centro della città, insieme a tutti gli altri che avevano abbandonato gli studi. Alla fine di agosto, dopo aver superato l'esame, mi iscrissi in un'università pubblica per il semestre autunnale, e appena iniziarono i corsi smisi di lavorare in cantiere. Non c'era nessuna materia che mi interessasse in modo particolare, e la prospettiva di sprecare due anni chiuso dentro un'aula non mi entusiasmava, però non sapevo che altro fare.

Ben ripartì per Iowa City e io tornai a casa dei miei genitori, con loro grande gioia, soprattutto della mamma. Però ero talmente abituato a lavorare tutto il giorno che ormai di pomeriggio ero un'anima in pena. Vedermi con gli amici durante la settimana era difficile, perché quasi tutti studiavano in un altro stato o comunque lontano da Chicago.

Un giorno di ottobre, mentre tornavo a casa, la temperatura più bassa e le foglie che cambiavano di colore mi fecero pensare ad Anna e a quanto amasse l'autunno. Mi chiesi se avesse trovato un posto come insegnante. Mi chiesi se avesse trovato un altro.

«Ciao mamma», dissi buttando lo zaino sul bancone.

«Com'è andata a scuola?» mi domandò lei.

«Bene.» Detestavo essere lo studente più vecchio a ogni lezione, e il più delle volte mi annoiavo da morire. «C'è una cosa che vorrei fare. Non è che mi aiuteresti?» chiesi, prendendo una bibita dal frigo.«Ma certo, T.J.», rispose lei con un sorriso.

A sedici anni avrei potuto prendere la patente, ma ero troppo malato per prendere lezioni di guida. Così, per tutto il mese seguente, fu mia madre a insegnarmi a guidare dopo la scuola. Con il suo SUV Volvo andavamo a fare pratica in periferia, dove le strade erano poco trafficate e i parcheggi vuoti. Guidavamo per ore; mia madre sembrava veramente contenta di passare del tempo con me, e io mi sentii un verme per avergliene dedicato troppo poco.

Un giorno mentre ero volante le domandai: «Tu lo sapevi che Anna avrebbe rotto con me?».

La mamma ebbe un attimo di esitazione. «Sì.»

«Come facevi a saperlo?» *E perché io non lo sapevo?*

Abbassò il volume della radio. «Perché ti ho avuto a venticinque anni, T.J., e ti volevo disperatamente. Poi sono passati cinque anni prima che restassi incinta di Grace. Ero in ansia, poi preoccupata e alla fine quasi disperata, vedendo che non succedeva subito. Poi, due anni dopo è arrivata Alexis, e finalmente ho sentito che la mia famiglia era al completo. Probabilmente Anna è pronta a farsi una famiglia sua.»

«Io gliene avrei data una.»

«Ma forse lei ha pensato che sarebbe stato poco saggio accettare.»

Tenevo gli occhi fissi sulla macchina davanti a noi. «Le ho detto che avrei voluto passare tutta la vita con lei. Mi ha risposto che io avevo delle cose da finire e tante altre esperienze da fare.»

«Aveva ragione. Il fatto che non ti abbia voluto togliere quelle cose la dice lunga sul tipo di persona che è.»

«Sono io che devo decidere, mamma.»

«Ma le conseguenze delle tue decisioni non riguardano soltanto te.»

Folgorato da un'intuizione frenai, stringendo i denti così forte da farmi male.

«È per questo che eri così carina con lei?» Avevo le guance in fiamme. «Facciamo i carini con la ragazza di T.J., in attesa che lei lo pianti?»

La mamma trasalì, poi mi posò una mano sul braccio. «No, a me Anna piace veramente, e mi piace ancora di più adesso che l'ho conosciuta meglio. È una ragazza d'oro, T.J., ma quello che ho cercato di dirti, e che tu non hai voluto ascoltare, è che lei è in una fase della vita diversa dalla tua.»

Guardai fuori dal finestrino finché non mi fui calmato, poi ingranai la prima. «Io sono ancora innamorato di lei.»

«Lo so.»

Presi la patente e comprai un SUV, il Tahoe della Chevrolet. Dopo le lezioni andavo a fare dei giri in macchina, prima nelle zone di periferia e poi sempre più fuori, in aperta campagna, ascoltando musica rock alla radio.

Un giorno passai davanti a una proprietà con il cartello VENDESI conficcato nel terreno all'imboccatura del vialetto d'ingresso. Lo risalii fino a una casetta azzurra e parcheggiai. Nessuno venne ad aprire quando bussai, perciò feci un giro intorno alla casa, fino al giardino sul retro. Dietro la casa si estendeva la campagna a perdita d'occhio. Dal cilindro di plastica attaccato al cartello di vendita presi una scheda informativa, dove era indicato il numero di un'agenzia immobiliare. Piegai il foglio, lo infilai in tasca e me ne andai.

65.
ANNA

Io e Bo passeggiavamo per ore per le strade della città. In una tiepida giornata di settembre, a un certo punto il guinzaglio si staccò dal collare e dovetti inseguire il cane per dieci minuti, urlando il suo nome in mezzo alla folla mentre lui galoppava sul marciapiede. Quando finalmente lo raggiunsi, lo afferrai per il collare e con un sospiro di sollievo mi chinai a riagganciare il guinzaglio. A pochi passi da me un ragazzino osservava la scena dal portone di una casa al livello della strada. Sopra di lui un'insegna diceva CENTRO DI ACCOGLIENZA.

«È tuo questo cane?» domandò. Indossava una maglietta a strisce e la zazzera aveva bisogno di un bel taglio. Naso e guance erano coperti di lentiggini.

Mi raddrizzai, lasciando che Bo gli si avvicinasse. «Sì, si chiama Bo. Ti piacciono i cani?»

«Sì, soprattutto quelli gialli.»

«Lui è un golden retriever. Ha cinque anni.»

«Anch'io ho cinque anni!» esclamò il ragazzino illuminandosi in volto.

«Come ti chiami?»

«Leo.»

«Okay, Leo. Se vuoi, puoi fargli le coccole. Ma bisogna toccare con delicatezza gli animali, d'accordo?»

«Okay.» Accarezzò piano piano il pelo di Bo, guardandomi di sottecchi per vedere se apprezzavo la delicatezza dell'approccio. «Meglio che vado, Henry ha detto che non devo uscire. Grazie per avermi fatto fare le carezze al tuo cane.» Diede un'ultima carezza a Bo e scappò dentro senza darmi il tempo di salutarlo. Bo diede uno strattone al guinzaglio cercando di seguirlo.

«Andiamo, Bo», dissi, tirandolo con fermezza. Lo condussi via da quel portone e andammo a casa.

L'indomani ritornai da sola. In piedi sulla soglia c'erano due donne, una delle quali teneva un neonato in braccio.

«Ehi, ragazza bianca, guarda che Bloomie's è da quella parte», disse puntando il dito, tra le risate della sua amica.

Varcai la soglia senza darle retta, e una volta dentro mi guardai attorno in cerca di Leo. Era lunedì, e non c'era traccia di bambini. La legge federale riconosceva il diritto allo studio a tutti i ragazzini in età scolare, sia che fossero residenti sia che non avessero fissa dimora. Per fortuna sembrava che i genitori del Centro di accoglienza garantissero ai propri figli quel diritto.

Mi venne incontro un uomo che si stava asciugando le mani con uno strofinaccio. Tra i cinquanta e i sessanta, avrei detto, indossava i jeans, una polo sbiadita e scarpe da tennis.

«Posso aiutarla?»

«Mi chiamo Anna Emerson.»

«Henry Elings», disse lui stringendomi la mano.

«Ieri ho visto un ragazzino, qui. Era sulla porta e abbiamo fatto due chiacchiere. Gli piaceva tanto il mio cane.» Sorridendo, Henry aspettava pazientemente che arrivassi al dunque. «Mi chiedevo se per caso non aveste bisogno di volontari...»

«Abbiamo bisogno di un sacco di cose qui, e i volontari sono decisamente una di queste.»

Mi guardava con simpatia e il tono di voce era gentile, ma probabilmente ne aveva sentite a bizzeffe, di proposte del genere.

Casalinghe e signore dei quartieri alti dedite alla beneficenza, che si facevano vive di tanto in tanto per vantarsi del loro altruismo nei circoli di lettura.

«Le necessità delle persone che accogliamo al Centro sono le più elementari», proseguì. «Del cibo e un tetto. Non sempre hanno un buon odore: un bagno può essere una priorità trascurabile rispetto a un pasto caldo e a un letto dove dormire.»

Mi chiesi se avesse riconosciuto il mio nome o la mia faccia dalle fotografie sui giornali. Se sì, non lo diede a vedere.

«Sono stata sporca anch'io, e francamente non bado all'odore che hanno gli altri. So cosa vuol dire avere fame e sete e non avere un tetto sulla testa. Di tempo libero ne ho parecchio, e mi piacerebbe trascorrerne un po' qui da voi.»

Henry sorrise. «La ringrazio. Ne saremmo lieti.»

Cominciai ad andare al Centro di accoglienza tutte le mattine verso le dieci, in tempo per unirmi agli altri volontari nella preparazione del pasto e nel servizio ai tavoli. Henry mi invitò a portare anche Bo.

«Quasi tutti i ragazzini che sono qui amano gli animali, ma la maggior parte di loro non ne ha mai avuto uno in casa.»

I bambini più piccoli, quelli che non andavano ancora a scuola, passavano ore intere a giocare con Bo, che non ringhiava nemmeno quando gli accarezzavano il pelo in modo un po' troppo forte o quando cercavano di montargli in groppa come se fosse stato un pony. Dopo il pranzo leggevo delle favole e, vedendo che tenevo i loro figli sulle ginocchia, le madri esauste e stressate mi presero in simpatia. Nel tardo pomeriggio aiutavo i ragazzini tornati da scuola a fare i compiti, insistendo perché li finissero prima di cominciare uno dei giochi da tavolo che avevo comprato.

Leo era sempre vicino a me, pronto a raccontare quello che era successo a scuola quel giorno. Il suo entusiasmo per la scuola materna non mi stupiva; i bambini generalmente amano l'ambiente sicuro e protetto della scuola, e se sono figli di senzatetto lo amano ancora di più. La maggior parte dei ragazzi non possedeva né un libro né i materiali per le attività artistiche, e si divertivano un mondo a cantare nelle ore di musica e a scorrazzare nell'area giochi durante l'intervallo.

«Sto imparando a leggere, miss Anna!»

«Sono contenta che ti piaccia tanto leggere, Leo.» Lo abbracciai. «Che bello.»

Mi scoccò un sorriso così luminoso che pensai che stesse per scoppiare dalla gioia, poi assunse un'espressione seria.

«Voglio che imparo proprio bene, miss Anna. Così poi insegno a mio papà.»

Dean Lewis, il papà di Leo, aveva ventotto anni, non lavorava da mesi ed era uno dei due padri single che vivevano al Centro. Dopo la cena andai a sedermi vicino a lui. Mi lanciò uno sguardo carico di diffidenza.

«Ciao, Dean.»

Fece un cenno con la testa. «Miss Anna.»

«Come va la ricerca di lavoro?»

«Non l'ho ancora trovato.»

«Che mestiere facevi, prima?»

«Il cuoco. Sempre nello stesso ristorante, per sette anni. Avevo cominciato da lavapiatti, poi sono salito più su.»

«Cosa è successo?»

«Il proprietario se l'è vista brutta e ha dovuto vendere. Il nuovo padrone ci ha licenziati tutti quanti.»

Guardammo Leo che giocava animatamente a rincorrersi con altri due bambini. «Dean?»

«Sì?»

«Forse posso fare qualcosa per aiutarti.»

Venne fuori che Dean sapeva già leggere qualcosa. Aveva imparato a memoria le parole di uso comune – e l'intero menu del ristorante in cui aveva lavorato –, ma aveva grosse difficoltà a compilare i moduli per le domande di lavoro, e dopo avere perso il posto non aveva mai chiesto il sussidio di disoccupazione perché non capiva niente dei documenti da riempire. Un amico lo aveva aiutato a proporsi in una trattoria italiana, ma lo avevano licenziato nel giro di tre giorni perché non sapeva leggere le ordinazioni.

«Sei dislessico?» gli chiesi.

«Cosa vuol dire?»

«Che le lettere non ti sembrano messe nell'ordine giusto.»

«No, quelle sono a posto, sono io che non le so leggere.»

«Hai preso il diploma di scuola media?»

Scosse la testa. «Sono arrivato al secondo anno e basta.»

«Dov'è la mamma di Leo?»

«Non ne ho idea. L'ha avuto a vent'anni, e quando lui ha compiuto un anno ha detto che non ce la faceva più a fare la madre, non che l'avesse mai fatta. La TV via cavo non potevamo permettercela, però in casa avevamo un vecchio televisore e il videoregistratore, e lei stava tutto il giorno a guardare dei film. Tornavo a casa dal ristorante e trovavo Leo che piangeva e strillava con il pannolino bagnato fradicio o anche peggio. Un giorno se n'è andata via e non è più tornata. Ho dovuto trovare qualcuno che me lo guardava, il bambino, e sì che arrivavamo appena appena alla fine del mese. E poi, quando ho perso il lavoro, non c'è voluto molto per restare in arretrato con l'affitto.» Dean teneva gli occhi fissi a terra. «Leo si merita di meglio.»

«Io credo che Leo sia fortunato», dissi.

«Come fai a dire una cosa del genere?»

«Perché Leo ha almeno un genitore che si cura di lui. È più di quello che hanno tanti altri bambini.»

Nei due mesi seguenti lavorai con Dean tutti i giorni, dalla fine del pranzo fino all'ora in cui Leo e gli altri ragazzini tornavano da scuola. Usando libri di testo studiati appositamente per i dislessici, gli insegnai le combinazioni delle lettere dell'alfabeto, e ben presto fu in grado di leggere ai più piccoli qualche storia semplice. Spesso si scoraggiava, ma io non smettevo di stimolarlo e di rincuorarlo, elogiandolo ogni volta che imparava una lezione difficile.

Tornavo a casa dopo avere servito i pasti serali al Centro, e poi andavo a correre. Dopo settembre venne ottobre, aggiunsi altri strati al vestiario e continuai a fare jogging. Un giorno di novembre io e Bo ci fermammo a prendere la posta. Un paio di bollette, una rivista, e poi quella. Una normale busta da lettera, con il nome e l'indirizzo di T.J. scritti a mano nell'angolo in alto a sinistra.

Salii le scale di corsa, aprii la porta del mio appartamento e sganciai il guinzaglio a Bo. Lacerai la busta e, dopo avere letto ciò che conteneva, piansi.

«Apri questa maledetta porta, Anna. Lo so che sei lì dentro», gridò Sarah.

Ero sdraiata sul divano, con gli occhi fissi sul soffitto. Che Sarah si presentasse alla mia porta era solo una questione di tempo, dal momento che nelle ultime ventiquattr'ore i suoi messaggi sulla segreteria e i suoi SMS erano rimasti tutti senza risposta.

Andai ad aprire. Sarah entrò a passo di carica, ma riuscii a scansarla e a rimettermi sul divano.

«Be', se non altro ora so che sei viva», disse torreggiando sopra di me. Mi esaminò da cima a fondo, passando dai capelli arruffati al pigiama spiegazzato. «Hai un aspetto terribile. Ma ti sei fatta la doccia oggi? O ieri?»

«Oh, Sarah, sono capace di stare molto più di due giorni senza fare la doccia.» Mi stesi una coperta di pile sulle gambe e Bo venne a posarmi il muso in grembo.

«Quando è stata l'ultima volta che sei andata al Centro di accoglienza?»

«Un paio di giorni fa», bofonchiai. «Ho detto a Henry che ero malata.»

Sarah si sedette sul divano accanto a me. «Parlami, Anna. Cos'è successo?»

Andai in cucina a prendere la busta. Porgendogliela, dissi: «L'ho ricevuta l'altro ieri. È di T.J».

Sarah la aprì e ne estrasse un cartoncino, il biglietto da visita di una banca dello sperma. Sotto il numero di telefono c'era una scritta a mano: *Ho preso accordi con loro.*

«Non capisco», disse.

«Guarda dietro.»

Girò il cartoncino. Sul retro, T.J. aveva scritto: *In caso tu non trovassi quello giusto.*

«Oh, Anna», fece Sarah. Mi prese tra le braccia e mi tenne stretta mentre piangevo.

Mi convinse a fare la doccia mentre lei si occupava della cena. Tornai in soggiorno con i capelli bagnati pettinati all'indietro, dopo essermi cambiata indossando i calzoni puliti del pigiama di flanella e una felpa.

«Non ti senti meglio, adesso?» mi domandò.

«Sì.» Sedetti sul divano e mi infilai un paio di calze pesanti. Sarah mi portò un bicchiere di vino rosso.

«Ho ordinato la cena dal cinese», disse. «Arriverà da un momento all'altro.»

«Okay. Grazie.» Presi un sorso di vino e poi posai il bicchiere sul tavolo.

Lei venne a sedersi vicino a me. «È una bella offerta, questa di T.J.»

«Già.» Gli occhi si riempirono di nuovo di lacrime, che traboccarono sulle guance. Le asciugai con il dorso della mano. «Ma non potrei mai tenere in braccio un bambino che abbia i suoi occhi, oppure il suo sorriso, se non ho anche lui.» Presi il bicchiere e feci un altro sorso. «John non avrebbe mai fatto un gesto così altruistico.»

Sarah mi asciugò una lacrima che mi era sfuggita. «No, perché John era un po' stronzo.»

«Domani mattina andrò al Centro di accoglienza. Ho solo avuto un momentaccio.»

«Va bene. Capita.»

«Non ho mai amato John come amo T.J.»

«Lo so, Anna.»

Trascinai l'albero su per le scale e lo spinsi dentro il mio appartamento. Quando finii di addobbarlo, il mio primo albero di Natale dopo cinque anni era uno sfavillio di lucine intermittenti e di decorazioni luccicanti. Io e Bo passammo ore e ore sdraiati lì davanti ad ascoltare le canzoncine di Natale.

E poi aiutai Henry a decorare l'albero del Centro. I bambini fecero la loro parte, appendendo le decorazioni a fiocco di neve fatte da noi con la carta da pacchi e i lustrini.

Il regalo di Natale per Dean arrivò con largo anticipo. Aveva fatto domanda di assunzione in un ristorante della zona, e quindici giorni prima era stato assunto. Leggere le ordinazioni che gli passavano le cameriere non era più un problema e, siccome era svelto nel servizio ai tavoli, si era subito guadagnato la reputazione di lavoratore infaticabile. Con il primo salario aveva fermato un appartamentino ammobiliato da prendere in affitto. Io avevo firmato il contratto insieme a lui e pagato tutta la prima annualità in anticipo. Dean non voleva accettare, ma lo avevo convinto a lasciarsi aiutare per il bene di Leo.

«Un giorno me li restituirai.»

«Lo farò», aveva promesso lui abbracciandomi. «Grazie, Anna.»

Trascorsi la vigilia di Natale con David, Sarah e i ragazzi. Guardammo Joe e Chloe aprire i pacchetti, tra carte da regalo che svolazzavano dappertutto, e passammo l'ora successiva ad assemblare giocattoli e a inserire pile. David non si staccava più dalla PlayStation che avevo regalato a suo figlio, finché a un certo punto Sarah minacciò di staccare la spina.

«Ma cos'hanno questi videogame, per far tornare bambini gli uomini adulti?» domandò mia sorella.

«Chi lo sa? Però tutti ci vanno matti, vero?»

Chloe strimpellava sulla sua chitarra della Barbie facendo un gran baccano, tanto che dopo un'ora di ascolto mi ripromisi di non regalarle mai più degli strumenti musicali. Andai in cucina, dove c'era silenzio, e stappai una bottiglia di cabernet.

Sarah mi raggiunse poco dopo. Aprì il forno per controllare il tacchino. Le riempii il bicchiere e brindammo.

«Alla tua salute, perché tu sia sempre qui a festeggiare con noi», disse Sarah. «Mi ricordo il Natale dello scorso anno: che tristezza, senza di te e senza la mamma e il papà. Mi sentivo un po' sola, pur avendo vicino David e i ragazzi. E poi, due giorni dopo, è arrivata la tua telefonata. A volte stento ancora a crederci, Anna.» Posò il bicchiere e mi abbracciò.

Ricambiai l'abbraccio. «Buon Natale, Sarah.»

«Buon Natale.»

Il giorno di Natale andai al Centro a mezzogiorno carica di regali per i ragazzi: videogame portatili per i maschietti, lucidalabbra e gingilli vari per le bambine, e animali di peluche e libriccini illustrati per i più piccoli. I neonati ricevettero morbide copertine di pile, confezioni di pannolini e latte artificiale. Mentre Henry si vestiva da Babbo Natale per la distribuzione dei regali, legai sulla testa di un Bo decisamente riluttante le corna da cervo e gli appesi le campanelle al collare.

Stavo leggendo ai bambini una favola quando nella stanza entrò Henry con una busta in mano. Terminata la lettura, mandai i bambini a giocare.

«Qualche giorno fa hanno fatto una donazione anonima», disse Henry. Aprì la busta e mi mostrò un assegno per una somma sostanziosa. «Perché fare un gesto del genere senza nemmeno dare l'opportunità di farsi ringraziare?»

Gli restituii l'assegno con una scrollata di spalle. «Chi lo sa, magari non volevano che si desse troppa importanza a quel gesto.»

Ecco, così ora sai il perché.

Dopo avere dato una mano a servire il pranzo di Natale, mi avviai verso casa insieme a Bo. Cadeva qualche fiocco di neve, le strade erano deserte. All'improvviso il cane si lanciò in avanti, strappandomi dalle mani il guinzaglio. Mi misi a correre dietro di lui, ma mi fermai di colpo dopo una decina di metri.

Sul marciapiede, davanti al mio appartamento, c'era T.J. Quando Bo lo raggiunse, lui si chinò a fargli una grattatina dietro le orecchie, poi prese in mano il guinzaglio. Mi avvicinai trattenendo il respiro, spinta da un desiderio struggente.

T.J. si raddrizzò e mi venne incontro.

«È tutto il giorno che penso a te», disse. «Sull'isola ti avevo promesso che, se tu avessi resistito, questo Natale lo avremmo passato insieme, a Chicago. Manterrò sempre le mie promesse, Anna.»

Incontrai il suo sguardo e scoppiai in lacrime. Lui spalancò le braccia e io mi lanciai contro di lui, piangendo così forte da non riuscire a parlare.

«Shhh, va tutto bene», disse T.J. Affondai il viso nel suo petto respirando l'odore della neve, della lana, di lui che mi stringeva forte. Dopo un po' mi sollevò il mento con le dita e mi asciugò le lacrime, come aveva fatto tante altre volte.

«Avevi ragione, avevo veramente bisogno di stare per conto mio. Ma mi ero già lasciato alle spalle certe cose che volevi che io sperimentassi, e non posso e non voglio tornare indietro. So che voglio te, Anna. Ti amo, e mi manchi. Tanto.»

«Non c'è posto per me nel tuo mondo.»

«Nemmeno per me», ribatté lui, con un'espressione dolce ma un tono risoluto. «Perciò creiamo noi il nostro mondo. Lo abbiamo già fatto una volta.»

Sentii la voce di mia madre nella testa, proprio come se fosse stata vicino a me e mi stesse sussurrando nell'orecchio. La stessa domanda che mi aveva consigliato di farmi per John: *La tua vita è migliore con lui o senza di lui, Anna?*

In quel preciso momento, su quel marciapiede, decisi di smetterla di angosciarmi per cose che forse non sarebbero mai andate a rotoli.

«Ti amo, T.J. Voglio che ritorni da me.»

Stretta tra le sue braccia, piansi talmente tante lacrime da infradiciargli il maglione.

Sollevando la testa dal suo petto mormorai: «Mi sa che piango più io di tutta la gente che conosci messa insieme».

T.J. mi scostò una ciocca di capelli dal viso e sorrise. «E vomiti un sacco, anche.»

Risi tra le lacrime. Le sue labbra sfiorarono le mie e ci baciammo lì, in strada, con la neve che cadeva su di noi, mentre Bo attendeva pazientemente ai nostri piedi.

Poi entrammo in casa e parlammo per ore, sdraiati su una coperta davanti all'albero di Natale.

«Non ho mai voluto nessun altro, T.J. Io volevo solo la cosa migliore per te.»

«Tu sei la cosa migliore per me», rispose lui facendomi posare la testa nell'incavo del suo braccio, le gambe intrecciate alle mie. «Io non vado da nessuna parte. Il mio posto è qui con te.»

66.

T.J.

Due settimane dopo, ancora in vacanza dalla scuola, io e Anna stavamo facendo una colazione tardiva a casa. Diedi un'occhiata all'orologio.

«Adesso devo uscire, ma poi voglio farti vedere una cosa», dissi. «A che ora torni dal Centro?»

«Dovrei essere a casa per le tre. Quale cosa?» domandò lei mettendo giù il giornale.

Infilai il cappotto e presi i guanti. «Vedrai.»

Nel pomeriggio, parcheggiai davanti all'appartamento di Anna e aprii la portiera per farla salire in macchina. Era da tanto tempo che desideravo averla seduta sul sedile accanto al mio.

«Lei è un bravo autista?» scherzò lei mentre mi rimettevo al volante.

Scoppiai a ridere. «Bravissimo.»

Uscimmo dalla città, mentre la curiosità di Anna cresceva.

Un'ora e mezzo più tardi annunciai: «Siamo quasi arrivati».

Svoltai in una traversa a sinistra della strada principale e imboccai una stradina coperta di ghiaia. Girai di nuovo, grato di avere una 4x4 perché sul vialetto di accesso c'erano dieci centimetri di neve. Arrivato alla casetta azzurra, posteggiai davanti al garage e spensi il motore.

«Vieni», dissi.

«Chi abita qui?»

Non risposi. Arrivati alla porta d'ingresso, presi una chiave dalla tasca e aprii.

«È tua la casa?» domandò Anna.

«Ho fatto la proposta di acquisto due mesi fa e ho concluso l'acquisto oggi.» Entrai dietro di lei, accendendo le luci. «I proprietari precedenti l'hanno ristrutturata negli anni Ottanta. Credo che non abbiano mai fatto nessuna modifica da allora», le spiegai ridendo. «Questa moquette azzurra fa schifo.»

Anna esplorò ogni stanza, aprendo armadi e facendo commenti sulle cose che le piacevano.

«È perfetta, T.J. Basta rimodernarla un po'.»

«In tal caso spero che non ci rimarrai troppo male quando la demolirò.»

«Cosa? Perché mai dovresti demolirla?»

«Vieni qui», dissi trascinandola in cucina, davanti a una finestra che dava sul giardino. «Cosa vedi là fuori?»

«Campagna», rispose.

«Facendo dei lunghi giri in macchina passavo spesso davanti a questo posto. Il giorno che mi sono fermato a dare un'occhiata ho capito immediatamente che volevo comprarlo, che volevo avere una terra mia. Qui voglio costruire una casa nuova, Anna. Per noi. Cosa ne pensi?»

Si girò verso di me e sorrise. «Mi piacerebbe tantissimo abitare in una casa costruita da te, T.J. E Bo se la godrebbe un mondo nei prati qua fuori. È bellissimo, un'oasi di pace.»

«Sì, perché siamo in piena campagna. Il viaggio per andare in città, al Centro di accoglienza, sarà un po' lungo.»

«Non importa.»

Respirai di sollievo. Prendendole la mano, mi chiesi se avesse notato che la mia tremava. Mi guardò stupefatta quando tirai fuori dalla tasca l'anello.

«Voglio che tu sia mia moglie. Il resto della mia vita voglio passarlo con te e nessun'altra. Potremo vivere qui, tu, io, i nostri figli e Bo. Ma adesso ho capito che le mie decisioni riguardano anche te, quindi adesso devi prendere una decisione anche tu. Mi vuoi sposare?»

Trattenni il respiro aspettando di infilarle l'anello al dito. I suoi occhi azzurri si illuminarono e le labbra si allargarono in un sorriso.

La risposta fu un sì.

67.
ANNA

In marzo ci trovammo con Ben e Sarah al tribunale della contea di Cook. Siccome nella zona di Chicago imperversavano i temporali primaverili, io e T.J. – in jeans, felpa e scarpe comode – avevamo privilegiato i vestiti caldi rispetto a quelli alla moda.

Sposarsi davanti a un giudice forse non era la scelta più romantica del mondo, ma io avevo messo il veto sul matrimonio in chiesa. Per me era impensabile andare all'altare senza essere al braccio di mio padre. David si era offerto di accompagnarmi, ma non sarebbe stata la stessa cosa. E l'ipotesi di un matrimonio in qualche località tropicale – un'isola, magari – non era stata nemmeno presa in considerazione.

«Tua madre non sarà contenta di perderselo», dissi.

Jane Callahan, sorprendentemente, aveva accettato senza tante storie il nostro fidanzamento; forse aveva stabilito che opporsi non sarebbe servito a niente. Pur avendo già due figlie, aveva accolto a braccia aperte la terza, e io non avevo il minimo desiderio di darle un dispiacere.

«Lei ha Alexis e Grace», ribatté T.J. liquidando le mie preoccupazioni con un gesto della mano. «Andrà ai loro, di matrimoni.»

Mentre aspettavamo che ci chiamassero, un uomo con le scarpe tenute insieme dal nastro adesivo, e probabilmente imbacuccato in tutti gli indumenti che possedeva, girava tra le coppie che aspettavano il loro turno cercando di vendere mazzi di fiori mezzo appassiti. Quasi tutti lo ignoravano, arricciando il naso davanti alla sua barba lunga e sporca e ai capelli arruffati. T.J. gli comprò tutti i fiori che aveva e mi scattò una fotografia mentre li tenevo in mano.

Quando toccò a noi, Ben e Sarah rimasero in piedi alle nostre spalle mentre pronunciavamo la formula di rito. La cerimonia durò meno di cinque minuti, ma furono sufficienti a far sciogliere Sarah in un mare di lacrime. Ben era ammutolito, cosa che, secondo T.J., non gli succedeva spesso.

T.J. pescò le fedi matrimoniali dalla tasca anteriore dei suoi Levi's. Dopo avermi infilato l'anello al dito, tese la mano sinistra. Quando la fede d'oro andò al suo posto, sorrisi.

«In virtù dei poteri conferitimi dalla contea di Cook, dichiaro i qui presenti Thomas James Callahan e Anna Emerson marito e moglie. Congratulazioni», concluse il giudice.

«È a questo punto che devo baciarla?» domandò T.J.

«Fai, fai», rispose il giudice mentre firmava il certificato di matrimonio.

T.J. si girò verso di me, e fu un gran bel bacio.

«Ti amo, signora Callahan.»

«Anch'io ti amo.»

Uscimmo dal tribunale mano nella mano. Dal cielo scendevano grossi fiocchi di neve pigri mentre ci pigiavamo in quattro nel taxi per andare al pranzo di nozze nel ristorante in cui lavorava Dean Lewis. Dopo dieci minuti chiesi al tassista di fermarsi.

«Una sosta brevissima. Può aspettare?» Il tassista acconsentì e parcheggiò davanti al centro di trattamenti estetici. «Torniamo subito», dissi a Ben e Sarah.

«Vuoi farti fare le unghie adesso?» mi chiese T.J. seguendomi fuori dal taxi.

«No», risposi aprendo la porta del centro, «ma c'è una persona che voglio farti conoscere.»

Appena ci vide, Lucy corse ad abbracciarmi.

«Come stai, tesoro?»

«Bene. E tu?»

«Oh, bene, bene.»

Misi una mano sul braccio di T.J. e dissi: «Lucy, ti presento mio marito».

«Lui è John?»

«No. Non ho sposato John, ho sposato T.J.»

«Anna sposata?» Sulle prime rimase interdetta, ma subito dopo, con il viso che si illuminava, si lanciò su T.J. per abbracciarlo. «Anna sposata!»

«Eh, sì», dissi. «Anna è sposata.»

68.

T.J.

Tre mesi dopo, in una bella giornata di giugno, io e Anna – che indossava gli occhiali da sole e il mio berretto da baseball dei Chicago Cubs – salimmo sulla mia Tahoe. Bo, sul sedile posteriore, stava con il muso penzoloni fuori dal finestrino. Sentendo gli Eagles che alla radio cantavano *Take It Easy*, Anna scalciò via le scarpe, alzò il volume e si unì al coro mentre uscivamo dalla città.

Le fondamenta della nostra nuova casa erano state gettate da poco. Anna e io avevamo premuto le mani sul cemento ancora fresco, e sotto le impronte lei aveva scritto con il dito i nostri nomi e la data. Con gli operai che avevo assunto avevamo cominciato a tirare su i muri; la casa stava già prendendo forma. Se tutto fosse andato secondo i programmi, per Halloween avremmo potuto andarci ad abitare.

Una volta arrivati, parcheggiai e presi lo sparachiodi dal portabagagli. Anna rise e mi ficcò un cappello da cowboy in testa. Avevo gli occhiali da sole Aviator, anche se avrei dovuto mettere quelli di sicurezza. Presi due assi dal mucchio di legname.

«Ma che strano quell'attrezzo», disse Anna per prendermi in giro. «Pensavo che volessi farlo con i vecchi metodi. Con un martello, magari?»

«Diavolo, no», risposi ridendo. Alzai lo sparachiodi. «Questo coso mi piace un sacco.»

Quello che stavamo per fare era stata un'idea di Anna. Voleva reggere qualche asse per me, esattamente come faceva quando avevo costruito la nostra casa sull'isola.

«Dài, dimmi di sì, per favore», aveva detto. «In ricordo dei vecchi tempi.»

Come se le avessi mai detto di no.

«Pronta?» chiesi, posizionando l'asse.

Anna tenne ferma l'asse. «Vai, T.J.»

Presi la mira e premetti il grilletto.

Bam.

EPILOGO
ANNA

Quattro anni dopo

La casa è un ranch vecchio stile, con i muri verde salvia e le travi color crema, ed è circondata da alberi. Il garage a tre posti ospita la Tahoe di T.J., il pick-up che usa per lavoro e il mio fuoristrada Pathfinder Nissan, quasi impossibile da tenere pulito per via del vialetto di ghiaia.

C'è una cucina spaziosa comunicante con il soggiorno, che ha le porte a doppio battente e una parete interamente occupata dalla libreria. Spesso mi si trova in quella stanza, sprofondata nella poltrona ultraimbottita.

Ci sono due portici, uno sulla facciata principale e l'altro sul retro. Io e T.J. passiamo un sacco di tempo in quello sul retro, che essendo chiuso da una veranda ci evita il fastidio degli insetti, e in particolare delle zanzare. Bo ha a sua completa disposizione il giardino, e quando non è occupato a dare la caccia ai conigli è ben contento di fare un pisolino ai nostri piedi.

Oltre a ben quattro camere da letto, disponiamo di tutte le comodità che si possano desiderare. Non abbiamo il caminetto, però. E nemmeno la griglia per il barbecue in giardino.

Stasera ci saranno ospiti: verranno a festeggiare il mio trentottesimo compleanno, ma le porte di casa nostra sono sempre aperte per loro.

In questo momento mia suocera e mia sorella sono sedute in cucina, al bancone. Si scambiano ricette e sorseggiano del vino. Non hanno voluto che cucinassi il giorno del mio compleanno, perciò sarà Tom a portare la cena già pronta dalla città e, siccome arriverà tra poco, a parte rilassarsi non c'è molto da fare.

Le sorelle di T.J., Alexis e Grace, che ora hanno rispettivamente diciassette e diciannove anni, sono sedute sotto il portico anteriore insieme a Joe e Chloe. Joe ha tredici anni e vorrebbe che ci fosse almeno un altro maschio qui in giro, ma si è preso una tale cotta per Alexis che in fondo in fondo non gli dispiace stare con le ragazze.

Prendo due birre dal frigorifero e vado in salotto, dove T.J. sta guardando la TV sdraiato sul divano. Mi chino a dargli un bacio, apro la birra e la poso sul tavolino.

«Come sta la festeggiata?» Parla a bassa voce perché nostra figlia gli dorme sul petto con il pollice in bocca. Sappiamo entrambi che se Josephine Jane "Josie" Callahan dovesse svegliarsi prima di avere fatto un lungo sonno si scatenerebbe l'inferno.

«Posso metterla nella culla», dico in un bisbiglio.

T.J. scuote la testa «Sta bene qui.» Quella bambina se lo rigira come vuole.

La seconda birra è per Ben. Seduto nella poltrona a fianco del divano, sembra perfettamente a suo agio con Mick addormentato in grembo. Strano, perché quando è venuto a trovarmi in ospedale, dopo la nascita dei gemelli, aveva detto di non aver mai tenuto in braccio un bebè.

«Come lo chiamerete?» ci aveva chiesto dopo che T.J., sistematolo per bene su una sedia, gli aveva messo in braccio il maschietto con mille cautele. «Se i T.J. sono due finisce che mi confondo.»

«Lo chiameremo Mick.»

«Come Mick Jagger? Grande!»

Io e T.J. eravamo scoppiati a ridere.

«No, è un altro Mick», aveva spiegato T.J.

Non avevamo cercato subito di avere un figlio. Ero più che decisa a non affrettare i tempi; nel caso in cui avessimo aspettato troppo, be', c'erano un sacco di altri modi per farsi una famiglia. Alla fine ci vollero sei mesi di tentativi e l'ausilio di un farmaco per la fertilità. Il concepimento avvenne in uno studio medico – come era ampiamente previsto, d'altronde –, usando lo sperma che T.J. aveva depositato.

Mi piace pensare che le cose succedano per una ragione, e ritengo che i gemelli siano arrivati proprio nel momento in cui eravamo pronti ad accoglierli. «Due saranno una fatica immane», dicevano tutti, ma io e T.J. sapevamo bene cosa fosse una fatica immane, e la benedizione di due bambini sani non lo era. Con questo non intendo che sia tutto facile, anzi, abbiamo anche noi le nostre giornatacce.

Adesso i gemelli hanno già undici mesi, ed è vero quello che dicono: il tempo passa più in fretta quando hai dei figli. Sembra ieri che mi trascinavo, con le mani sulla schiena dolorante, chiedendomi quanto tempo ancora avrei dovuto portarli in grembo, e ora eccoli qua, che gattonano dappertutto e tra poco muoveranno i primi passi.

Lascio soli T.J. e Ben per tornare in cucina. Adesso a Jane e Sarah si è aggiunto David, che mi saluta con un bacio sulla guancia.

«Buon compleanno», dice porgendomi un mazzo di fiori. Accorcio i gambi sotto l'acqua del rubinetto, sistemo i fiori in un vaso e lo metto sul tavolo, vicino alle rose rosa che mi ha portato T.J. stamattina.

«Vino?» gli chiedo.

«Lo prendo io, tu siediti e rilassati.»

Mi unisco a Sarah e Jane. C'è anche Stefani, adesso. Siccome Rob e i ragazzi hanno l'influenza, è venuta da sola per non correre il rischio di fare ammalare qualcuno qui in casa. In momenti come questo, quando tutte le persone che amo sono riunite sotto lo stesso tetto, provo una bellissima sensazione di completezza. Vorrei solo che ci fossero anche i miei genitori. Per conoscere mio marito. Per tenere in braccio i loro nipotini.

Fino a poco tempo fa andavo al Centro di accoglienza tre volte alla settimana, ma alla fine quei continui viaggi in città, avanti e indietro, sono diventati un prezzo troppo alto da pagare. Nei giorni in cui facevo volontariato veniva Jane a badare ai bambini, ma ormai era arrivato il momento di cambiare. E così ho creato un'associazione benefica per l'assistenza ai senzatetto, che gestisco dall'ufficio qui in casa, mentre i gemelli giocano ai miei piedi. È un lavoro che mi dà molte soddisfazioni. Il centro di Henry riceve una grossa donazione ogni anno e continuerà a riceverla.

Inoltre, dopo avere messo un annuncio nella scuola superiore del posto, ho radunato un po' di studenti a cui dare lezioni private. Vengono a casa nostra di sera e ci sediamo al tavolo della cucina a fare i compiti, uno dopo l'altro. A volte mi manca il fatto di non essere in classe in mezzo agli studenti, ma credo che per il momento questo possa bastare.

T.J. ha messo in piedi una piccola impresa edile. Costruisce case, una o due all'anno, lavorando insieme ai suoi operai. Non è mai tornato a scuola dopo avere frequentato il primo semestre all'università, ma a me non importa. Non sono io a dover scegliere. T.J. sta bene all'aria aperta. E in più dona il suo tempo e il suo denaro a Habitat for Humanity, dove fa volontariato anche Dean Lewis; la sesta casa che T.J. ha costruito per quella comunità era proprio la sua. Dean si è sposato con Julie, una ragazza conosciuta al ristorante in cui lavora, e Leo adora fare il fratello maggiore della neonata che i suoi genitori hanno chiamato Annie.

Qualche mese fa ho portato il pranzo a T.J. in cantiere. Vederlo fare ciò che ama rende felice anche me. Quando sono arrivata al cantiere, l'operaio di una ditta che aveva in appalto i lavori di idraulica mi ha fatto un fischio e gridato: «Ehi, bellezza!», non sapendo chi fossi. T.J. lo ha messo immediatamente in riga. So che in teoria dovrei sentirmi offesa, che dovrei considerare quelle parole come un affronto alle donne eccetera eccetera, ma, se devo dire la verità, a me non hanno dato fastidio.

Due anni fa io e T.J. abbiamo scoperto una cosa molto interessante. Ci aveva telefonato un funzionario della polizia di Malé per farci alcune domande, nella speranza di chiudere un caso. I familiari di un uomo scomparso nel maggio del 1999 avevano appena ritrovato un diario tra le sue cose. In quelle pagine Owen Sparks, un milionario californiano della New Economy, aveva annotato un piano dettagliato per barattare la sua esistenza perennemente sotto pressione con una vita nella pace e nella solitudine di un'isola delle Maldive. Avevano ricostruito i suoi movimenti fino a Malé, ma da lì in poi le sue tracce si perdevano. Il funzionario voleva sapere qualcosa di più sullo scheletro che io e T.J. avevamo trovato sull'isola. È probabile che fosse il suo, anche se non sarà mai possibile affermarlo con certezza. A volte mi chiedo se quell'Owen si sarebbe salvato, se solo avesse avuto qualcuno a cui appoggiarsi, come è stato per me e T.J. Ma anche questo resterà un mistero.

Porto una caraffa di limonata nel portico e rabbocco i bicchieri, respirando il profumo dell'erba appena tagliata e della fioritura primaverile. Nel vialetto spunta la macchina di Tom. Abbiamo deciso che i manicaretti di Perry's Deli sarebbero stati perfetti per questa tiepida serata di maggio, ed ecco che David esce per aiutare Tom a portare dentro tutto. Io e Stefani mettiamo i vassoi in cucina, e sto per dire a tutti di venire a riempirsi il piatto quando Ben arriva verso di me a braccia tese per darmi Mick. Difficile non sentire l'odore del pannolino sporco. «Mi sembra che dal culetto di Mick sia uscito qualcosa», dice.

«Le salviette umidificate e i pannolini puliti sono nella nursery, sul fasciatoio. E ricordati di spalmargli la crema con cura, ha il sederino arrossato.»

Paralizzato, Ben sta pensando a un modo per trarsi d'impaccio. T.J., che ha assistito a tutta la scena, scoppia a ridere.

«Ti sta prendendo in giro, amico.»

Ben mi guarda e io scrollo le spalle, sorridendo. Il sollievo che gli leggo in faccia è talmente evidente da rasentare il comico. «È così facile cambiarlo...»

T.J. tende le braccia verso Mick. «Anche Josie l'ha fatta. Tanto vale che li cambi tutti e due.»

«Bravo papà», dico. Ed è bravo davvero.

«Codardo», dice T.J. a Ben uscendo dalla stanza con un bambino per braccio. Sorrido perché so che lo ha detto per scherzo, ma anche perché so che è contento che il suo migliore amico partecipi alla nostra vita. A ventiquattro anni Ben potrebbe benissimo essere in giro per bar invece che qui, a cullare un bambino piccolo. Ora sta con una ragazza fissa di nome Stacy, alla quale, secondo T.J., va tutto il merito della trasformazione di Ben in un adulto responsabile.

Tutti si riempiono il piatto e si trovano un posto dove sedere. Qualcuno sceglie i gradini della scalinata d'ingresso, qualcun altro la veranda e altri ancora, come me e T.J., restano in cucina.

Sistemiamo i gemelli sul seggiolone, con le cinture bene allacciate, e li imbocchiamo con pezzetti di pane e fettine di carne. Tra un morso e l'altro al mio sandwich e qualche sorso di tè freddo, a piccole cucchiaiate faccio mangiare ai bambini anche un po' di insalata di patate. Seduto accanto a me, T.J. raccoglie il bicchierino di plastica che Josie continua a buttare per terra solo per vedere se lui lo tirerà su per darglielo. Cosa che T.J. immancabilmente fa.

Finito di mangiare, tutti in coro mi cantano *Tanti auguri a te*, e io spengo le trentotto candeline che Chloe ha voluto a ogni costo mettere sulla torta. È decisamente un inferno, ma l'unica cosa che posso fare è prenderla sul ridere: da adesso fino al 20 settembre, giorno in cui T.J. compirà venticinque anni, io sono tecnicamente di quattordici anni più vecchia di lui anziché di tredici, ma anche per questo non c'è niente che io possa fare.

Tutti alzano i bicchieri per un brindisi in onore della festeggiata. Sono talmente felice che mi viene da piangere.

Più tardi, quando gli invitati sono andati a casa e i gemelli dormono nel loro lettino, T.J. mi raggiunge nella veranda. Arriva con due bicchieri d'acqua ghiacciata e me ne porge uno.

«Grazie», gli dico. La novità di bere acqua fredda da un bicchiere non si è ancora spenta per nessuno dei due. Una lunga sorsata, poi poso il bicchiere sul tavolino al mio fianco.

Si siede sul divanetto di rattan a due posti e mi prende sulle sue ginocchia.

«Non so se riuscirai a farlo ancora per molto», gli dico baciandolo sul collo – ho due buone ragioni per farlo: a T.J.

piace, e a me permette di controllare che non ci siano noduli. Grazie a Dio non ne ho mai trovati.

«Invece sì», ribatte lui sorridendo e accarezzandomi il pancione.

Abbiamo deciso di avere un altro figlio, e con nostra grande sorpresa il concepimento è riuscito già al primo mese. Questa volta ne nascerà uno solo, e non sappiamo se sarà maschio o femmina. Non ha importanza, basta che sia un bambino sano. Nascerà tra quattro mesi, perciò i gemelli avranno solo un anno e tre mesi all'epoca del parto, ma questo significa semplicemente che a volte si ottiene tutto ciò che si desidera.

All'isola penso spesso. Quando i bambini saranno un po' più grandi avremo una lunga storia da raccontare.

Con qualche taglio qua e là, naturalmente.

E diremo loro che questa casa, e il terreno che la circonda, è la nostra isola.

E che io e T.J. siamo finalmente a casa.

Cari lettori,

scrivere *L'isola dell'amore proibito* è stata una delle esperienze più belle e gratificanti che mi sia stato concesso di fare. Non è stato facile, e a volte ho dubitato di raggiungere lo scopo che mi ero prefissa. *L'isola dell'amore proibito* è stato scritto tra le cinque e mezzo e le sette del mattino, ora in cui dovevo spegnere il portatile e prepararmi per andare al lavoro. Eppure scrivere questo libro mi ha dato talmente tanta gioia che mai, durante i diciotto mesi che mi sono occorsi per terminare il romanzo, ho posticipato l'allarme della sveglia. Sentivo di essere nel posto giusto nel momento giusto, le parole venivano di getto e le dita le battevano sui tasti alla massima velocità.

Mettere la parola fine a questo mio primo romanzo, tuttavia, è stata una conquista venata di amarezza. Da un lato, concluderlo ha significato poter cancellare una voce importante dalla mia lista delle «cose da fare assolutamente prima di morire». Dall'altro, però, mi sono scontrata con l'impossibilità di diffondere la storia di Anna e T.J. attraverso i canali tradizionali. Delusa ma non scoraggiata, ho scelto la via dell'autopubblicazione, e sarò per sempre grata dell'esistenza di altri mezzi che consentono agli scrittori di far pervenire al pubblico le loro opere. Non fosse stato per questi canali alternativi, il mio primo romanzo sarebbe rimasto a languire sul disco fisso del mio computer per un tempo indefinito.

L'isola dell'amore proibito è davvero un libro del passaparola, e sarò sempre riconoscente a voi che in ogni parte del mondo lo avete apprezzato. Non c'è battage pubblicitario capace di superare il potere di un gran numero di persone che creano un legame con una storia e ne raccomandano la lettura ad altre. L'esito di questa mia non facile scelta a favore dell'autopubblicazione è stato l'avverarsi di un sogno: la MGM ha opzionato il romanzo per trarne un film, e Plume, una delle case editrici del gruppo Penguin, lo ha distribuito in edizione cartacea ovunque si vendano libri.

Desidero ringraziare chi tra di voi mi ha scritto dicendo che *L'isola dell'amore proibito* vi ha fatto ridere e piangere. Anche i vostri meravigliosi messaggi mi hanno fatto ridere e piangere; niente di tutto ciò sarebbe stato possibile senza il vostro entusiastico sostegno. Vi sono infinitamente grata.

Poter entrare in contatto con voi su Twitter (@tgarvisgraves) e su Facebook sarà per me un grandissimo piacere.

Un abbraccio a tutti,

Tracey

RINGRAZIAMENTI

Senza il contributo, l'aiuto e il sostegno delle persone di seguito elencate, *L'isola dell'amore proibito* sarebbe ancora oggi solo un file sul mio computer. Non bastano le parole per esprimere tutta la mia riconoscenza verso persone così splendide e piene di entusiasmo.

Ho un grandissimo debito di gratitudine verso la scrittrice Meira Pentermann, che ha creduto in me e nel mio lavoro molto prima che ci credessi io. È anche grazie alla sua preziosa guida che *L'isola dell'amore proibito* è diventato ciò che è oggi. Meira è la mia lettrice beta, la mia ciber-sorella, la mia partner critica d'eccellenza.

Verso mia sorella gemella Trish, che sarà sempre la prima a leggere le parole che ho scritto.

Verso mio marito David, perché il suo incoraggiamento vale per me molto più di quanto egli possa immaginare.

Verso i miei figli, Matthew e Lauren. Grazie per la vostra pazienza mentre la mamma passava tutto quel tempo al computer. Vi adoro.

Verso Elisa Abner-Taschwer, che non solo è la redattrice più brava del mondo, ma anche il migliore sostegno morale che una scrittrice possa desiderare.

Un ringraziamento particolare va ai miei lettori beta e a coloro che hanno letto le bozze di *L'isola dell'amore proibito.* Penne Heede Pojar, Beth Knipper, Elisa Abner-Taschwer, Lisa Green, Brooke Achenbach, Julie Gieseman, Trish Garvis, Trish Kallemeier, Noelle Zmolek, Stacy Alvarez, Stefani Blubaugh, Mindy Farrington, Taylor Kalander, David Green, Tami Cavanaugh, Amy Gulbranson, Stefanie Martin, Shellie Mollenhauer, Christy Cornwell, Missy Pomerantz e Jill LaBarre: con le vostre parole gentili mi avete regalato un sorriso e infuso più sicurezza di quanto possiate immaginare.

Ho avuto, infine, la fortuna di lavorare con persone di grande competenza, grazie alle quali *L'isola dell'amore proibito* è diventato esattamente il libro che volevo. Ad Alison Dasho, Anne Victory di Victory Editing, Guido Henkel, Penne Heede Pojar: mi auguro di poter presto lavorare nuovamente insieme.

Finito di stampare nel mese di gennaio 2014
da Press Grafica s.r.l., Gravellona Toce (VB)